Contemporánea

Hermann Broch (1886-1951) nació en Viena en una familia acomodada de origen judío. Cursó estudios de ingeniería textil y trabajó largo tiempo en la fábrica de su padre. En 1928 abandonó sus actividades en la industria para dedicarse por entero a la literatura y a sus estudios de filosofía, matemáticas y psicología. Perseguido por la Gestapo en 1938, logró salir de la cárcel gracias a la intervención de algunas personalidades, entre ellas James Joyce, y huir primero a Inglaterra y luego a Estados Unidos, donde falleció en la ciudad de New Haven. Aparte de una importante producción como ensayista, en el campo de la narrativa dejó varias obras capitales para la literatura contemporánea: *La muerte de Virgilio*, *Los inocentes* y la trilogía de Los sonámbulos, que, escrita entre 1931 y 1932, incluye *Pasenow o el romanticismo*, *Esch o la anarquía* y *Huguenau o el realismo*.

Hermann Broch
Esch o la anarquía

Prólogo de
Lluís Izquierdo

Traducción de
María Ángeles Grau

DEBOLS!LLO

Título original: *Esch oder die Anarchie*

Primera edición con esta presentación: diciembre, 2016

© 1978, Suhrkamp Verlag Frankfurt am Main
© 1977, 2006, Penguin Random House Grupo Editorial, S. A. U.
Travessera de Gràcia, 47-49. 08021 Barcelona
© 2006, Lluís Izquierdo, por el prólogo
© María Ángeles Grau, por la traducción

Penguin Random House Grupo Editorial apoya la protección del copyright.
El copyright estimula la creatividad, defiende la diversidad en el ámbito de las ideas
y el conocimiento, promueve la libre expresión y favorece una cultura viva.
Gracias por comprar una edición autorizada de este libro y por respetar las leyes del copyright
al no reproducir, escanear ni distribuir ninguna parte de esta obra por ningún medio sin permiso.
Al hacerlo está respaldando a los autores y permitiendo que PRHGE continúe publicando libros
para todos los lectores. Diríjase a CEDRO (Centro Español de Derechos Reprográficos,
http://www.cedro.org) si necesita fotocopiar o escanear algún fragmento de esta obra.

Printed in Spain – Impreso en España

ISBN: 978-84-9793-927-0
Depósito legal: B-53.963-2007

Compuesto en Lozano Faisano, S. L.

Impreso en Ulzama Digital, S. L.

P 8 3 9 2 7 B

Penguin
Random House
Grupo Editorial

Acerca de *Los sonámbulos*

HERMANN BROCH
O EL PACIFISTA IRÓNICO

Como una piel contraída por la invasión súbita del frío exterior ante el sobresalto interior, Viena despertó estremecida —pero crepuscularmente lúcida— ante el impacto atronador, y gaseado, de la Primera Guerra europea. El siglo XX iniciaba en su caso el paradigma del principio y el fin de una era que en su espacio urbano e intelectual materializaba las líneas de T. S. Eliot: *«In my Beginnig is my End, in my End is my Beginning»*.

Viena había capitalizado la ensoñación patricia europea, concentrada en el ámbito centroriental del Viejo Continente: once nacionalidades, etnias variadas y confesiones religiosas de difícil o quimérica convivencia. Bajo el imperio, o la inercia latente de un poder con la sola fuerza de su declive, la armonía de un mundo con tres ciudades imperiales (Praga y Budapest además de las que asumía una titularidad hipotecada) no era sino el presentimiento de su desintegración.

Roto, o transformado si se prefiere, el mundo no era ya el mítico y paterno-familiar del nombre de Francisco José —sesenta y ocho años de mando, con bastón, y no de mando los últimos—; las nuevas realidades iban a imponerse. Para el vienés, esa figura que concentra avances científicos, preocupación minuciosa por el lenguaje y conciencia de la crisis que en los cambios mismos de su espacio se manifiesta, el latido de la alarma supone un llamamiento irrenunciable a la reflexión.

Las ambiciones de poder y sus resabios iban a redibujar con sus tropelías, o a restablecer con sus reivindicaciones, un mapa que seguiría quebrando y recosiendo a lo largo del siglo XX las costuras de unas fronteras tan lábiles como lo requirieran la tensión y el tesón —o el empecinamiento— de sus identidades.

Hermann Broch —un «autor a pesar suyo» (*Dichter wider Willen*), como lo definió su amiga Hannah Arendt— vivió práctica y literariamente como ingeniero y hombre de empresa hasta pasar a su vocación artística, el clima humanístico de Viena, pero también la vanidad de sus varias correcciones oficiales, el exceso de ornamentación como disfraz de su vacío. En su ensayo sobre «Hofmannsthal y su tiempo» (incluido en *Poesía e investigación*, Barcelona, Barral, 1974), traza un diagnóstico preciso y elocuente al respecto. El sentido crítico que revelan las páginas en torno al gran poeta y su ciudad, escritas hacia el final de su vida en Estados Unidos, presidía ya las líneas de su trilogía *Los sonámbulos*. De 1888 a 1918, y al frágil amparo del Romanticismo, sitúa en la Prusia finisecular, y en las conflictivas zonas industriales de Alemania, el teatro de unas circunstancias y personajes representativos de un común escenario germánico. No descuida algún paraíso provisional contemplativo, y aun abismático, para mostrar el lado de sombra que gravita en sus desapoderados protagonistas, y les confiere un relieve superior que ellos mismos ignoran.

La especulación a propósito de paisajes mentales (que parecen ávidos de hablar al alma) y el registro de las realidades de un capitalismo sin contemplaciones, con progresos tan evidentes como sus crímenes, conforman esta trilogía. Hermann Broch, vienés, sensible, auscultador de los vientos del espíritu, dialoga narrativamente con el lector, y lo sitúa en una Alemania predominante y aglutinadora que por su experiencia empresarial conocía bien. *Los sonámbulos* conforman una reflexión ejemplar para comprender, más allá de las geografías estrictas del texto, el devenir de una Europa que, después de 1945 —con Dachau y Auschwitz y Coventry y Dresde— parece, sobre todo, una promesa incumplida.

LLUÍS IZQUIERDO
Barcelona, Sant Vicenç de Montalt,
marzo de 2006

Prólogo

ESCH, O LA INSATISFACCIÓN DEL VACÍO

Esch o la anarquía, segunda parte de la trilogía *Los sonámbulos*, enlaza con la anterior, *Pasenow o el romanticismo*, pero acentúa la dimensión conflictiva de sus protagonistas, situados entre la ensoñación y la vigilia. Más que el argumento, al autor le interesa ahora extraer de las conciencias su indeterminación, tensa entre frustraciones y momentos exultantes. El choque entre estados contrapuestos, entre el ideal y las resistencias y condicionamientos de lo real, origina la característica inestabilidad y ambigüedad psicológica del sonambulismo anárquico que culmina en *Esch*.

Los hilos temáticos de la novela —aristocracia territorial y mundo urbano enfrentados, supervivencias precarias de clase y modos de vida en trance de extinción, emergencia de nuevas realidades— se trenzan a partir de la interacción entre unos personajes principales que, como entidades psíquicas, son reveladores de ideas y humores en conflicto con el paso del tiempo. Tienden por tanto a la abstracción, pues vienen a representar estructuras mentales, y requieren del lector el esfuerzo del conocimiento. La operación de leer una novela deja de ser, pues, para Broch un entretenimiento para convertirse en algo más, un deseo de renovación en el que trabajan, durante el primer tercio del siglo XX autores como Thomas Mann, Joyce, Kafka o Musil, quien consideraba que las páginas de Broch, aunque distintas por su técnica y, sobre todo, opuestas estilísticamente, presentaban ciertas «intenciones que coinciden parcialmente con las mías».[1] En rigor, ambos autores combinan pensamiento y narración para articular un discurso experimental y renovador que haga de la novela una experiencia intelectual reflexiva y exigente para el lector. Más austera y ensayística en Musil, en Broch se decanta hacia la exploración del fenómeno religioso y el lirismo radical en muchos fragmentos.

A diferencia de Musil, que enfoca esta etapa desde la Viena finisecular del XIX en *El hombre sin atributos*, Broch traslada a Alemania sus *sonámbulos*, pues allí resultan más evidentes los cambios económicos y los conflictos del mundo germánico. En *Esch o la anarquía*, el escenario ha cambiado. De la Prusia oriental de la primera parte, aristocrática y refractaria a la realidad, la acción se desplaza al medio urbano industrial de Colonia y Mannheim. Esch, el protagonista, se debate entre un purismo teórico —sublimado en los números como si se tratara de llevar un libro de cuentas teológico— y la entrega a una sexualidad impulsiva y copiosa. Despedido sin razón, centra sus ansias justicieras en Eduard von Bertrand, su jefe y capitán de industria en esta segunda entrega. Alimenta obsesiones aberrantes como la de redimir a Ilona o emprender negocios relacionados con el vino y el espectáculo, mientras no cesa de elucubrar quimeras y soñar con América como alternativa a su anodino transcurrir. Pero no son más que compensaciones provisionales para descargar sus presuntas energías. Acude habitualmente a la taberna de mamá Hentjen, a la que seduce o más bien reduce hasta su unión conyugal o comercial, pues los dos ámbitos vienen a resultar lo mismo. Las descripciones, a menudo de tintes ca-

---

1. Robert Musil, *Diarios*, Barcelona, DeBolsillo, 2004, pág. 226. Sobre Musil, gran escritor y algo receloso, son interesantes los comentarios de M. Reich-Ranicki (*Sieben Wegbereiter*, Munich, Deutscher Taschenbuch Verlag, 2004) sobre su empeño narrativo inacabable en *El hombre sin atributos*.

ricaturescos, muestran a Esch como un pobre pequeño burgués que procura resarcirse de su precariedad de horizontes con proyectos imaginarios y, entre ellos, el más delirante de acabar con Bertrand.

Entre la sucesión de anécdotas que pueblan las páginas de esta novela, Broch deja entrever ciertos signos del ambiente de la época, como la sublimación de diversos personajes en un objeto fetiche al que trasladan la imposibilidad de realizarse, tendencia hacia la que el autor dirige su mirada crítica. Es el caso de la foto que la tabernera guarda de su marido, tal vez como exvoto de póstuma devoción, o la torre Eiffel, mito o monumento industrial en el paso hacia el siglo xx. Y sobre todo, la imagen de la estatua de la libertad vista en un libro que Esch regala a mamá Hentjen, que representa la fijación ya apuntada del viaje a América.

Gran parte de la novela prolonga la andadura de la primera parte. Pero la exploración psicológica de los Pasenow, padre e hijo, deviene ahora una exploración radical de la conciencia. En el «viaje soñado» (*Traumreise*) de Esch a la villa de Eduard von Bertrand —que aparece en el segundo de los tres apartados precedidos de breves excursos ensayísticos—, la novela ausculta el flujo existencial de los personajes principales, como si procediera a calar en el interior de unas vidas sumidas en la extrañeza recíproca de una paradójica complementariedad. En dicho momento crucial, Bertrand —causante de todos sus males según Esch— deshace la casuística reivindicativa de este con la transrealidad mental de sus palabras. El sentido del texto se abisma aquí en un desencuentro crepuscular que configura dos actitudes vitales. Frente a quien ve más allá de lo inmediato y afina el juicio por saberse vulnerable, Esch confunde la justicia con la contabilidad, o con su ajuste de cuentas personal, y cree que solo así volverá el mundo a la debida corrección. Asimismo, el episodio prefigura la precaria y supuesta evasión a Badenweiler, un espacio estético y una distancia irreal. Ahí, el paisaje y el discurso de Bertrand fundidos conforman la atmósfera de voz interior que contrasta con el tono psicológico tenso, pero convencional, usado anteriormente. Sus comentarios se refieren a ese vivir a tientas irreconocido, que desentraña en tres aspectos:

El primero, religioso, alude a que «los que han de morir ... dejan sitio al redentor, al conocedor de todo, el portador del amor. Y solo su muerte en sacrificio liberará al mundo, retornándolo al estado de la nueva conciencia ... Pero antes tiene que venir el Anticristo, el insensato, el sin sueños. Primero hay que dejar el mundo sin aire, vaciado como si se pusiera bajo una campana neumática... la nada».

El segundo se centra en la incomunicación de dos itinerarios paralelos que no pueden llegar a encontrarse: «Tú sabes que yo no puedo retenerte, por más que temas la soledad. También yo me he de limitar a proseguir mis negocios». Esch y Bertrand suponen la conjunción imposible de polos opuestos que se acechan, inconciliables.

Y a modo de conclusión que trasciende y enlaza lo universal y lo particular, Bertrand concluye: «Y aunque caminemos juntos, no nos oímos y nos olvidamos los unos de los otros, como tú también, mi querido y último amigo, olvidarás lo que te estoy diciendo, lo olvidarás como se olvida un sueño».

Al hilo de estos comentarios, la figura de Bertrand[2] —de relieve bien definido en *Pasenow* y aquí compulsivamente suscitada desde la mente de Esch— cobra una significación determinante en la economía del texto. Por su reiteración explícita o latente, delinea los motivos rectores de la exploración crítica brochiana: la compartimentación intransitiva de

---

2. El relieve de esta figura, que el propio Broch abonaba, lo consolidó la crítica de manera casi inmediata. Así, en su antología de los fragmentos más significativos de la prosa brochiana, Harald Binde (*Die Heimkehr*, Frankfurt am Main, Fischer Bücherei, 1962, pp. 27-48) seleccionó las páginas de *Pasenow* y *Esch* en las que interviene Bertrand.

las conductas y su evasión a espacios oníricos cuya irrealidad compense siquiera la falta de sustancia. Una vez más, el desenmascaramiento del «doblestar» del sonámbulo acentúa la inanidad de sus rituales, contemporáneos a la llegada de un progreso en el que lo material va arrasando ciertos núcleos de valor periclitados.

Bertrand recapitula con sus palabras la corriente de fondo de la trilogía y adivina en los otros —de Elizabeth y Joachim von Pasenow a Esch— una vulnerabilidad que se refugia, bien sea en la obediencia al clan y el uniforme militar, bien en una indeterminación que transfiere a otros las propias carencias. Que el mundo resulte a juicio del contable un lugar legitimado gracias al suicidio de Bertrand —a quien odia por su éxito como empresario y, además, rechaza por homosexual— revela una diseminada miseria común, que en su caso agrava prejuicios y le expone a tentaciones doctrinarias. Lamentable evolución que se recrudecerá en la tercera parte.

El breve capítulo final de la novela es un guiño al lector, sujeto complementario implícito en sus páginas. Ofrece una imagen paródica del matrimonio Esch–mamá Hentjen. El contable dilapida la fortuna de su cónyuge, vuelve a su primer empleo, y —nos asegura el autor— la pareja se ama. Los golpes a mamá Hentjen parecen desmentirlo, pero ciertamente disminuyen hasta su total desaparición. Las últimas páginas anticipan cierta radicalidad ensayística que se acentuará en *Huguenau o el realismo*, la tercera y última novela de la trilogía. Para las reflexiones a que obliga, intensificadas por la combinación de distintas estrategias y géneros, sirvan de muestra estas líneas:

> La plenitud jamás tiene lugar en lo real, pero el camino del anhelo y de la libertad es infinito y nunca podrá ser hollado, es estrecho y tortuoso como el del sonámbulo, aunque se trate del camino que conduce a los brazos abiertos de la patria y de su pecho viviente.

Esta líneas anticipan el mundo de Huguenau, revelador de una primera liquidación de Europa. De lo que hacia 1903 cabía imaginar, a partir de los hechos y atendiendo a los presagios, Hermann Broch ofrece un reflexión imprescindible para entender algunos de los dilemas fundamentales del siglo XX.

LLUÍS IZQUIERDO

ESCH O LA ANARQUÍA

La plenitud, por tanto, jamás tiene lugar en lo real, pero el camino del anhelo y de la libertad es infinito y nunca podrá ser hollado, es estrecho y tortuoso como el del sonámbulo.

I

El 2 de marzo de 1903 fue un mal día para August Esch, empleado subalterno de comercio de treinta años de edad; había discutido con su jefe y fue despedido antes de tener ocasión de despedirse por sí mismo. Y le molestaba más no haber podido decir él la última palabra que el hecho en sí del despido. Teniendo en cuenta, además, lo mucho que habría podido espetarle en pleno rostro a aquel hombre que, en realidad, ignoraba cuanto ocurría en su propio negocio, que se fiaba de las insinuaciones de un Nentwig, sin caer en la cuenta de que el tal Nentwig se embolsaba unas comisiones en cuanto se presentaba la ocasión, y que mantenía seguramente adrede los ojos cerrados porque el tal Nentwig debía de tener conocimiento de algunos manejos sucios. ¡Y de qué modo tan tonto se había dejado atacar por sorpresa! Con malas palabras le habían reprochado un error en los libros, y ahora, al reflexionar sobre ello, veía que no existía tal error. Pero los dos se habían gritado con tal furia que todo acabó en una discusión absurda, en el transcurso de la cual se encontró de pronto despedido. Naturalmente en aquel momento solo se le había ocurrido la conocida réplica de Götz von Berlichingen, mientras que ahora le venían a la mente toda suerte de respuestas oportunas. «Señor», eso es, «Señor», hubiera debido decir, y al mismo tiempo hubiera tenido que mirarle con todo desprecio; y ahora Esch lo dijo, en tono sarcástico: «Señor, ¿tiene usted una ligera idea de lo que ocurre en su negocio...?»; sí, en esta forma habría tenido que hablar, pero ahora era demasiado tarde. Después se había emborrachado y se había acostado con una chica, pero no había servido de nada; la rabia le duraba todavía y Esch seguía despotricando en su interior, mientras se dirigía a la ciudad por la orilla del Rin.

Oyó pasos tras él y, al volverse, vio a Martin, que se acercaba a toda prisa entre las dos muletas, apoyando en la madera la punta del pie de su pierna más corta. Solo le faltaba aquel tipo pisándole los talones. Esch habría continuado gustosamente su camino, aun a riesgo de recibir un muletazo en la cabeza —tenía bien merecido que le dieran de palos—, pero le pareció que era una mala jugada dejar que el lisiado corriera tras él, y se detuvo. Por otra parte tenía que preocuparse de buscar otro empleo, y Martin, que conocía a tanta gente, tal vez pudiera encontrarle algo. El tullido se acercó, dejó su pierna lisiada bamboleándose y dijo sin preámbulos:

—¿Despedido?

O sea que este ya lo sabía.

—Despedido —replicó Esch con acritud.

—¿Te queda dinero?

Esch se encogió de hombros; le alcanzaría para un par de días. Martin reflexionó.

—Creo que tengo un empleo para ti.

—Bien, pero de meterme en tu organización ni hablar.

—Lo sé, lo sé, te crees superior... Pero ya llegará. ¿Dónde vamos?

Esch no tenía una meta fija; y fueron a la taberna de mamá Hentjen. En la Kastellgasse Martin se detuvo:

—¿Te han dado un certificado decente?

—Tendré que ir a buscarlo.

—En la Mittelrheinische de Mannheim necesitan un contable para barcos o algo parecido... Siempre que no te importe irte de Colonia.

Entraron. Era un local bastante grande y oscuro, una taberna que de seguro frecuentaban los marineros del Rin desde hacía cientos de años; claro que, aparte de la bóveda ennegrecida por el humo, no quedaba nada de su largo pasado. Las paredes en torno a las mesas estaban recubiertas hasta media altura de madera marrón y un banco de obra corría a lo largo del muro. En la repisa había jarras de cerveza de Munich, y también podía verse una torre Eiffel de bronce. La torre Eiffel ostentaba una bandera negra-blanca-roja, y, si se miraba con más atención, se podían descifrar las letras doradas y desdibujadas de las palabras «Mesa reservada a los clientes». Entre las dos ventanas había una pianola con las tapas abiertas y se podía ver el cilindro de notas y el mecanismo interior. En realidad hubiera debido estar cerrada, y el que quisiera disfrutar de la música hubiera tenido que echar una moneda. Pero mamá Hentjen no era tacaña, y al cliente le bastaba meter las manos en el mecanismo y tirar de la palanca; todos los clientes de mamá Hentjen sabían cómo funcionaba el aparato. Frente a la pianola, toda la parte estrecha del fondo del local estaba ocupada por el mostrador, y detrás del mostrador había un gran espejo entre dos vitrinas llenas de multicolores botellas de licor. Cuando por la noche mamá Hentjen ocupaba su sitio en el mostrador, solía volverse, y, mirándose al espejo, retocaba con la mano aquel peinado que, como un rígido pan de azúcar, cubría de cabellos rubios su cráneo redondo y macizo. En el mostrador había algunas botellas grandes de vino y aguardiente. Porque los licores de distintos colores que llenaban las vitrinas eran raramente solicitados. Por último, entre el mostrador y una de las vitrinas, se hallaba, discretamente colocada, una jofaina de cinc con un grifo.

El local carecía de calefacción y su frío era maloliente. Los dos hombres se frotaron las manos y, mientras Esch se dejaba caer pesadamente en un banco, Martin manipuló en la pianola, que emitió roncamente en el helado ambiente las notas de la marcha de los gladiadores. Pese al ruido, se oyeron pronto pasos en una chirriante escalera de madera, y la puerta de vaivén situada junto al mostrador se abrió empujada por mamá Hentjen. Llevaba todavía el atuendo matinal de trabajo; se había atado un gran delantal de algodón azul por encima de la falda y no se había puesto todavía el corsé que usaba por las tardes, con lo que sus pechos colgaban como sacos dentro de la blusa de fustán a cuadros. Solo el peinado se mantenía erguido, como un rígido y correcto pan de azúcar, sobre el pálido rostro inexpresivo, cuya edad era muy difícil de precisar. Pero todo el mundo sabía que la señora Gertrud Hentjen contaba treinta y seis años de edad y era desde hacía mucho, mucho tiempo —habían calculado recientemente que debían de haber pasado catorce años— viuda del señor Hentjen, cuya amarillenta fotografía colgaba encima de la torre Eiffel, entre la licencia del establecimiento y un paisaje lunar, los tres con hermosos marcos negros cuajados de adornos dorados. Y a pesar de que el señor Hentjen, con aquella barba de chivo, parecía un infeliz aprendiz de sastre, su viuda le guardaba fidelidad; por lo menos no se podía decir nada de ella; y, caso de que alguno se atreviera a acercársele con miras matrimoniales, ella replicaba en tono desdeñoso: «Sí, claro, la taberna le vendría muy bien. Pero prefiero administrarla yo solita».

—Buenas, señor Geyring, buenas, señor Esch —dijo mamá Hentjen—. Hoy vienen ustedes muy pronto.

—Hace ya bastantes horas que estamos en pie, mamá Hentjen —repuso Martin—. El que trabaja quiere también comer.

Martin pidió queso y vino; Esch, que notaba todavía el vino de la noche anterior en la boca y en el estómago, pidió una copita de aguardiente. La señora Hentjen se sentó con ellos y quiso que le contaran las novedades. Esch hablaba con monosílabos y, aunque no se avergonzaba en absoluto de que le hubieran despedido, le molestaba que Geyring difundiera de esta forma el acontecimiento. «Sí, otra víctima del capitalismo», concluyó el sindicalista, «pero hay que reintegrarse al trabajo. Naturalmente, el señor barón, si quiere, puede permitirse el lujo de no dar golpe.» Pagó la cuenta y no permitió que Esch abonara su copa: «Hay que proteger a los parados...».

Cogió las muletas, que había dejado apoyadas a su lado, fijó la punta del pie izquierdo en la madera y salió del establecimiento tambaleándose entre los dos bastones.

Después de que él se hubo marchado, los otros dos permanecieron un rato en silencio; luego Esch señaló con el mentón hacia la puerta y dijo:

—Un anarquista.

La señora Hentjen encogió sus carnosos hombros:

—Y aunque lo sea, es un hombre honesto...

—Claro que es honesto —corroboró Esch.

Y la señora Hentjen prosiguió:

—... pero muy pronto le cogerán otra vez; ya en una ocasión le tuvieron encerrado seis meses. —Y añadió—: Claro que esto es asunto suyo.

Los dos callaron de nuevo. Esch reflexionaba sobre si Martin habría cojeado o no desde la infancia, un lisiado de nacimiento, se dijo, y en voz alta:

—A él le gustaría meterme en su asociación socialista. Pero yo no quiero.

—¿Por qué no? —preguntó la señora Hentjen sin interés.

—No va conmigo. Yo quiero llegar; si uno quiere llegar, tiene que haber orden.

La señora Hentjen tuvo que darle la razón:

—Es cierto, tiene que haber orden. Bueno, ahora tengo que ir a la cocina. ¿Comerá usted hoy aquí, señor Esch?

Esch lo mismo podía comer allí que en cualquier otra parte, pero, en definitiva, ¿por qué deambular con aquel viento helado?

—Aunque este año apenas nieva —dijo sorprendido por la comprobación—, el polvo de nieve le ciega a uno totalmente.

—Sí, fuera hace un tiempo pésimo —corroboró la señora Hentjen—. O sea que se queda usted aquí.

La mujer desapareció en la cocina; la puerta de vaivén

osciló un buen rato aún, movimiento que Esch siguió apáticamente con la mirada hasta que la puerta se quedó quieta. Luego intentó dormir. Pero ahora sintió el frío del local; anduvo arriba y abajo, con paso un tanto duro y pesado, cogió el periódico que estaba sobre el mostrador, pero no pudo pasar las páginas de tan helados que tenía los dedos; también le dolían los ojos. Se decidió pues a buscar el calor de la cocina; entró con el periódico aún en la mano. «Quiere usted olisquear los pucheros, ¿no?», dijo la señora Hentjen, aunque al momento comprendió que hacía demasiado frío en el local, y, como tenía por costumbre no encender el fuego hasta después de comer, y se mantenía fiel a esta regla, le permitió que le hiciera compañía. Esch la observaba mientras ella trasteaba con las ollas, y le hubiera gustado cogerla por los pechos, pero la fama que ella tenía de ser inabordable hizo que este deseo muriera al nacer.

Cuando la muchacha que la ayudaba en la cocina salió un momento, Esch dijo:

—Esto de que usted quiera vivir tan sola...

—Vaya, conque ahora va a empezar usted también con esta canción.

—No —repuso Esch—, es solo un decir.

La señora Hentjen había adquirido una expresión extrañamente concentrada; era como si algo le diera asco, porque se sacudió haciendo oscilar sus senos y luego siguió trabajando con aquel semblante vacío y aburrido que todos conocían. Esch se puso a leer el periódico junto a la ventana; finalmente miró hacia el patio donde el viento levantaba pequeños torbellinos de polvo de nieve.

Más tarde llegaron las dos muchachas que por la noche hacían de camareras; venían sin lavar y medio dormidas. La señora Hentjen, las dos muchachas, la pequeña criada y Esch tomaron asiento alrededor de la mesa de la cocina y empezaron a comer, todos con los codos muy separados del cuerpo y las cabezas inclinadas sobre el plato.

Esch había preparado su ofrecimiento a los de Mannheim; solo faltaba adjuntar el certificado. En realidad estaba contento de que todo hubiera sucedido de aquel modo. No era bueno permanecer siempre en la misma colocación. Uno tenía que marcharse, cuanto más lejos mejor. Había que moverse; siempre se había mantenido fiel a este principio.

Por la tarde fue a la casa Stemberg & Cía., Vinos al por mayor y Bodegas, para recoger su certificado. Nentwig le hizo esperar ante la barrera de madera; gordo y fofo, echaba cuentas sentado en su escritorio. Esch golpeó impaciente la madera con las uñas. Nentwig se levantó, se acercó a la barrera y dijo mirándole desde lo alto:

—Paciencia, señor Esch. Ha venido por su certificado, claro. Pero no será tan urgente. Veamos. ¿Fecha de nacimiento? ¿Fecha de ingreso?

Esch, con la cabeza vuelta hacia otro lado, le dio estos datos, y Nentwig tomó nota. Después dictó algo y regresó con el certificado. Esch lo leyó:

—Esto no es un certificado —dijo, y devolvió el papel.

—¿Qué pasa?

—Tiene usted que certificar mi trabajo como contable.

—¡Usted, contable! Bastante ha demostrado lo que sabe hacer.

Había llegado el momento de ajustar cuentas:

—¡Creo que para sus inventarios necesitan ustedes un contable especializado!

Nentwig se desconcertó:

—¿Qué quiere usted decir?

—Quiero decir lo que digo.

Nentwig cambió de actitud y dijo casi amablemente:

—Con su agresividad únicamente consigue usted perjudicarse a sí mismo tiene usted un buen empleo y se disgusta con su jefe.

Esch se dio cuenta de su victoria y comenzó a explotarla:
—Con el jefe hablaré también.
—Por mí, puede usted hablar con el jefe tanto como quiera —dijo Nentwig arrogante—. Vamos a ver, ¿qué clase de certificado tiene que ser?

Esch exigió que el documento dijera: «celoso de su deber, de toda confianza, versado en todos los trabajos de contabilidad y oficina».

Nentwig quería deshacerse de él:
—No hay mucha verdad en todo esto, pero por mí...

Se volvió hacia el escribiente para dictarle la nueva versión.

Esch se había sentido ofendido:
—Así que no es verdad, ¿eh...? Entonces escriba usted, además, «muy recomendable desde todos los puntos de vista».

Nentwig hizo una reverencia:
—Lo que usted mande, señor Esch.

Esch leyó el nuevo escrito y se sintió satisfecho:
—Ahora la firma del jefe —dijo en tono imperioso.

A Nentwig esto le pareció ya demasiado, y gritó:
—¿Acaso la mía no le parece bien?
—Si usted tiene facultad para firmar, para mí es lo mismo —fue la generosa y ampulosa respuesta de Esch.

Y Nentwig firmó.

Esch salió a la calle y se dirigió al buzón más próximo. Silbaba; se sentía rehabilitado. Tenía el certificado; perfecto. Lo incluyó en el sobre que contenía su ofrecimiento a la Mittelrheinische. El hecho de que Nentwig hubiera cedido demostraba que no tenía la conciencia tranquila. Los inventarios habían sido, pues, falseados, y era necesario entregar aquel sujeto a la policía. Sí, constituía un simple deber ciudadano el denunciarle de inmediato. La carta se había deslizado sorda y suavemente dentro del buzón, y Esch, con los dedos aún en la trampilla del mismo, se preguntó si debía ir directamente a la comisaría. Indeciso, dio algunos pasos. Había hecho mal al enviar el certificado, hubiera debido devolvérselo a Nentwig; sacarle primero un certificado e ir luego a denunciarle no era honesto. Pero ya estaba hecho, y sin certificado le habría resultado muy difícil obtener el puesto en la compañía naviera Mittelrheinische. No le quedaría otra alternativa que volver a la casa Stemberg. Y se figuró que tal vez el jefe le daría el puesto de Nentwig por haber descubierto la falsificación, ya que Nentwig debería permanecer un tiempo en la cárcel. Pero ¿y si el propio jefe estuviera involucrado en las cochinadas? En cualquier caso, entonces, la investigación policíaca daría al traste con todo el tinglado. Esto daría como resultado una casa en quiebra, pero no una plaza de contable. Y en los periódicos se hablaría de «la venganza de un empleado despedido». Y, en definitiva, él acabaría siendo sospechoso de complicidad. Y, para él, no habría ni certificado ni posibilidad de encontrar trabajo en ninguna parte. Esch se alegró de la agudeza con que sacaba conclusiones, pero estaba furioso. «Sucia pocilga de cerdos», dijo para sus adentros. Se había detenido en la explanada delante de la ópera, y echaba sus maldiciones al viento que le llenaba los ojos de nevisca helada. No sabía qué hacer. Finalmente decidió aplazar la cuestión; en caso de que no le dieran el empleo los de la Mittelrheinische, siempre habría tiempo de dejar actuar a Némesis. Con las manos en los bolsillos de su raída chaqueta, a través de la tarde que iba oscureciendo, se dirigió, en realidad para guardar las formas, a la comisaría de policía. Observó a los centinelas durante un rato. Cuando apareció un coche celular lleno de detenidos, esperó a que descendieran todos y, al ver que el empleado cerraba la puerta sin que Nentwig apareciera entre ellos, se sintió decepcionado. Permaneció allí todavía un momento y por fin dio la vuelta y se encaminó hacia el Mercado Viejo. Las dos arrugas que le cruzaban las mejillas tenían ahora un surco más profundo. «Borrachín, mala uva», pensó regañándose a sí mismo. Descontento y de mal humor, pese a la victoria que tan amarga le estaba resultando, tuvo que emborracharse otra vez y acostarse con una muchacha.

La señora Hentjen, con el traje de seda marrón que, de ordinario, no solía ponerse hasta la noche, había pasado la tarde en casa de una amiga, y al regresar la invadió de nuevo aquella oleada de cólera que acostumbraba a sentir al contemplar aquella casa y aquel local en los que se veía obligada a vivir desde hacía tanto tiempo. Desde luego, con aquel negocio tenía uno bastante bien guardadas las espaldas, y, cuando sus amigas la alababan o lisonjeaban por su capacidad, experimentaba una sensación de bienestar que arreglaba muchas cosas. Pero ¿por qué no tendría a su cargo una tienda de lencería o una corsetería o una peluquería de señoras, en lugar de tener que habérselas todas las noches con aquella partida de borrachos? De no llevar el corsé bien apretado, las náuseas habrían agitado su cuerpo a la vista de aquella casa: hasta tal punto odiaba a los hombres que la frecuentaban y a los que ella tenía que servir. Aunque tal vez odiaba todavía más a las mujeres, siempre tan tontas y siempre persiguiendo a los hombres. No, entre sus amigas no había ninguna de esas que se pirran por los hombres, que se mezclan con estos sujetos y los admiten junto a sí como las perras. El día anterior había descubierto a la criada en el patio con un muchacho, y todavía le escocía agradablemente la mano con que le había dado de bofetadas: tenía ganas de emprenderla otra vez con la muchacha. Sí, las mujeres eran, quizá, más repugnantes aún que los hombres. Ella prefería a sus camareras o a las mujerzuelas que despreciaban a los hombres cuando tenían que acostarse con ellos: le gustaba hablar con estas mujeres largo y tendido, le gustaba que le contasen sus cosas, las consolaba y mimaba a fin de reparar sus sufrimientos. Por esta razón los empleos en la taberna de mamá Hentjen estaban muy solicitados, y las chicas los consideraban como algo codiciable que querían conservar a toda costa. Y mamá Hentjen se alegraba de que le tuvieran este apego y este afecto.

Arriba, en el primer piso, estaba su hermosa habitación: enorme, abarcaba con sus tres ventanas que daban a la calleja todo el ancho de la casa sobre la taberna y el vestíbulo; en el fondo, donde abajo se encontraba el mostrador, el cuarto formaba una especie de alcoba, protegida por una cortina de colores claros. Si se corría la cortina, una vez acostumbrados los ojos a la oscuridad, podían verse las camas de matrimonio. Pero la señora Hentjen no usaba este cuarto y nadie sabía si se había usado alguna vez. A una habitación tan grande es muy complicado y costoso dotarla de buena calefacción, y por eso era muy comprensible que la señora Hentjen hubiera elegido como sala de estar y dormitorio la pequeña habitación situada sobre la cocina y que usara la sala oscura y fría para guardar mercancías fácilmente corrompibles. Incluso las nueces que la señora Hentjen solía adquirir en otoño habían sido llevadas allá y yacían en gruesa capa sobre el suelo, cruzado por dos anchas franjas de linóleo verde.

La señora Hentjen, todavía de mal humor, subió a la habitación a buscar salchichas para la noche y, como el ser humano cuando está iracundo se distrae fácilmente, tropezó con las nueces, que rodaron con un ruido irritante ante sus pies. Cuando, además, pisó una, su ira aumentó y, mientras la recogía, a fin de remediar la pérdida, e iba separando cuidadosamente la cáscara rota de la nuez y se llevaba a la boca los pedacitos blancos recubiertos de amarga piel amarillenta, iba dando gritos para que acudiera la muchacha de la cocina; finalmente aquella pécora la oyó y subió atropelladamente la escalera, para ser recibida por un desordenado aluvión de insultos: naturalmente el tener trato con muchachos iba unido a robar nueces —las nueces hubieran tenido que estar junto a la ventana y resulta que uno tropezaba con ellas justo al franquear la puerta; las nueces no se trasladan por propia iniciativa desde la ventana. Cuando se disponía a levantarle la mano y la chica se protegía ya con el brazo, la señora Hentjen notó una piel de nuez en la boca y se limitó a escupir despectivamente; luego bajó al local, seguida de la llorosa muchacha.

En cuanto entró en la taberna, donde flotaban ya espesas nubes de humo de tabaco, experimentó, como casi todos los días, aquella sensación de angustia casi incomprensible pero difícil de dominar. Se dirigió al espejo y retocó maquinalmente el rubio pan de azúcar que cubría su cabeza, se alisó el vestido y no recobró la calma hasta cerciorarse de que su aspecto era excelente. Contempló ahora los conocidos rostros entre los clientes y, aunque obtenía más ganancias con las bebidas que con las comidas, sentía más simpatía por los comedores que por los bebedores. Salió de detrás del mostrador y pasó por entre las mesas preguntando si todos estaban bien atendidos. Y, cuando un cliente pedía otra ración, llamaba con cierta satisfacción a la camarera. Realmente la cocina de mamá Hentjen era algo que valía la pena.

Geyring ya estaba allí; sus muletas permanecían apoyadas junto a él; había cortado la carne que tenía en el plato en pedacitos y comía mecánicamente, al tiempo que sostenía con la mano izquierda uno de aquellos periódicos socialistas que siempre asomaban por sus bolsillos. A la señora Hentjen le gustaba Geyring, en parte porque, al ser un lisiado, no era un hombre completo, en parte porque no acudía a la taberna a emborracharse, ni a armar jaleo, ni a causa de las chicas, sino porque sencillamente su trabajo le exigía permanecer en contacto con los navegantes y trabajadores del puerto. Y, sobre todo, a ella le gustaba porque todas las noches cenaba en su taberna y siempre alababa su cocina. Se sentó a su lado.

—¿Ha estado Esch aquí? —preguntó Geyring—. Ha conseguido el empleo en la Mittelrheinische. El lunes empezará.

—Lo ha conseguido gracias a usted, señor Geyring —dijo la señora Hentjen.

—No, mamá Hentjen, todavía no hemos llegado a que la

organización pueda proporcionar empleos... Falta mucho para esto... Pero ya llegará. Yo únicamente puse a Esch sobre la pista. ¿Por qué no se ha de ayudar a un muchacho de su valía aunque no sea de los nuestros?

Mamá Hentjen no se mostró muy interesada:

—Bueno, coma usted a gusto, señor Geyring, voy a traerle algo extra como obsequio mío.

Fue al mostrador y regresó con un plato que contenía una rodaja no muy grande de embutido, adornada con unas hojitas de perejil. El arrugado rostro de Geyring, rostro de un niño de cuarenta años, le sonrió agradecido con sus feos dientes, y él puso su mano sobre la de ella, blanca y carnosa, mano que ella retiró de inmediato un poco sorprendida.

Al cabo de un rato llegó Esch. Geyring levantó la mirada del periódico y le dijo:

—Enhorabuena, August.

—Gracias —contestó Esch—. O sea que ya lo sabes. Ha ido todo sobre ruedas, contestaron a vuelta de correo y me dieron el empleo. Muchas gracias por haberme dado la idea.

Pero su expresión, bajo aquel pelo oscuro y corto como un cepillo, reflejaba el estado de ánimo vacío y envarado propio del hombre descontento.

—Lo he hecho con sumo gusto —dijo Martin; luego se volvió hacia el mostrador y alzando la voz añadió—: Aquí tenemos a nuestro nuevo pagador.

—Buena suerte, señor Esch —dijo secamente la señora Hentjen, si bien salió de detrás del mostrador para tenderle la mano.

Esch, que quería demostrar que no todo el mérito era de Martin, sacó su certificado del bolsillo:

—No habría sido tan sencillo, si Stemberg no hubiera tenido que darme un certificado tan bueno.

Subrayó el «hubiera tenido» con intención, y añadió «esa compañía de cerdos». La señora Hentjen leyó el informe con aire distraído y dijo:

—Es un informe estupendo.

Geyring también lo leyó y corroboró:

—Sí, la Mittelrheinische puede estar satisfecha de haber reclutado un elemento de primera clase... Ahora tendré que decirle al presidente Bertrand que me pague una comisión por este servicio.

—Un contable perfecto, ¿verdad?, perfecto —se vanaglorió Esch.

—Es bonito poder decir esto de uno mismo —dijo la señora Hentjen—. Ahora está usted naturalmente muy orgulloso, señor Esch, y tiene sobrados motivos para ello. ¿Quiere comer algo?

Claro que quería, y, mientras la señora Hentjen le contemplaba complacida viendo que le gustaba la comida, él explicó que pronto viajaría Rin arriba y que confiaba en que le enviaran fuera; entonces habría viajes hasta Kehl y Basilea. Entretanto se fueron uniendo a ellos otros conocidos; el nuevo tesorero hizo servir vino para todos, y la señora Hentjen se retiró. Comprobó con desagrado que Esch tocaba a la camarera Hede cada vez que ella pasaba cerca de su mesa y que finalmente la hizo sentar junto a él para que bebiera con el grupo. Pero como las consumiciones subieron mucho, cuando los señores se fueron después de medianoche y se llevaron a Hede, ella le dio disimuladamente un marco.

A pesar de todo, Esch no estaba satisfecho con su nuevo empleo. Le parecía que había conseguido este puesto al precio de su salvación o, por lo menos, de su honestidad. Ahora que todo marchaba y que incluso había percibido un adelanto para el viaje en la filial que la Mittelrheinische tenía en Colonia, le entraron de nuevo las dudas sobre si debía o no formular la denuncia. Desde luego era evidente que él tendría que estar presente en las comprobaciones judiciales y que entonces no podría marcharse y, por tanto, perdería probablemente el empleo. Por un momento pensó en resolverlo enviando una carta anónima a la policía, pero desechó la idea: no podía borrarse una indecencia con otra. Para colmo le fastidiaban sus escrúpulos de conciencia; al fin y al cabo no era ningún niño, le importaban una mierda los curas y la moral; había leído todo tipo de cosas y, una vez que Geyring le presionaba de nuevo para que se afiliara al partido socialdemócrata, le había respondido: «No, no pienso unirme a vosotros los anarquistas, pero, para que veas que en parte cumplo tus deseos, tal vez me una a los librepensadores». Y aquel tipejo desagradecido había respondido que esto le daba igual. Así son los hombres, bueno, pues a Esch también podía darle igual.

A la postre hizo lo más sensato: llegado el momento, partió. Pero se sentía desplazado a la fuerza; la usual alegría de viajar no hacía acto de presencia, y, de todos modos, dejó en Colonia parte de sus cosas; dejó incluso su bicicleta. En cualquier caso, el dinero recibido para el viaje le hizo sentirse generoso. Y de pie en la estación de Maguncia, con un vaso de cerveza en la mano, con el billete en el sombrero, se acordó de los que había dejado y quiso demostrarles su afecto, y, como precisamente pasaba el vendedor de periódicos empujando su carrito, compró un par de postales. Quien merecía más que todos un saludo era Martin, pero a un hombre no se le mandan postales. Por eso la primera la dirigió a Hede; la segunda la destinó a mamá Hentjen. Después pensó que la señora Hentjen, con lo orgullosa que era, tal vez se sentiría ofendida al recibir una postal al mismo tiempo que una empleada suya y, como hoy le daba igual, rompió la primera y solo envió la de mamá Hentjen; enviaba cariñosos saludos para ella, para todos sus queridos amigos y conocidos, y para las señoritas Hede y Thusnelda desde la hermosa ciudad de Maguncia. Después se sintió de nuevo un poco solo, bebió otro vaso de cerveza y continuó su viaje a Mannheim.

Debía presentarse en la oficina central. La compañía naviera Mittelrheinische S. A. poseía un edificio propio no lejos del puerto Mühlan, una sólida casa de piedra, con columnas junto a la puerta. Daba a una calle asfaltada, muy apropiada para circular en bicicleta; era una calle nueva. La pesada puerta de cristales y hierro forjado, que de seguro se podía mover fácil y silenciosamente, estaba entreabierta, y Esch entró. Le gustó el mármol del vestíbulo. En lo alto de la escalera colgaba un letrero de cristal en cuya transparente superficie se leía en letras doradas: «Dirección». Se encaminó hacia allí. Cuando ya tenía el pie en el primer peldaño de la escalera, oyó una voz a sus espaldas: «¿Adónde va, por favor?». Se volvió y vio al portero, vestido con una librea gris en la que brillaban unos botones plateados; en la gorra también llevaba un galón de plata. Todo esto era muy bonito, pero Esch se sintió molesto: ¿qué pretendía de él aquel tipo?

—Me tengo que presentar aquí —contestó escuetamente, y se dispuso a continuar su camino.

Pero el otro no se amilanó:

—¿En la dirección?

—¿Dónde si no? —repuso Esch con acritud.

En el primer piso, la escalera terminaba en un amplio y oscuro vestíbulo. En el centro había una enorme mesa de roble y alrededor algunas sillas acolchadas. Evidentemente todo era muy elegante. Allí había otro tipo con botones plateados y le preguntó qué deseaba.

—Quiero ir a la dirección —dijo Esch.

—Los señores están celebrando una reunión del consejo administrativo —dijo el conserje—. ¿Es algo importante?

Esch no tuvo más remedio que explicarse; mostró sus papeles, el escrito de admisión, la orden de pago del adelanto para el viaje.

—También tengo un par de certificados —añadió, disponiéndose a presentar también el informe de Nentwig.

Pero constató decepcionado que aquel tipo no se dignaba ni echar una ojeada a los papeles:

—Aquí no tiene usted nada que hacer con esto. En la planta baja, al fondo del pasillo, la segunda escalera... Infórmese abajo.

Esch se quedó quieto un momento; no quería concederle el triunfo al conserje de la puerta, y preguntó de nuevo:

—¿O sea que no es aquí?

El conserje le daba ya la espalda, indiferente:

—No, esto es la antesala del presidente.

Esch se enfureció; pues no metían poco ruido con su presidente, muebles acolchados, ordenanzas plateados; a Nentwig le encantaría todo esto. Bah, un presidente de esa clase no debía de valer mucho más que un Nentwig. Pero de buena o de mala gana, Esch tuvo que retroceder. Abajo estaba el portero. Esch le miró con atención para ver si ponía mala cara, pero como el hombre tenía un aire totalmente indiferente, Esch dijo:

—Tengo que ir al departamento de admisión de personal —y se hizo mostrar el camino. A los dos pasos se volvió y, señalando con el pulgar hacia lo alto de la escalera, preguntó—: ¿Cómo se llama el de allá arriba, vuestro presidente?

—Presidente Von Bertrand —respondió el portero, y en su tono había algo que parecía respeto.

Y Esch, también con cierto respeto, repitió para sí «Presidente Von Bertrand»; aquel nombre lo había oído ya en alguna parte.

En el departamento de personal se enteró de que ejercería sus funciones en los almacenes del puerto. Cuando salía de nuevo a la calle, un carruaje se detuvo frente al edificio. Hacía frío; en los bordillos de las aceras y en los recodos de las paredes había nieve en polvo acumulada allí por el viento; uno de los caballos golpeaba el asfalto con los cascos. Se veía que estaba impaciente, y con razón. «Sin carruaje no puede hacer nada el señor presidente», pensó Esch, «en cambio nosotros podemos ir a pie.» No obstante, aquello le gustó y estaba contento de pertenecer a la empresa. Suponía, al menos, un triunfo sobre Nentwig.

En los almacenes de la Mittelrheinische, ocupó su puesto tras una mampara de cristal, al fondo de un largo tinglado. Junto a su mesa estaba la del funcionario de aduanas, y detrás brillaba una pequeña estufa de hierro. Si a uno le fastidiaba el trabajo y se sentía de nuevo solo y abandonado, encontraba siempre algo que hacer en los vagones y en los trabajos de carga. Tenía que reemprenderse la navegación a los pocos días y en las embarcaciones todo estaba en movimiento. Había grúas que oscilaban y descendían como si pretendieran picotear cuidadosamente alguna cosa de los novios, y había otras que se inclinaban sobre el agua como puentes inacabados. Naturalmente, todo esto no era nuevo para Esch, pues en Colonia había más o menos lo mismo, pero allá la larga hilera de los cobertizos resultaba familiar, era algo de lo que uno ni se daba cuenta, y, si alguien le hubiera obligado a reflexionar sobre ello, habría considerado las edificaciones, las grúas y los embarcaderos casi como algo absurdo que tenía que existir para atender inexplicables necesidades de los seres humanos. Ahora, en cambio, todo esto de lo que él formaba parte, se había transformado, en instalaciones lógicas y convenientes, y esto le hacía bien. Mientras que antes le sorprendía, con frecuencia desagradablemente, que hubiera tantas firmas exportadoras y que los tinglados, todos iguales, que se extendían a lo largo de la orilla, ostentaran tantos letreros de firmas distintas, ahora cada empresa adquiría su propia individualidad, individualidad que uno reconocía en la persona de los almacenistas, gordos o delgados, y en la de los contramaestres, rudos o amables. Hasta las inscripciones de los departamentos aduaneros de la Alemania imperial que se encontraban a la entrada de la zona acotada del puerto resultaban agradables: le hacían a uno adquirir conciencia de que se movía en tierra extranjera. Era una vida atada y al mismo tiempo libre, la que uno llevaba en este refugio de mercancías, que podían acumularse aquí sin pagar derechos, y era un aire de fronteras el que se respiraba detrás de las verjas de hierro de la zona aduanera. Y, a pesar de que él no llevaba uniforme y era, por así decirlo, únicamente un empleado privado, la vida en común con los funcionarios de aduana y los empleados ferroviarios le había convertido casi en un personaje oficial, que llevaba además en el bolsillo una cédula de identificación que le permitía circular por toda la zona acotada sin trabas de ningún tipo, saludado casi amistosamente en la puerta principal por los guardias. Y entonces devolvía el saludo, tiraba el cigarrillo ostentosamente dibujando un arco en el aire, para respetar la prohibición de fumar que figuraba casi en todas partes, y, convertido en un perfecto «no fumador», dispuesto en todo momento a reprender a los civiles que pudieran contravenir eventualmente el reglamento, se dirigía a largos y pesados pasos hacia la oficina, donde el jefe del almacén tenía ya las listas sobre su mesa. Entonces se pone uno los guantes de lana gris con las puntas de los dedos cortados, para que no se hielen las manos en el frío gris y polvoriento del tinglado, coge la lista y controla las cajas y los fardos amontonados. Caso de que una de las cajas esté fuera de su sitio, no dejará de mirar impaciente o con recriminación al jefe de almacén, responsable de la colocación, a fin de que reprenda a su vez a los trabajadores correspondientes. Y cuando más tarde el funcionario de aduanas que está haciendo su ronda entra en la casilla de cristal, alaba el calor de la estufa encendida, se desabrocha el cuello de la camisa del uniforme, se despereza entre exclamaciones de bienestar y se deja caer contra el respaldo de la silla, las listas están ya controladas y ordenadas en el fichero, y el examen no es severo, sino que ambos hombres se sientan frente a la mesa y comentan tranquilamente las entradas. Después el empleado ratifica la lista con la acostumbrada rúbrica de su lapicero azul, coge la copia, la guarda en su escritorio y, si les apetece, se van a la cantina.

Desde luego, Esch había mejorado con el cambio, si bien la justicia había salido perjudicada. Con frecuencia no podía dejar de pensar —y era lo único que enturbiaba su satisfacción— en si no existiría algún medio de formular la denuncia que el deber le exigía; entonces todo estaría en orden.

El inspector de aduanas Balthasar Korn procedía de una región de Alemania muy sobria. Había nacido en la zona intermedia entre las culturas bávara y sajona y recibido sus impresiones de juventud en la montañosa ciudad de Hof en Baviera. Su mentalidad oscilaba entre una sobria rudeza y una sobria codicia y, después de haberle llevado a alcanzar el grado de primer sargento en el servicio militar activo, aprovechó la ocasión que el Estado previsor brinda a sus fieles soldados y pasó al servicio de aduanas. No se había casado y vivía con su hermana Erna, también soltera, en Mannheim, y, como le fastidiaba sobremanera ver vacío el cuarto que daba al patio, convenció a August Esch para que dejara la cara habitación de la pensión y se acomodara en su casa por un precio más módico. Y aunque no estimaba del todo a Esch porque, al ser este luxemburgués, no podía comentar su servicio militar, no le habría disgustado traspasarle no solo el cuarto sino también la hermana. No escatimaba las correspondientes alusiones, que la muchacha, ya maduríta, acompañaba con gestos avergonzados de denegación y con risitas. Incluso llegaba a poner en peligro la buena fama de su hermana, pues no tenía ningún reparo en llamar «señor cuñado» a Esch en la cantina ante todo el mundo, con lo cual era inevitable pensar que el así llamado compartía la cama de su patrona. Pero si Korn actuaba de tal forma no era ni mucho menos solo por broma, sino que pretendía, en parte mediante la insistencia, en parte por la presión de la opinión pública, que Esch cambiara la situación ficticia en que él le colocaba con su actuación por una realidad sólida.

Esch se trasladó de buen grado a casa de Korn. Él, que tanto había deambulado ya, se sentía en esta ocasión como abandonado. Tal vez se debiera a las calles numeradas de Mannheim, tal vez a que echaba de menos el olor de la taberna de mamá Hentjen, o quizá influyera en ello el asunto de aquel puerco, Nentwig, que todavía le pesaba en el ánimo. En resumen, se sentía solo, y por eso se quedó en casa de los dos hermanos, y siguió allí pese a que desde hacía tiempo veía de dónde soplaba el viento en casa de los Korn, y pese a que no pensaba entablar relación de ningún tipo con aquella mujer de aspecto avejentado: no hacía ningún caso del prolijo y rico ajuar que Erna había ido acumulando en el transcurso de los años y que le había mostrado con orgullo, ni tampoco le encandilaba la libreta de ahorro, con más de dos mil marcos, que ella en cierta ocasión le enseñara. Pero los esfuerzos de Korn para obligarle a caer en la trampa eran tan divertidos, que uno podía arriesgarse un poco; naturalmente había que andar prevenido y no dejarse engañar. Por ejemplo: cuando, camino de su casa, se encontraban en la cantina, Korn raras veces permitía que Esch se pagase la cerveza; y, cuando se habían desatado en improperios contra la mala calidad de las bebidas de Mannheim, nada podía hacer desistir a Korn de que debían ir a la Spatenbräu. Y si Esch se llevaba la mano al bolsillo, Korn siempre protestaba: «Ya tendrá usted ocasión de tomarse la revancha, querido cuñado». Y cuando se arrastraban por la Rheinstrasse, el señor inspector de aduanas se detenía puntualmente frente a los escaparates iluminados y apoyaba su manaza en el hombro de Esch: «Mi hermana hace tiempo que desea un paraguas como este, se lo compraré el día de su santo», o: «Todas las casas deberían tener una plancha de gas como esta», o: «Si mi hermana tuviera una máquina de lavar, sería feliz». Y como Esch no decía nada ante tales comentarios, Korn se ponía tan furioso como en otro tiempo contra los reclutas que se negaban a comprender el modo de desmontar el fusil, y cuanto más en silencio permanecía Esch andando a su lado, más encolerizaba a Korn la expresión un tanto insolente que Esch adoptaba.

Con todo, si Esch callaba en estas ocasiones, no era por avaricia. Era ahorrador y no desaprovechaba las pequeñas ventajas que pudieran presentarse, mas la contabilidad sólida y legalista de su alma no le permitía aceptar mercancías sin pagar; un servicio exige otro servicio recíproco, y las mercancías requieren un pago; además consideraba innecesario meterse en una compra precipitada; incluso le hubiera parecido cruel y grosero hacer realidad los tenaces requerimientos de Korn. Por el momento había encontrado una forma muy curiosa de desquite que, por una parte, le permitía complacer un poco a Korn, pero por otra dejaba bien claro que él no tenía prisa por casarse. Después de cenar solía invitar a Korn a darse un garbeo, lo cual les llevaba a tabernas atendidas por camareras y terminaba indefectiblemente en las callejas de mala fama. A menudo la cuenta de los dos ascendía a una bonita suma —aunque Korn se veía obligado a pagar su propia compañera—, pero valía este dinero contemplar cómo regresaba Korn a su casa: caminaba junto a él enfurruñado, con el negro bigote de cepillo totalmente en desorden, mordisqueándolo a menudo y rezongando de pésimo talante que aquella vida licenciosa a la que Esch le inducía tenía que terminar. Además Korn al día siguiente hablaba en tales términos a su hermana que la hería en sus sentimientos más delicados, echándole en cara que no sería nunca capaz de retener a un hombre junto a ella. Y si su hermana, refunfuñando, le enumeraba la de veces que había conseguido hacerlo, él le hacía resaltar despectivamente su soltería.

Un día halló Esch buena ocasión para saldar parte de su deuda. En su recorrido por los almacenes de expedición, su siempre alerta curiosidad fue atraída por la forma curiosa de unas cajas y bultos de un material teatral que estaban descargando. Un caballero pulcramente afeitado se deshacía en gestos e improperios; gritaba que trataban sus pertenencias, de incalculable valor, como si fueran leña para el fuego, y como Esch, que estaba contemplando la operación con grave expresión de entendido, dio a los trabajadores del almacén un consejo innecesario, que tuvo el efecto de hacerle aparecer ante el caballero como persona digna y especializada, el extranjero dejó caer sobre él una catarata de palabras y pronto surgió entre ellos un diálogo cordial, en el transcurso del cual el caballero, llevándose la mano al sombrero, se presentó como el director Gernerth, Gernerth con *th*, nuevo arrendatario del teatro Talía, que se sentiría gratamente complacido —entretanto habían finalizado las operaciones de descarga— si el señor inspector de expediciones asistiera con su honorable familia a la brillante función de estreno, para lo cual le proporcionaría gustosamente localidades a un precio reducido. Y como Esch asintiera con entusiasmo, el director se llevó la mano al bolsillo sin más preámbulos y extendió un vale para tres entradas gratuitas.

Así pues, Esch estaba ahora sentado entre los hermanos Korn ante una mesa cubierta con un blanco mantel en el teatro de variedades, cuyo programa se inició con una nueva atracción: las imágenes en movimiento llamadas cinematográficas. Estas imágenes no despertaron en ellos gran interés, ni tampoco en el resto del público; todos las tomaron poco en serio y únicamente las consideraron una introducción a la auténtica representación, aunque todos quedaron subyugados por la moderna forma artística en que se les ofrecía una comedia cuya comicidad se basaba en los efectos producidos por la ingestión de unas píldoras purgantes y en que los momentos críticos eran subrayados con redobles de tambor. Korn golpeaba sonoramente la mesa con la palma de la mano, la señorita Erna reía tapándose la boca con la mano, al tiempo que miraba picarescamente a Esch por entre los dedos, y Esch se sentía tan orgulloso como si fuera él mismo el inventor y autor del espectáculo. El humo de sus cigarrillos ascendía rectamente hacia la nube de tabaco que pronto flotó pegada al techo bajo de la sala, nube que atravesaban, adquiriendo matices plateados, los haces de luz de los focos que desde la galería iluminaban la escena. En el descanso que siguió a la exhibición de un artista cuyo arte consistía en silbar, Esch encargó tres vasos de cerveza, aunque en el teatro todo era evidentemente más caro que en cualquier otra parte, pero se alegró de que la cerveza fuera floja e insípida, de modo que se resolvió no encargar otra ronda e ir a beber algo a la Spatenbräu una vez terminada la representación. Se sintió nuevamente generoso y, mientras la prima donna expresaba lo mejor que podía su pasión y su dolor, murmuró: «Sí, el amor, señorita Erna».

Cuando se levantó de nuevo el telón tras el clamoroso aplauso que todo el público dispensó a la cantante, todo brillaba como plata, y allí arriba estaban unas mesitas niqueladas y otros objetos, también de níquel, pertenecientes a un malabarista. Sobre el terciopelo rojo que en parte cubría y en parte adornaba el aparato, descansaban las bolas y las botellas, las banderitas y las mazas, y también una enorme pila de platos blancos. De una escalera terminada en punta e igualmente niquelada y reluciente colgaban unos puñales, tal vez dos docenas, cuyas largas hojas no brillaban menos que todo el metal de la escena. El malabarista vestía un frac negro y le acompañaba una ayudante, que evidentemente llevaba consigo solo para que mostrase su belleza al público, pues llevaba una malla atornasolada muy ceñida al cuerpo y su única tarea consistía en alcanzarle al malabarista las banderitas o los platos, o en tirárselos cuando él los requería con una palmada en mitad de un ejercicio. Ella hacía todo esto con una graciosa sonrisa en los labios, y, cuando él le tiró las mazas, emitió un suave grito exótico, ya para atraer sobre sí la atención de su señor, ya para mendigar un poco del amor que él, inflexible, le negaba. Y aunque el malabarista sabía de sobra que su dureza de corazón le podía hacer perder la simpatía de la masa del público, no se dignó ni mirar a la hermosa; solo cuando llegó el momento de corresponder a los aplausos con una reverencia, señaló con un gesto displicente a su ayudante, indicando con ello que le cedía a ella un tanto por ciento de estos. A continuación, como si la afrenta que él le acababa de infringir no hubiera tenido lugar, se dirigen como buenos amigos al fondo del escenario, cogen entre los dos una gran tabla negra que nadie había visto antes y la acercan al andamio niquelado donde la fijan. Después la empujan, animándose mutuamente con suaves gritos y sonrisas, hasta colocarla inclinada como una rampa, y la atan después con hilos metálicos, que van surgiendo aquí y allá en el suelo y entre los postes. Una vez hecho esto, la hermosa ayudante emite de nuevo su suave y peculiar grito y salta con gran solemnidad sobre la tabla, la cual es tan alta que ella apenas alcanza el borde superior con los brazos extendidos. Entonces distingue uno en la parte de arriba de la tabla dos asideros a los que se coge ahora la ayudante, que se apoya con el dorso en la tabla, y esta postura forzada y artística, que hace resaltar aún más su figura con el traje relumbrante sobre el negro de la tabla, le confiere el aspecto de una crucificada. Pero ella no pierde su graciosa sonrisa, ni siquiera cuando el hombre se le acerca y la mira escrutador con los ojos entrecerrados y modifica su postura levemente, dando a entender a todos que hasta los milímetros cuentan. Todo esto tiene lugar a los acordes de un suave vals, cuyas notas enmudecen a una señal del malabarista. Se hace el silencio en la sala; desprovisto de toda música, una extraña soledad se apodera del escenario, y los camareros no pueden servir comidas ni cerveza; en actitud expectante, permanecen de pie junto a las puertas del fondo iluminadas de amarillo; todo aquel que estaba comiendo devuelve el tenedor al plato, aunque contuviera un bocado, y solo se sigue oyendo el rumor del foco que el electricista dirige de lleno sobre la crucificada. El malabarista prueba ya uno de los largos puñales en su mano asesina; echa hacia atrás la parte superior del cuerpo, y ahora es él quien emite el áspero y exótico grito, al tiempo que el cuchillo escapa silbante de su mano, cruza zumbando el escenario y se clava con un ruido sordo en la negra madera, junto al cuerpo de la muchacha crucificada. Antes de que uno se dé cuenta, tiene las manos llenas de puñales relucientes como espejos y, mientras sus gritos son cada vez más frecuentes, más bestiales y vehementes, silban los cuchillos con creciente rapidez cortando el aire tembloroso del escenario, se van clavando en la madera en trepidante sucesión y enmarcan el esbelto cuerpo, los delicados brazos desnudos, enmarcan un rostro que sigue sonriendo, con la mirada fija y sometida, un rostro conquistador e implorante, atrevido y angustiado al mismo tiempo. A Esch le faltó muy poco para levantar los brazos al cielo, crucificado él también, deseando interponer su propio cuerpo entre los amenazadores cuchillos y la tierna muchacha; y si el malabarista, como a veces suelen hacer, hubiera preguntado si algún caballero del público quería subir al escenario para colocarse ante la tabla negra, con seguridad Esch se habría ofrecido. Sí, era un pensamiento casi voluptuoso el imaginarse allá solo y abandonado, y que los largos cuchillos pudieran clavarle a la tabla como si fuera una cucaracha; pero, rectificó, él debería estar con el rostro contra la tabla, pues no se ensarta ningún escarabajo por el lado del abdomen: y la idea de hallarse con el rostro pegado a las tinieblas de la tabla, sin saber en qué momento le alcanzaría por detrás el cuchillo mortal para atravesarle el corazón y dejarle clavado a la tabla, encerraba un atractivo tan extraordinario y misterioso, constituía un anhelo de tan nueva fuerza y madurez, que se sobresaltó, como arrancado de un sueño de felicidad, cuando los redobles del tambor, del bombo y las trompetas de la orquesta subrayaron alegres la actuación del malabarista, que acababa de tirar, triunfante, el último puñal, en tanto la muchacha se deslizaba fuera del marco que la rodeaba, ahora ya completo, y los dos, cogidos de la mano, trazando arcos a guisa de saludo con el brazo que les quedaba libre y efectuando una pirueta simétrica, se inclinaban ante el público aliviado. Eran las trompetas del juicio. El culpable era aplastado como un gusano; ¿por qué no era atravesado como una cucaracha? ¿Por qué la muerte en lugar de llevar una guadaña no puede llevar un largo alfiler, o por lo menos una lanza? Uno espera siempre ser llamado a juicio, pues, por más que una vez haya estado a punto de ingresar en las filas de los librepensadores, tiene su propia conciencia. Oyó decir a Korn: «Ha sido sensacional», y esto le sonó como una blasfemia; y cuando la señorita Erna opinó que, aunque se lo pidieran, ella no se exhibiría así, desnuda, ante el público, dejando que le echaran cuchillos, para Esch fue ya demasiado y apartó con un brusco movimiento la rodilla de Erna que se apoyaba en la suya; a gente como esa no se la podía tratar bien; advenedizos sin conciencia, eso eran, y no le impresionaba en absoluto que la señorita Erna corriera continuamente a confesarse, al contrario; hasta la vida que llevaban sus amigos de Colonia le parecía más sólida y decente.

En la Spatenbräu bebió Esch en silencio su cerveza negra. Traía en su espíritu un sentimiento que podría calificarse de nostalgia. Especialmente cuando afloró al exterior en el momento en que se trató de enviar una postal a mamá Hentjen. Que Erna quisiera participar con las palabras «cordiales saludos de Erna Korn» era muy natural, pero que Balthasar se empeñara también en intervenir y estampara una gran rúbrica tras «saludos, Korn, inspector de aduanas» era una especie de homenaje a la señora Hentjen, y Esch se enterneció tanto que se sintió vacilar: ¿había satisfecho hasta el final su deuda de honesto desquite? En realidad, para completar la fiesta, hubiera debido deslizarse en la habitación de Erna y, de no haber rechazado antes a Erna de forma tan brusca, seguramente no habría encontrado la puerta cerrada. Sí, este habría tenido que ser el justo y apropiado final, pero no hizo nada para llevarlo a cabo. Le atacó una especie de parálisis y no se preocupó más de Erna, no buscó su rodilla, y no ocurrió nada, ni en el camino de regreso ni después. Tenía, en cierto modo, remordimientos de conciencia, pero luego, August Esch constató tras madura reflexión que ya había hecho bastante y que incluso podía haberle acarreado pésimas consecuencias el dedicarse en demasía a la señorita Korn: sentía pesar sobre sí un destino que levantaba su lanza amenazadora dispuesto a castigarle si continuaba comportándose como un cerdo, y algo en su interior le decía que debía permanecer fiel a alguien, aunque no sabía a quién.

Mientras Esch sentía todavía en sus espaldas la punzada de su conciencia, hasta el punto de llegar a pensar que le había atacado una corriente de aire frío, y por la noche se friccionaba la espalda con una poderosa loción hasta donde le alcanzaba el brazo, mamá Hentjen se alegró por las dos postales que él le había enviado y, antes de pegarlas definitivamente en el álbum de postales, las colocó en el marco del espejo que había detrás del mostrador. Por las noches las cogía y las mostraba a los clientes habituales. Tal vez lo hizo también para que nadie pudiera decir de ella que mantenía correspondencia en secreto con un hombre; al hacer pasar las postales de mano en mano ya no estaban dirigidas a ella sino a la taberna, personalizada en ella por pura casualidad. Por eso también estuvo de acuerdo en que Geyring se encargara de responder, si bien no permitió que el señor Geyring corriera con los gastos, sino que adquirió el día siguiente una hermosa postal, de esas llamadas panorámicas, tres veces más larga que las de tamaño corriente, que reproducía Colonia en toda la extensión de su ribera azul oscura del Rin, y con espacio suficiente para muchas firmas. Ella la encabezó con estas palabras: «Muchas gracias por las hermosas postales, mamá Hentjen». Luego Geyring dijo en tono autoritario «las damas primero», y firmaron Hede y Thusnelda. A continuación venían los nombres de Wilhelm Lassman, de Bruno May, Hoelst, Wrobek, Hülsenschmitt, John, el nombre del mecánico inglés Andrew, del piloto Wingast y, finalmente, tras algunos más que apenas podían descifrarse, el nombre de Martin Geyring. Después Geyring escribió la dirección: «Señor August Esch, contable diplomado, Puerto Franco de la Compañía Naviera M. R., S. A., Mannheim» y a continuación pasó el producto ya terminado a la señora Hentjen, quien, tras una detenida lectura, abrió un cajón de la caja, para coger del canastillo metálico, cuyo compartimento más amplio contenía los billetes de banco, un sello de correos. Ahora aquella enorme postal con tantas firmas le parecía casi un honor excesivo para Esch, quien no figuraba ni mucho menos entre los clientes distinguidos de su taberna. Pero como ella perseguía la perfección en todo cuanto hacía y en la amplia postal, pese a los numerosos nombres, había quedado un espacio en blanco lo suficiente grande como para herir su sentido de la belleza y ofrecerle la posibilidad de demostrarle a Esch cuáles eran sus límites, ocupándolo con un nombre de humilde condición, mamá Hentjen llevó la postal a la cocina para hacerla firmar por la criada, y se sintió doblemente satisfecha, ya que con ello podía también proporcionar a la muchacha una satisfacción, muy económica por cierto.

Cuando regresó al local, Martin estaba sentado en su sitio habitual, en el rincón junto al mostrador, absorto en la lectura de uno de sus periódicos socialistas. La señora Hentjen se sentó a su lado y, como tantas otras veces, le dijo bromeando: «Señor Geyring, acarreará usted mala fama a mi local si continúa leyendo aquí sus periódicos sediciosos». «Bastante rabia me dan a mí esos emborronadores de periódicos», fue la respuesta, «mientras nosotros trabajamos, ellos llenan papeles con idioteces.»

Nuevamente, la señora Hentjen se sintió un poco decepcionada frente a Geyring, pues siempre esperaba de él manifestaciones revolucionarias y llenas de odio en las que ella pudiera apacentar su propia aversión hacia el mundo. A menudo había echado una ojeada a los periódicos socialistas pero, a decir verdad, lo que había hallado en ellos le había parecido siempre muy pacífico, y por eso esperaba que el diálogo vivo le ofreciera algo más que el impreso. La tranquilizaba, por una parte, que Geyring no tuviera en buena consideración a la gente de la prensa, pues siempre le había parecido justo que uno despreciara a los otros, pero, por otra, se quedaba sin lo que esperaba. No, no había nada que hacer con un anarquista así, con alguien que permanecía sentado en su oficina del sindicato como un sargento de policía en la suya, y la señora Hentjen tuvo de nuevo el firme convencimiento de que el mundo solo era una confabulación entre los hombres establecida únicamente para perjudicar y decepcionar a las mujeres. Hizo otra tentativa:

—¿Qué es lo que no le parece bien en sus periódicos, señor Geyring?

—Arman mucho ruido con tonterías —refunfuñó Geyring—. Con su palabrería revolucionaria vuelven loca a nuestra gente y nosotros hemos de pagar el pato.

La señora Hentjen no comprendió bien; además, el asunto había dejado de interesarle. Pero por cortesía dijo suspirando:

—Desde luego, las cosas no son fáciles.

Geyring pasó una hoja y contestó en tono distraído:

—Efectivamente, las cosas no son fáciles, mamá Hentjen.

—Y un hombre como usted, siempre al pie del cañón, incansable desde la mañana hasta bien entrada la noche...

—Para nosotros tardará aún mucho en llegar la jornada de ocho horas —contestó Geyring, casi con satisfacción—. Primero será para todos los demás.

—Y a una persona así se le ponen trabas...

La señora Hentjen estaba asombrada, meneó la cabeza y contempló su peinado en el espejo.

—En el Reichstag y en los periódicos gritan mucho esos judíos —explotó Geyring—, pero cuando se trata de servir al sindicato desaparecen por el foro.

Esto sí lo comprendió la señora Hentjen, y en tono ofendido añadió:

—Están en todas partes, se hacen con todo el dinero y se arrojan sobre las mujeres como machos cabríos.

En su rostro se reflejaba de nuevo el asco. Martin levantó la vista del periódico y no pudo evitar una sonrisa:

—No hay para tanto, mamá Hentjen.

—O sea, que ahora se pone usted de parte de ellos... —en su voz se reflejaba una histérica agresividad—. No sabéis hacer otra cosa que apoyaros mutuamente, vosotros, los hombres. —Y a renglón seguido añadió—: Otra población, otra mujer.

—Es posible, mamá Hentjen —contestó Martin riendo—, pero es difícil que en otra parte haya una cocina tan buena como la de mamá Hentjen.

La señora Hentjen se apaciguó:

—En Mannheim tampoco —afirmó, mientras le tendía a Geyring la postal para que la enviara a Esch.

El director teatral Gernerth formaba parte ahora del círculo más estrecho de amigos de Esch. Pues Esch, hombre impetuoso e impulsivo, compró al día siguiente una entrada para la representación, no solo porque tenía ganas de volver a ver a la valerosa muchacha, sino también para poder buscar al terminar la función al un tanto sorprendido Gernerth en la oficina de dirección y presentarse a él como un espectador que ha pagado su entrada; además aprovechó la circunstancia para agradecerle una vez más la agradable velada del día anterior. El director Gernerth, que temía el pedido de nuevas entradas gratis y se disponía a cerrar decididamente la cartera, tuvo que mostrarse, en cambio, gratamente sorprendido. Ante tan amable acogida, Esch permaneció allí un rato y consiguió su segundo propósito: conocer al malabarista señor Teltscher y a su valerosa amiga la señorita Ilona, ambos de origen húngaro; especialmente la señorita Ilona, que dominaba muy mal el alemán, mientras el señor Teltscher, que trabajaba con el nombre artístico de Teltini y que en escena hablaba pseudoinglés, procedía de Presburgo.

El señor Gernerth, en cambio, era natural de Eger, circunstancia que causó gran alegría a Korn la primera vez que se habían encontrado, pues Eger y Hof son ciudades tan cercanas que a Korn le parecía una casualidad maravillosa que dos personas casi compatriotas se encontraran precisamente en Mannheim. Pero sus manifestaciones de alegría y sorpresa fueron pura retórica, porque el hecho de ser casi paisanos, en otra ocasión menos propicia, habría despertado en él solo indiferencia. Invitó a Gernerth a su casa y a conocer a su hermana, pues no podía soportar que su presunto cuñado tuviera amigos en privado, y por idénticos motivos el señor Teltscher fue asimismo invitado muy pronto a tomar café.

Ahora estaban sentados en torno a la mesa redonda, sobre la cual, al lado de la tripuda cafetera, se apilaba una artística pirámide de pasteles que Esch había traído, y la lluvia de la melancólica tarde de domingo corría por los cristales. El señor Gernerth, que se esforzaba por animar la conversación, dijo: «Tiene usted una vivienda muy bonita, señor inspector, grande y luminosa...», y miró por la ventana hacia la triste calle de suburbio llena de charcos. La señorita Erna especificó que era simplemente modesta, como correspondía a su condición, pero que el hogar propio era realmente lo único que embellecía la existencia. El señor Gernerth se sintió en vena poética: el hogar propio, más valioso que el oro, sí, ella podía decirlo, pero para un artista era un sueño irrealizable; ay, para él no existía el hogar; claro que tenía una vivienda, una bonita vivienda allá en Munich, donde se encontraban su mujer y sus hijos, pero él apenas conocía a su familia. ¿Que por qué no la llevaba consigo? Esta no era vida para los niños, cambiar de residencia a cada estación y todo lo demás. No, sus hijos no serían artistas, sus hijos no. Evidentemente era un buen padre y su buen corazón emocionó no solo a la señorita Erna sino también a Esch. Y tal vez porque se sentía solo, comentó: «Yo soy huérfano, puede decirse que no conocí a mi madre». «¡Dios mío!», suspiró la señorita Erna. Pero el señor Teltscher, a quien no parecía gustar el triste tema de la conversación, hizo bailar una taza de café en la yema de un dedo y todos se rieron, con excepción de Ilona, que permanecía sentada en la silla con aire ausente y que probablemente economizaba las sonrisas que se vería obligada a prodigar para amenizar la velada. Vista de cerca no era ni con mucho tan dulce y encantadora como en escena, incluso quizá un poco vulgar; su rostro era levemente fofo, con unas grandes bolsas debajo de los ojos llenas de pecas, y Esch, que se estaba volviendo desconfiado, sospechó que tal vez su hermoso pelo rubio no era auténtico, sino una peluca; pero estas ideas desaparecieron en cuanto se imaginó el cuerpo de la muchacha rodeado por puñales zumbantes. Después se dio cuenta de que los ojos de Korn también recorrían este cuerpo e intentó atraer la atención de Ilona hacia él, preguntándole si le gustaba Mannheim, si ya conocía el Rin y otras cuestiones geográficas. Desgraciadamente no tuvo éxito, pues Ilona se limitó a contestar solo de vez en cuando y equivocadamente con un «sí, desde luego», y daba la impresión de no desear establecer ningún contacto ni con él ni con Korn; bebía su café con aire serio y meditabundo, e incluso cuando Teltscher le susurró algo en su idioma patrio, evidentemente algo desagradable, apenas le prestó atención. La señorita Erna, entretanto, le estaba diciendo a Gernerth que una feliz vida familiar era lo más hermoso de este mundo, y le daba a Esch golpecitos con la punta del pie, ya fuera para animarle a imitar el ejemplo de Gernerth, ya fuera únicamente para distraer su atención de la húngara, cuya belleza, sin embargo, no dejó de alabar: pues no escapó a su mirada de lagartija la codicia con que su hermano contemplaba a aquella mujer, y le pareció más conveniente que la hermosa le tocara en suerte a su hermano y no a Esch. Acarició pues las manos de Ilona, y alabó su blancura, corrió la manga hacia arriba y dijo que la señorita tenía una piel finísima, Balthasar podía comprobarlo. Balthasar le puso encima su garra peluda. Teltscher se rió y dijo que todas las húngaras tenían una piel suave como la seda, a lo cual Erna, que también tenía piel, replicó que todo dependía del cuidado con que se tratara y que ella se lavaba el rostro con leche todos los días. Ciertamente, dijo Gernerth, ella poseía un cutis maravilloso, un cutis en verdad internacional, y el rostro marchito de la señorita Erna se iluminó en una amplia sonrisa que dejó ver unos dientes amarillos y un hueco entre las muelas a la izquierda del maxilar superior, y enrojeció hasta las sienes, donde le colgaban unos pequeños mechones castaños algo descoloridos.

Había ido cayendo la tarde; la mano de Korn sostenía cada vez con más firmeza la de Ilona, y la señorita Erna esperaba que Esch, o por lo menos Gernerth, hiciera otro tanto con la suya. No se atrevía a encender la lámpara, porque temía que Balthasar se opusiera a tal estorbo, pero por fin tuvo que levantarse para ir a buscar el licor, elaborado por ella misma, que se conservaba en una garrafa azul sobre la cómoda. Comunicando a todos orgullosamente que la receta era un secreto suyo, escanció el brebaje, que tenía un ligero sabor a cerveza pasada, pero que, en opinión de Gernerth, era delicioso, criterio que reforzó besándole la mano. Esch recordó que mamá Hentjen no podía soportar a los bebedores de aguardiente y le llenó de satisfacción pensar que ella tendría muchas cosas en contra de Korn, quien ingeriría una copa tras otra haciendo chasquear la lengua y relamiéndose el oscuro bigote hirsuto. Korn sirvió también a Ilona, y probablemente correspondía a su inmutable indiferencia e inmovilismo el permitir que él le acercase la copa a los labios y el no dar la menor importancia al gesto de él cuando rozó con sus labios y su bigote el borde de la copa diciendo que esto era un beso. Es muy posible que Ilona no comprendiera, en cambio Teltscher tenía que darse cuenta de lo que estaba sucediendo y era inaudito que lo contemplara impasible. Tal vez sufriera en su interior, pero era demasiado educado para provocar una escena. Esch sintió enormes deseos de intervenir en su lugar, pero se acordó del tono áspero con que Teltscher requería en escena los servicios de la animosa muchacha. ¿Acaso pretendía humillarla intencionadamente? ¡Algo tenía que ocurrir, uno debía interponerse con los brazos extendidos! Pero Teltscher le puso con alegre ademán la mano en el hombro, le llamó colega y *confrère* y, como Esch le mirase interrogativamente, le dijo señalando a las dos parejas: «Bueno, nosotros, los solteros, debemos mantenernos unidos». A lo que la señorita Erna, cambiándose de sitio y sentándose entre Esch y Gernerth, repuso: «Entonces yo tengo que apiadarme de ustedes». «Claro, un pobre artista siempre resulta poca cosa», replicó molesto el señor Gernerth. «¡Ay, esos comerciantes!» Teltscher opinó que Esch no debía permitir que se dijera esto, ya que únicamente en la profesión de comerciante se podían encontrar solidez y amplios horizontes. También el teatro podía considerarse, evidentemente, como un negocio, y de los más difíciles; por eso sentía profundo respeto por el señor Gernerth, el cual no solo era su director sino en cierto modo también su socio y a quien, desde luego, dentro de su estilo, podía considerarse un buen comerciante, aunque no siempre supiera sacar provecho de sus posibilidades de éxito en la medida correspondiente. Él, Teltscher-Teltini, podía opinar sobre ello con conocimiento de causa, porque había empezado como comerciante antes de dedicarse a la profesión de artista. «¿Y cuál es el final de la canción? Pues que estoy sentado aquí, cuando podría tener en América contratos estupendos... ¿O es que mi número no es de primera?» A Esch le vino de pronto a la mente un recuerdo confuso: ¿qué tenía el comercio para que lo alabasen tanto? Y esta solidez tan ponderada estaba muy lejos de ser real. Se lo dijo sin ambages y concluyó: «Naturalmente, hay diferencias. Por ejemplo, el señor Nentwig y el presidente Von Bertrand son ambos hombres de negocios, el primero es un cerdo y el segundo... el segundo es otra cosa, es mejor». Korn refunfuñó en tono despectivo que Bertrand era un oficial fugado del ejército, todo el mundo lo sabía, y que, por tanto, no tenía de qué presumir. A Esch no le disgustó oír esto; así pues la diferencia no era tan grande. Sin embargo, Bertrand era mejor a pesar de todo. Por otra parte Esch no quería profundizar en estas cosas. Teltscher, entretanto, seguía hablando de América: allá era todo maravilloso, se podía llegar muy alto, sin necesidad de matarse trabajando inútilmente como aquí. Y recurrió a una cita: «América, para ti todo es fácil». Gernerth suspiró; si uno al menos fuera lo bastante comerciante, las cosas serían de otra manera: él había sido muy rico una vez pero, pese a su talento comercial, tenía la confianza infantil de un artista, y todo el capital, casi un millón de marcos, le había sido arrebatado mediante una estafa. ¡Para que viera el señor Esch lo rico que había sido el director Gernerth! *Tempi passati*. Pero sabría rehacerse. Pensaba en un monopolio teatral, una sociedad anónima por cuyas acciones la gente se pelearía. Solo había que adaptarse a los tiempos que corrían y, desde luego, reunir el capital. Besó nuevamente la mano de la señorita Erna, se hizo llenar otra vez la copa y dijo relamiéndose: «Delicioso», sin soltar la mano que se le abandonó deliberada y gozosamente. Pero Esch, absorto en lo que estaba oyendo, apenas se dio cuenta de que el zapato de la señorita Erna se posaba sobre el suyo. Solamente entrevió, de lejos y en la oscuridad, que la amarillenta mano de Korn surgía por debajo de la axila de Ilona y no era difícil adivinar que el poderoso brazo de Balthasar Korn rodeaba la espalda de la muchacha.

Por fin tuvieron que encender la luz, y todos se pusieron a hablar a la vez, excepto Ilona, que permaneció en silencio. Y como se acercaba la hora de la función y no tenían ganas de separarse, Gernerth invitó a sus anfitriones a presenciar la representación. Se arreglaron y tomaron el tranvía para ir al centro de la ciudad. Las dos señoras se sentaron en el interior y los caballeros permanecieron en la plataforma fumando sus cigarrillos. La fría lluvia salpicaba sus rostros enrojecidos, y era agradable.

El comerciante al que August Esch solía comprar sus cigarros a buen precio se llamaba Fritz Lohberg. Era un hombre joven, más o menos de la misma edad que Esch, y tal vez por esta razón Esch, que de ordinario trataba con gente mayor, le hablaba como si el otro fuera idiota. No obstante, este idiota estaba adquiriendo importancia en su vida, una importancia no decisiva, pero en realidad al propio Esch le habría tenido que sorprender la facilidad con que se había acostumbrado a aquella tienda y se había convertido en cliente de Lohberg. La tienda le cogía de camino, cierto, pero no era motivo suficiente para que se sintiera en ella como en su casa. Desde luego era una tienda muy pulcra en la que daba gusto detenerse: el claro y puro aroma de tabaco que flotaba en la estancia proporcionaba al olfato una agradable sensación y resultaba grato pasar la mano por el pulido mostrador, en uno de cuyos extremos había siempre algunas cajas de cigarros de muestra y una cajita de cerillas junto a la caja automática, bellamente niquelada. Si uno compraba algo, recibía gratis un paquete de cerillas, lo cual demostraba una delicada generosidad. También había un enorme aparato para cortar los cigarros, y si uno quería encender de inmediato su puro, no tenía más que tendérselo al señor Lohberg y este le cortaba la punta con un breve chasquido. Era un buen lugar para pasar el rato; claro, soleado y agradable tras sus relucientes escaparates, y en estos días fríos lleno de un calorcillo bueno y podríamos decir uniforme, que se extendía por las blancas baldosas y se distanciaba benéfico de la polvorienta y excesivamente caldeada jaula de cristal del almacén. Todo esto bastaba para acudir gustosamente a este lugar después del trabajo o en el descanso del mediodía. Entonces se alababa el orden, se despotricaba sobre la porquería en que uno tenía que moverse; pero esto no se decía muy en serio, ya que Esch sabía perfectamente que el hermoso orden que él mantenía en sus libros y listas de almacén no podía traspasarse a los montones de cajas, fardos y toneles, por mucho que quisiera el encargado. Aquí en la tienda, en cambio, reinaba un extrañamente tranquilizador orden rectilíneo y una precisión casi femenina, que resultaba tanto más extraña cuanto para Esch era casi inimaginable, o al menos solo podía imaginárselo con disgusto, que una chica pudiera vender cigarros; pese a su pulcritud, era un trabajo de hombre, algo que le hacía pensar en la buena camaradería: así tenía que ser la amistad entre hombres y no tan ocasional y burda como la solidaridad sin orden de un secretario de sindicatos. Pero Esch no se planteaba problemas sobre tales cuestiones; solo surgían así, de paso. En cambio resultaba extraño y sorprendente que Lohberg no se mostrara contento con la suerte que le había tocado, y con la que hubiera podido ser feliz, y todavía resultaban más grotescas las razones que Lohberg aducía y que demostraban claramente que era un idiota. Pues, aunque había colgado de la caja automática un letrero de cartón que decía «Fumar no perjudica a nadie», y aunque adjuntaba a las cajas de cigarros hermosas tarjetas que, además de indicar la casa comercial y las especialidades, llevaban escritos los versos «Quien siempre hierbas puras ha fumado, nunca al médico ha necesitado», él mismo no creía en ello, fumaba sus propios cigarrillos solo por sentido del deber y por mala conciencia, y, en el constante temor del cáncer llamado de los fumadores, experimentaba en el corazón, en el estómago, en la faringe, los funestos efectos de la nicotina. Era un hombrecillo pequeño y flaco, con un oscuro esbozo de bigote y unos ojos sin brillo en los que destacaba el blanco, y tanto sus modales como sus movimientos, un poco sinuosos, contrastaban de modo tan chocante con todas sus convicciones como el negocio que regentaba, que sin embargo no tenía intención de cambiar por otro: no solo veía en el tabaco el envenenamiento del pueblo y el despilfarro del bienestar nacional, repitiendo constantemente que había que liberar al pueblo de ese veneno, sino que se erguía en defensor de una vida y una esencia alemana auténticas, grandes, naturales, y su mayor pesar era no poder ostentar una rotunda musculatura y una rotunda rubiez. Compensaba un poco esta desventaja siendo miembro de asociaciones antialcohólicas y vegetarianas y por eso tenía junto a la caja registradora buen número de revistas especializadas que le eran enviadas, en su mayor parte, desde Suiza. No cabía duda, era un idiota.

Esch, a quien le encantaba fumar, zamparse grandes filetes de carne y beber vino siempre que se presentaba la ocasión, no se habría dejado impresionar por los argumentos del señor Lohberg, a pesar de la fascinadora palabra «redención», repetida una y mil veces, si no hubiera visto un curioso paralelismo con la actitud de mamá Hentjen. Desde luego, mamá Hentjen era una mujer sensata, incluso excesivamente sensata, y no tenía nada que ver con este galimatías. Pero cuando Lohberg, fiel a las directrices calvinistas, que recibía a través de las revistas desde Suiza, tronaba como un cura contra los placeres sensuales y al mismo tiempo, como si fuera un orador socialista en una reunión de librepensadores, defendía una vida libre y sencilla en el seno de la naturaleza, cuando hacía pensar por su mezquina persona que el mundo tenía un gran fallo, un terrible error en el libro de contabilidad, que solo podía redimirse mediante una milagrosa inserción, en toda esta confusión únicamente quedaba claro que el negocio de mamá Hentjen y la tienda de tabacos de Lohberg padecían el mismo mal: ella tenía que ganarse el sustento con hombres borrachos, y también odiaba y despreciaba su medio de vida y su clientela. Sin lugar a dudas, era una extraña coincidencia, y Esch pensó en escribir a mamá Hentjen al respecto, para que también se sorprendiera de la casualidad. Pero no lo hizo, porque reflexionó mejor y supuso que tal vez a la señora

Hentjen le chocaría o incluso la ofendería que la comparase a un hombre que, a pesar de todas sus virtudes, era un idiota. Lo dejó pues para comunicárselo de palabra: pronto iría a Colonia por exigencias del trabajo.

De todos modos, el caso Lohberg merecía ser discutido; una noche en que compartía la mesa con Korn y la señorita Erna, no pudo abstenerse de hablar de ello.

Los dos hermanos conocían, por supuesto, al comerciante de tabacos. Korn había comprado a veces en su tienda, pero nada había notado sobre sus peculiaridades: «Nadie lo diría por su aspecto», expresó como conclusión a una serie de pensamientos internos, con los que se adhería a la opinión de Esch de que se trataba de un idiota. La señorita Erna, en cambio, concibió una profunda aversión hacia aquel doble espiritual de la señora Hentjen y se preguntaba, sobre todo, si la señora Hentjen no sería el gran amor del señor Esch, tanto tiempo secreto. Debía de ser una dama muy virtuosa, pero creía sinceramente poder rivalizar con ella. En cuanto a las virtudes del señor Lohberg, naturalmente no resultaba agradable que alguien, en este caso su hermano, llenara las cortinas de humo, pero al menos esto indicaba que había un hombre en la casa. «Un hombre que no hace nada, que solo bebe agua…», ella buscaba las palabras, «me resultaría repugnante.» Y entonces preguntó si el señor Lohberg había conocido el amor de alguna mujer. «Seguro que este idiota es todo inocencia», opinó Esch, y Korn, presintiendo que con ello obtendría su aprobación, exclamó: «¡El casto José!».

Fuera por eso, fuera porque mantenía vigilado a su inquilino, o simplemente porque así ocurrió, lo cierto es que Korn se convirtió también en asiduo cliente de la tienda de Lohberg, y Lohberg se echaba a temblar cada vez que entraba el inspector de aduanas haciendo sonar sus tacones. Su temor no era injustificado. Una de las noches siguientes, poco antes de cerrar, llegó Korn con Esch a la tienda de Lohberg y dijo en tono autoritario: «Prepárate, muchacho, hoy vas a perder tu inocencia».

Lohberg puso ojos de espanto y señaló con un gesto a un hombre con el uniforme del Ejército de Salvación que estaba en el local.

—Un enmascarado —dijo Korn.

—Un amigo mío —presentó, muy confuso, Lohberg.

—Nosotros también somos amigos —hizo constar Korn, y tendió su manaza al tipo del Ejército de Salvación.

Era un muchacho pelirrojo, pecoso, con granos, a quien habían enseñado que hay que mostrarse amistoso con todas las almas; sonrió abiertamente a Korn y lanzó un cable a Lohberg:

—El hermano Lohberg nos ha prometido incorporarse hoy a luchar en nuestras filas. Por eso he venido a buscarle.

—Si se trata de lucha, nosotros vamos con vosotros. —Korn estaba entusiasmado—. Somos amigos...

—Todos los amigos son bienvenidos entre nosotros —dijo el risueño soldado del Ejército de Salvación.

Lohberg no fue consultado; tenía una expresión de chiquillo atrapado en falta y cerró la tienda con aire asustado. Esch había contemplado divertido la escena, pero como le molestaban los aires que se daba Korn, dio unos golpecitos benévolos en la espalda de Lohberg, exactamente igual que Teltscher solía hacerlo con él.

Salieron al barrio de Neckar. Cuando llegaron a la Käfertalerstrasse, oyeron ya tambores y platillos, y las piernas de soldado de Korn siguieron el ritmo. Al llegar al final de la calle, vieron a la luz del atardecer a los miembros del Ejército de Salvación a la entrada del parque. Había caído una nieve fina y acuosa, y allí donde se había reunido el pequeño grupo la nieve se había convertido en una especie de sopa negra, que se introducía helada dentro de las botas. El teniente estaba de pie sobre un banco y elevaba la voz en la naciente oscuridad: «¡Venid a nosotros! ¡Dejaos salvar! ¡El Redentor se acerca para liberar a las almas prisioneras!». Pero muy pocos acudían a su llamada, y cuando sus soldados, acompañados de tambores y platillos, entonaron un cántico sobre el amor redentor y elevaron al cielo su aleluya «¡Oh, Señor, Dios de los ejércitos, líbranos de la muerte!», casi ninguno de los civiles presentes se unió al canto, y seguramente la mayoría solo contemplaba el espectáculo por simple curiosidad. Y, pese a que los bravos soldados cantaban con toda la fuerza de sus pulmones y las dos muchachas batían ruidosamente los tambores, hubo cada vez menos gente a su alrededor a medida que iba oscureciendo y al poco tiempo estuvieron solos con su teniente y tenían de espectadores solo a Lohberg, Korn y Esch. Lohberg, probablemente, se hubiera unido a los cánticos, lo hubiera hecho sin avergonzarse ni sentir ningún temor ante Korn o ante Esch, si Korn no le hubiera ordenado mientras le daba con el codo en las costillas: «¡Cante con ellos, Lohberg!». No era una situación agradable para Lohberg y se alegró de que llegara un policía y les ordenara circular. Entonces se dirigieron a la Thomasbräu. Y habría sido, sin embargo, maravilloso que Lohberg hubiera cantado, sí, hasta puede que hubiera ocurrido un pequeño milagro, pues había faltado muy poco para que Esch elevara también su voz en alabanza del Altísimo y del amor redentor; en efecto, había faltado únicamente un ligero impulso, y tal vez el canto de Lohberg hubiera sido este impulso. Pero esto ya pertenecía al pasado.

Esch no comprendía lo que acababa de suceder allí fuera: las dos muchachas habían tocado los tamboriles, mientras su comandante permanecía de pie sobre el banco y las dirigía con un gesto, y todo ello recordaba curiosamente las órdenes que Teltscher daba a Ilona sobre el escenario. Tal vez fuera la calma repentina del atardecer, que enmudecía aquí en el límite de la ciudad, como enmudecía la música en el teatro, o la inmovilidad de los negros ramajes de los árboles que se destacaban rígidos contra el cielo cada vez más oscuro, mientras detrás en la plaza se encendían las luces en forma de arco. Todo seguía siendo incomprensible. A través de los zapatos penetraba hiriente el frío de la nieve derretida; pero no era solo por eso que Esch hubiera preferido estar sobre el banco seco, predicando la redención y la salvación, sino que sentía dentro de sí nuevamente aquella extraña sensación de huérfana soledad, y de repente había comprendido con terrible claridad que tendría que morir completamente solo. Le embargó una vaga y sin embargo curiosa esperanza de que todo sería mejor, mucho mejor, si hubiera podido estar encima del banco: vio a Ilona ante él, a una Ilona vestida con el uniforme del Ejército de Salvación, una Ilona que elevaba sus ojos hacia él en espera de un gesto liberador para tocar el tamboril y entonar el himno. Pero Korn se había plantado a su lado con su sonrisa de conejo, sacando la cabeza del cuello mojado del abrigo, y esta visión hizo que se desvaneciera la esperanza. Esch torció la boca, su expresión se tornó despectiva y casi le pareció bien que no existiera ninguna comunidad. En cualquier caso, se alegró de que el policía los hubiera dispersado.

Delante iba Lohberg con el soldado del Ejército de Salvación, sucio de barro, y con una de las dos muchachas. Esch pisoteaba la nieve tras ellos. Sí, ya toquen el tambor o lancen los platos, basta con que se lo ordenen, es siempre lo mismo y lo único que varía es el traje. Y entonan cánticos al amor en cualquier parte. «Amor perfecto y redentor», Esch no pudo contener la risa y decidió comunicar su opinión al respecto a la valiente muchacha salutista. Cuando llegaron cerca de la Thomasbräu, la muchacha se detuvo, apoyó el pie en un saliente del muro, se inclinó y empezó a abrocharse los cordones de las mojadas y deformadas botas. En aquella postura, así encogida, el negro sombrero de paja inclinado sobre las rodillas, era una masa completamente inhumana, un aborto de la naturaleza, aunque poseía, sin embargo, cierto realismo mecánico, por así decirlo, y Esch, que en otras circunstancias habría aprovechado tal postura para dar una palmadita a la parte del cuerpo más sobresaliente, se asustó un poco al comprobar que no sentía ningún deseo de hacerlo, y casi le pareció que se había derrumbado un puente más entre él y sus semejantes y echó de menos Colonia. En aquella ocasión, en la cocina, él había deseado ponerle las manos debajo de los pechos; sí, a mamá Hentjen le estaba permitido agacharse para abrocharse los zapatos. Pero como todos los hombres tienen idénticos pensamientos, Korn, que cuando estaba de buen humor tuteaba a todo el mundo, señaló a la muchacha: «¿Crees que se dejaría?». Esch le lanzó una mirada envenenada, pero Korn persistió en su idea: «Seguro que estos soldados lo hacen entre sí». Entretanto habían llegado a la cervecería y penetraron en la sala clara y ruidosa, donde olía agradablemente a asado, cebollas y cerveza.

Aquí sufrió Korn una decepción, pues los miembros del Ejército de Salvación no se dejaron convencer y no quisieron sentarse con ellos a la mesa, sino que se despidieron y se congregaron para vender sus periódicos en la sala. También Esch hubiera preferido que no le dejaran solo en compañía de Korn: todavía se agitaba en su alma un resto de esperanza de que ellos pudieran restituirle lo que había sentido allá, bajo la oscura arboleda, y que no había logrado descifrar aún. Claro que, por otra parte, estaba bien que huyeran de las tontas burlas de Korn y todavía habría sido mejor que se llevaran con ellos a Lohberg, pues Korn intentaba resarcirse a costa de Lohberg embromándole y procurando que el infeliz quebrara sus principios por medio de una ración de carne con cebolla y una jarra de cerveza. Pero el débil se mantuvo firme, dijo pausadamente: «Con la vida de los seres humanos no se juega», y no tocó ni la carne ni la cerveza, de modo que Korn, nuevamente decepcionado, y furioso además, tuvo que resignarse a ingerir él lo encargado, para que el camarero no se lo llevara intacto. Esch contemplaba el fondo oscuro de su jarra; era curioso que la salvación dependiera de que uno bebiera o no. Sin embargo, le estaba casi agradecido a aquel idiota obtuso de suaves modales. Lohberg permanecía sentado en silencio, sonriendo, y de vez en cuando uno imaginaba que iban a brotar lágrimas de sus grandes ojos blancos. Pero cuando los miembros del Ejército de Salvación, en sus idas y venidas por entre las mesas, se acercaron de nuevo a ellos, se puso en pie y pareció como si fuera a gritarles algo. Mas no lo hizo, en contra de lo que cabía esperar, sino que simplemente se quedó de pie. De pronto, sin más ni más, dijo una palabra carente de sentido, incomprensible para todos los que la oyeron; en voz muy alta y clara dijo: «Redención», y luego volvió a sentarse. Korn miró a Esch y Esch miró a Korn. Pero cuando Korn se llevó un dedo a la frente, para indicar con un movimiento circular el estado mental de Lohberg, la imagen cambió de modo altamente extraño y alarmante, y pareció que la palabra «redención» flotara liberada por encima de las mesas, retenida y no obstante liberada por un mecanismo invisible y giratorio, liberada también por los labios que la habían pronunciado. Y aunque el desprecio por el idiota no disminuyera ni un ápice, parecía que el reino de la redención existía, podía existir, debía existir, aunque solo fuera porque Korn, aquel pedazo de bestia muerta de anchas posaderas que estaba sentado en la Thomasbräu, era incapaz de pensar hasta la próxima esquina, y no digamos los confines de la libertad redimida. Y, pese a que Esch no por eso iba a transformarse en un dechado de virtudes, sino que golpeó la mesa con la jarra para pedir otra cerveza, sin embargo se quedó silencioso igual que Lohberg, y cuando Korn, tras levantarse todos de la mesa, propuso ir en busca de mujeres con el casto José, Esch se negó a acompañarlo hoy, dejó plantado en la calle al chasqueado Balthasar Korn y acompañó a su casa al comerciante de tabacos, oyendo con gran satisfacción tras de sí los improperios que les lanzaba Korn. Había cesado de nevar y, en el cálido viento que se había levantado, flotaban las feas palabras como vaporosas cintas primaverales.

En esta tribulación especial que se apodera de todo ser humano cuando dejada atrás la niñez, empieza a darse cuenta de que deberá acudir solo, rotos todos los puentes, al encuentro de su muerte única y exclusiva, en esa tribulación especial que en realidad hay que llamar ya temor de Dios, el hombre busca una compañía para poder, cogido de la mano de otro, avanzar hacia el oscuro portalón, y cuando la experiencia le ha enseñado cuán innegablemente delicioso es acostarse con otro ser humano, piensa que esta íntima unión de la piel puede durar hasta la tumba: aunque muchas cosas parezcan repugnantes, porque tienen lugar entre sábanas ordinarias y mal tendidas, o porque se podría creer que a una chica solo le interesa ser protegida por un hombre en los últimos años de su vida, sin embargo no se debe olvidar nunca que cualquier ser humano, aunque tenga la piel amarilla, sea pequeño y canijo y le falte visiblemente un diente arriba a la izquierda, invoca con sus gritos, a pesar del agujero dental, aquel amor que lo debe preservar de la muerte por la eternidad, de un miedo a la muerte que diariamente desciende con la noche sobre la criatura que duerme en soledad, un miedo que lo lame y lo envuelve como una llama, en el momento en que se despoja de sus ropas, como lo está haciendo ahora la señorita Erna: se desabrochó el descolorido corpiño de terciopelo rojo y dejó caer al suelo la falda de color verde oscuro, así como la enagua. También se quitó los zapatos; en cambio, conservó puestas las medias y el refajo blanco almidonado, sí, no acababa de decidirse a desabrocharse el corsé. Tenía miedo, pero ocultaba el miedo tras una sonrisa astuta y, a la luz oscilante de la vela que ardía sobre la mesilla de noche, se deslizó en la cama sin acabar de desnudarse.

No tardó mucho en oír los pasos de Esch en el vestíbulo; hacía mucho ruido, mucho más del que correspondía a las operaciones que realizaba. Tal vez eran incluso innecesarias tales operaciones, pues ¿para qué tenía que ir a buscar agua por segunda vez?, y el cubo no era tan pesado como para que se viera obligado a dejarlo en el suelo con tanto ruido, y precisamente ante la puerta de Erna. Cada vez que la señorita Erna le oía, no quería ser menos y también hacía ruido: se acomodaba en la cama chirriante, chocaba adrede contra la pared y, como si estuviera medio dormida, suspiraba: «¡Dios mío!», y recurría también a la tos y al carraspeo. Pero Esch era un hombre de comportamiento impulsivo y, tras haberse comunicado telegráficamente un rato con Erna de este modo, entró decidido en la habitación de la mujer.

Ahí estaba la señorita Erna, en su cama, y sonreía pícara y maligna, pero al mismo tiempo amable, mostrando el hueco donde le faltaba un diente. En realidad a él no le gustaba. De todos modos, hizo caso omiso de sus amonestaciones: «Pero, señor Esch, haga usted el favor de salir inmediatamente», y permaneció tranquilamente en la habitación, y no lo hizo solamente porque era una persona de grosera sensualidad, como la inmensa mayoría de los hombres; no lo hizo solamente porque dos personas de distinto sexo que conviven bajo un mismo techo apenas pueden escapar a la mecánica de su corporalidad y se rinden a ella irreflexivamente con la consideración «¿y por qué no?»; no lo hizo solamente porque intuía lo mismo en ella y no tomaba en cuenta sus amonestaciones; no lo hizo desde luego únicamente por seguir el impulso de sus bajos instintos, aun cuando entre estos se pudieran contar también los celos, que se despiertan en cualquier hombre cada vez que ve a una muchacha coqueteando con un tipo como el señor Gernerth, sino que para el hombre Esch era también un hecho que el placer que todo hombre cree buscar como un fin en sí mismo obedece a una finalidad superior, que él apenas intuye pero que sin embargo le domina, y que no es otra cosa que el propósito de aturdir aquel miedo poderoso que va más allá de sí mismo, aunque a veces parezca ser únicamente el miedo que se apodera del viajante de comercio, cuando se acuesta en una solitaria cama de hotel, lejos de la mujer y de los hijos; miedo y placer del viajante, que se acuesta con una camarera fea y avejentada, empleando a veces desgarradoras obscenidades y sintiendo muy a menudo remordimientos. Esch, naturalmente, al dejar violentamente el cubo en el suelo, no pensaba en la soledad que había caído de nuevo sobre él desde que abandonó Colonia, no pensaba tampoco en la soledad que reinaba en el escenario momentos antes de que Teltscher hiciera silbar sus rutilantes cuchillos. Pero ahora, al sentarse al borde de la cama de la señorita Erna e inclinarse sobre ella deseándola, quería algo más de lo que se supone anhela un hombre en el ardor del deseo, porque detrás de lo aparentemente tan palpable, y tan vulgar, se esconde siempre la nostalgia, la nostalgia del alma prisionera que busca la redención de su soledad por medio de una salvación que valía para él y para ella, sí, quizá para todos los hombres y desde luego también para Ilona, una salvación que la mujer Erna no le podía procurar, porque ni ella ni él sabían qué era lo que él buscaba. Por eso la cólera que le invadió cuando ella no le permitió llegar al final y lo rechazó suavemente con las palabras «Cuando seamos marido y mujer», y no fue solo la cólera propia del hombre despechado ni el enfado de haber descubierto la mascarada de la vestimenta de ella; era algo más, era desesperación lo que traslucían sus palabras, aunque tuvieran apariencia de algo noble, cuando, desengañado, replicó: «Bueno, pues no». Y aunque para él la negativa fue como una advertencia de Dios señalándole la castidad, salió inmediatamente de la casa en busca de una muchacha más complaciente. Esto mortificó a Erna.

Desde aquella noche hubo entre Esch y la señorita Erna una guerra abierta. Ella no dejaba escapar ninguna oportunidad para excitar el deseo de Esch, y él aprovechaba cualquier pretexto para intentar llevar a la cama a la recalcitrante sin promesa de casamiento. Las hostilidades se iniciaban por la mañana, cuando ella le llevaba el desayuno a la habitación apenas terminaba él de vestirse, concupiscente atención maternal que le llenaba de furor, y terminaban por la noche, tanto si ella cerraba su cuarto como si le permitía entrar en él. Ninguno de los dos pronunciaba nunca la palabra «amor» y, aunque no estalló entre ambos un odio declarado sino que se limitaban a intercambiar bromas malignas, se debía a que todavía no se habían poseído mutuamente.

Esch pensaba a menudo que con Ilona hubiera sido distinto y mejor, pero, por extraño que parezca, no se atrevía ni a rozarla con el pensamiento. Ilona era algo superior, como lo era también, en cierto modo, el presidente Bertrand. Y a Esch no le ofendió que una de las bromas de Erna consistiera en impedir que él se comunicara con Ilona, antes al contrario, le parecía bien, aunque le exasperaban los chuscos aspavientos y las irónicas burlas. Ahora Ilona iba casi todos los días a la casa, y entre ella y Erna había nacido una especie de amistad. Lo que ambas pudieran tener en común era un misterio para Esch: cuando él llegaba a casa y percibía el barato y penetrante perfume de Ilona, que siempre le excitaba, encontraba a las dos mujeres sumidas en un extraño y mudo diálogo: Ilona no había aprendido ni una palabra más de alemán y la señorita Erna tenía que conformarse con acariciar a su amiga, colocarla frente al espejo y toquetear con admiración su peinado y sus vestidos. Esch se sentía casi siempre excluido. Erna parecía querer ocultarle incluso la presencia de su amiga. Una noche en que estaba sentado inocentemente en su cuarto, sonó la campanilla de la puerta. Oyó que Erna abría, y no habría sospechado nada, si de pronto no hubiera girado la llave de su puerta. Se abalanzó hacia ella: ¡estaba cerrada! ¡Aquella mujerzuela lo había encerrado! Y aunque de suyo habría tenido que ignorar aquella broma tonta, el impulso de rebeldía fue más fuerte que él y empezó a gritar desaforadamente y a golpear la puerta, hasta que por fin la señorita Erna abrió y se deslizó en el cuarto con una sonrisita de conejo. «Bien», dijo, «ahora me puedo dedicar a usted... Tenemos visita, pero ya se ocupa de ella Balthasar.» Esch escapó furioso de allí.

Una noche que llegó tarde a casa, percibió de nuevo en la entrada su perfume. O sea que ella había estado otra vez allí, o estaba todavía, porque acababa de descubrir su sombrero colgado en la percha. Pero ¿dónde se escondía? La sala estaba a oscuras. En la estancia contigua se oía a Korn que roncaba. ¡Ella no se habría ido sin sombrero! Atisbó ante la puerta de Erna; tuvo la deprimente e inquietante idea de que las dos mujeres estaban juntas en la cama. Oprimió el picaporte con sumo cuidado; la puerta no cedió, estaba con el cerrojo echado, como siempre que la señorita Erna deseaba realmente dormir. Esch se encogió de hombros y se dirigió a su cuarto haciendo mucho ruido. Pero no podía permanecer en cama; miró en la sala; el perfume flotaba todavía en el aire y el sombrero seguía en la percha. Algo no marchaba bien, estaba seguro, y Esch recorrió la casa sigilosamente. De pronto le pareció percibir un susurro en la habitación de Korn; desde luego, Korn no era de esos tipos que suelen susurrar, y Esch escuchó con mayor atención: Korn gemía, gemía sin lugar a dudas, y Esch, un hombre que nada podía temer de una persona como Korn, salió huyendo descalzo hacia su cuarto, como si algo horrible le persiguiera. Hubiera querido taparse los oídos.

Por la mañana Erna le despertó de un sueño pesado y, antes de que él pudiera preguntar nada, le dijo: «¡Pst, una sorpresa. ¡Levántese!». Esch se vistió a toda prisa y, cuando entró en la cocina donde Erna estaba ocupada en sus quehaceres, ella le tomó de la mano y le condujo de puntillas a su habitación, entreabrió ligeramente la puerta y con un gesto le indicó que mirase dentro. Allí vio a Ilona: dejaba colgar fuera de la cama el brazo muy blanco, todavía sin ninguna herida de cuchillo; en su rostro, un poco hinchado, se destacaban las oscuras bolsas de debajo de los ojos, y dormía.

Desde aquel día Ilona aparecía con frecuencia a altas horas de la noche y pasó relativamente bastante tiempo hasta que Esch comprendió que Ilona pasaba la noche con Balthasar Korn, y que Erna, por así decirlo, encubría con su propio cuerpo los amores de su hermano.

Martin le visitó en su oficina del almacén. Era curioso comprobar que aquel proscrito, que parecía tener que ser expulsado por cualquier portero de empresa que respetase las órdenes, encontrase siempre la forma de entrar y, sin ocultarse lo más mínimo, con absoluta tranquilidad, se pasease por los talleres oscilando sobre sus muletas, sin que nadie le detuviera, recibiendo incluso amables saludos por parte de muchos; probablemente se debía también a que nadie se atreve a meterse con un lisiado. Precisamente en su trabajo a Esch no le hacía ninguna falta el secretario del sindicato; Martin hubiese podido esperarle perfectamente fuera, pero, por otra parte, era un hombre en quien se podía confiar: sabía cuándo podía venir y cuándo debía alejarse; era un tipo decente. «Buenos días, August», le saludó con sencillez. «Solo quería saber cómo te van las cosas. Estás muy bien aquí; has ganado con el cambio.» ¿Acaso el tullido quería recordarle que debía estarle agradecido por este maldito Mannheim? De todos modos, no se podía hacer responsable a Martin por el asunto surgido entre Korn e Ilona; así que Esch, si bien de mal talante, respondió que sí, que había sido un buen cambio. Y era verdad, en cierto modo. Pues ahora que Martin le hacía recordar su anterior trabajo y Nentwig, Esch se sentía feliz de haber perdido de vista Colonia. Seguía manteniendo en secreto la mala acción de Nentwig, como si él hubiera sido su cómplice, y el hecho de poderse encontrar en cualquier esquina con aquel pillastre le quitaba todas las ganas de regresar allá. Colonia o Mannheim, en realidad daba igual... ¿Dónde debería uno vivir para verse libre de tanta porquería? No obstante, preguntó a Martin qué novedades había en Colonia. «Más tarde», contestó Martin. «Ahora no tengo tiempo. ¿Dónde almorzarás?» Y en cuanto lo supo, se alejó aprisa con andares de pato.

Esch, a pesar de todo, se alegraba de aquel reencuentro y, como era un hombre impaciente, se le hizo muy larga la espera hasta el mediodía. Durante la noche había llegado la primavera y Esch dejó su chaqueta en el almacén. El pavimento brillaba al sol del mediodía con alegres reflejos entre los cobertizos, y había surgido de pronto la hierba, tierna y fresca, en las esquinas de las edificaciones, entre las piedras. El cálido sol del mediodía calentaba el ambiente. Al pasar por delante de las rampas de carga y descarga, pasó la mano por los rebordes de hierro que recubrían los extremos de las planchas ásperas de madera, y también el hierro estaba caliente. Caso de no ser trasladado a Colonia tendría que hacerse traer pronto su bicicleta. Se respiraba profundamente, con facilidad, y la comida tenía un sabor distinto, tal vez porque las ventanas del restaurante estaban abiertas. Martin le contó que había venido a causa de una huelga; de no ser por eso, habría tardado más tiempo. Pero en las fábricas del sur de Alemania y en las de Alsacia estaba ocurriendo algo y estas cosas trascienden enseguida.

—Por mí, pueden hacer todas las huelgas que quieran, pero nosotros debemos mantener la calma. Una huelga de transportistas sería hoy una auténtica locura... Somos un sindicato pobre y de la central no puede esperarse ni un céntimo... Sería una bonita manera de echarlo todo a rodar. Naturalmente no se puede contar con los navegantes; cuando un mulo de esos se empeña en ir a la huelga, ni el diablo puede evitarlo. A mí, tarde o temprano, me matarán a golpes. —Decía todo esto sin amargura, con aire benévolo—. Ahora ya me gritan otra vez que estoy pagado por los armadores.

—¿Por Bertrand? —preguntó Esch interesado.

—Evidentemente, también por Bertrand.

—Qué cerdo —exclamó Esch.

Martin se rió:

—¿Bertrand? Es un hombre dignísimo.

—Vaya, vaya, con que un hombre dignísimo... ¿Es verdad que es un oficial renegado?

—Sí, parece que abandonó la carrera militar. Y eso no hace más que hablar a favor del hombre.

¿O sea que esto hablaba a favor del hombre? No había nada claro, pensó Esch furioso, nada estaba claro, ni siquiera en un día tan hermoso de primavera.

—Yo solo quisiera saber por qué sigues ocupándote de estas cosas.

—Cada uno se encuentra en el lugar donde Dios le ha puesto —dijo Martin, y su cara de niño envejecido adquirió una expresión de piedad.

Después le transmitió a Esch saludos de mamá Hentjen y añadió que todos esperaban con alegría que Esch les visitara pronto.

Después de comer se dirigieron a la tienda de Lohberg. Les sobraba un poco de tiempo y Martin descansó en la maciza silla de roble que estaba frente al mostrador y que era tan sólida y limpia como todo lo que había en el local. Martin, habituado a mirar cualquier papel impreso que se pusiera a su alcance, hojeó las revistas suizas antialcohólicas y vegetarianas.

—¡Diantre! —exclamó—. He aquí casi a un correligionario. —Lohberg se sintió halagado, pero Esch le agrió la alegría—: Sí, pertenece a la cofradía de los hermanos de la limonada. —Y, para anonadarle aún más, añadió—: ¡Geyring tiene hoy una gran reunión, pero una reunión auténtica, nada de Ejército de Salvación!

—Por desgracia —comentó Martin.

Lohberg, que sentía una debilidad por las reuniones públicas y por los discursos, propuso inmediatamente asistir.

—Déjelo para otra ocasión —dijo Martin—. Esch, por lo menos, no debe acudir, pues podría perjudicarle que le vieran allí. Además, puede que las cosas se compliquen.

Esch no temía precisamente poner en peligro su empleo, pero, cosa extraña, el asistir a la reunión le parecía casi una traición respecto a Bertrand. Lohberg, en cambio, dijo en tono audaz: «Yo iré de todos modos», y Esch se sintió avergonzado por el hermano de la limonada: no, no era posible abandonar a un amigo que estaba en peligro, y, si lo hacía, jamás podría presentarse de nuevo ante mamá Hentjen. No obstante, se calló lo que había decidido. Martin explicó: «Creo que los armadores nos enviarán algunos agentes provocadores; a ellos les conviene mucho que se produzca una huelga salvaje». Y aunque Nentwig no era armador, sino el obeso administrador de un negocio de vinos, a Esch le dio la impresión que aquel malvado había metido su gordinflona mano en este pérfido asunto.

La reunión, como de costumbre, tuvo lugar en la sala de una pequeña taberna. Ante la puerta había unos policías que examinaban a los que entraban, y estos fingían no reparar en los agentes del orden. Esch llegó tarde; cuando se disponía a entrar, alguien le dio una palmadita en el hombro y, al volverse, se encontró con el inspector encargado de la vigilancia del puerto: «¿Qué le trae por aquí, señor Esch?». Esch recobró el dominio inmediatamente. En realidad, simple curiosidad; se había enterado de que Geyring, el secretario del sindicato, a quien él había conocido en Colonia, iba a hablar aquí, y como él en cierta manera pertenecía al ramo, le interesaba todo aquello. «Yo no se lo aconsejo, señor Esch», dijo el inspector, «precisamente porque usted pertenece al ramo, como acaba de decir; aquí la cosa está que arde y en nada puede beneficiarle quedarse.» «Quiero echar un vistazo», resolvió Esch, y entró.

La sala de bajo techo, adornada con retratos del emperador, del gran duque de Baden y del rey de Würtemberg, estaba de bote en bote. En el estrado había una mesa cubierta con un paño blanco y detrás de ella cuatro hombres sentados; uno de ellos era Martin. Esch, con un poco de envidia al principio por no poder ocupar él también un lugar destacado, se sorprendió de haber notado siquiera la existencia de la mesa, dado el ruidoso caos que reinaba en la sala. Y pasó un buen rato hasta que vio que un hombre se había subido a una silla en mitad de la sala y soltaba un discurso ininteligible, subrayando cada palabra —le gustaba sobre todo la palabra «demagogo»— con un gesto grandilocuente, como arrojándola contra la mesa del estrado. Era una especie de diálogo desigual, ya que la respuesta de la mesa era solo el tintineo de una campanilla a la que nadie hacía caso, pero que al fin se impuso, cuando Martin, apoyado en el respaldo de la silla y en las muletas, se levantó y acalló el griterío. En realidad no se entendía bien lo que estaba diciendo, con aquel tono algo cansado, rutinario e irónico del típico orador habituado a reuniones públicas, pero Esch se dio cuenta de que Martin valía más que todos los que vociferaban a su alrededor. Casi parecía que a Martin no le importara hacerse escuchar, pues de pronto se calló y aguantó impertérrito las imprecaciones de: «vendido a los capitalistas», «cerdo estatal», «socialista imperial», hasta que entre todos los silbidos se oyó uno más penetrante... y en medio del repentino silencio subió al estrado un oficial de la policía y dijo brevemente: «En nombre de la ley, se suspende la asamblea. Despejen la sala». Y mientras Esch era empujado a través de la puerta por los que querían salir, tuvo tiempo de ver que el oficial se dirigía a Martin.

Como obedeciendo una consigna, se precipitaron casi todos hacia la salida trasera del local. Desde luego no les sirvió de nada, pues entretanto la policía había rodeado completamente la casa, y todos tuvieron que identificarse o ir a la comisaría. En la entrada principal el tumulto era menor; Esch tuvo la suerte de encontrarse de nuevo con el inspector del puerto y pudo decirle rápidamente: «Tenía usted razón; una vez y no más», y así escapó al registro que hacía la policía. Pero la cosa no había terminado. La gente se quedó frente al local; se comportaban con moderación y solo proferían de vez en cuando gritos de protesta contra el comité, el sindicato y Geyring. Pero de pronto corrió el rumor de que los del comité y Geyring habían sido arrestados, y solo se esperaba a que la gente se marchara, para llevárselos. Entonces se produjo una conmoción general: Todos empezaron a silbar y parecía que la multitud iba a arremeter contra la policía. El amable inspector de policía, junto al que Esch se había quedado, le dio un golpecito: «Ahora sí tiene usted que esfumarse, señor Esch», y Esch, viendo que nada podía hacer allí, se retiró hasta la esquina más próxima, con la esperanza de encontrar a Lohberg en alguna parte.

Ante el local, el tumulto duró todavía un buen rato. Después aparecieron seis policías a caballo y, como estos animales, aunque dóciles, son también un poco locos, y por eso ejercen una influencia mágica sobre muchas personas, este pequeño refuerzo hípico fue decisivo. Esch vio todavía que varios obreros, con las manos esposadas y entre el silencio asustado de los demás, eran escoltados por la policía, y luego la calle quedó vacía. Donde había todavía un par de personas juntas, estas eran dispersadas bruscamente por los policías, ahora impacientes y brutales, y Esch, suponiendo con fundamento que a él no le tratarían con mayor consideración, despejó el campo.

Fue a la tienda de Lohberg. No había regresado aún, y Esch esperó de pie junto a la puerta, en la cálida noche primaveral. Ojalá no se hubieran llevado también a Lohberg con las manos esposadas. Aunque, en realidad, hubiera sido en cierto modo divertido. ¡Lo que diría Erna, si viera encadenado a aquel dechado de virtudes! Cuando Esch se disponía ya a abandonar la espera, apareció Lohberg, terriblemente excitado y casi llorando. Nunca le había pasado nada igual. Y había sido terrible. Poco a poco y de forma muy confusa supo Esch que la reunión se había desarrollado, al principio, con toda normalidad, aunque le habían gritado al señor Geyring, que había hablado muy bien, toda clase de asquerosidades. Luego se había levantado un tipo que evidentemente era uno de los agentes *provocateurs* de que el propio señor Geyring había hecho mención al mediodía, y había pronunciado un discurso tremendo contra los propietarios, contra el Estado y contra el propio emperador, de modo que el oficial de policía había amenazado con disolver la reunión si continuaba en aquel tono. En forma incomprensible, el señor Geyring, que debía saber perfectamente qué clase de pájaro era aquel individuo, no lo había desenmascarado como *agent provocateur*, sino que le protegió incluso y exigió que se le permitiera hablar. Entonces la cosa se puso naturalmente cada vez más fea y por fin la reunión fue disuelta. Los del comité y Geyring habían sido efectivamente detenidos: lo podía afirmar con plena certeza, pues había sido uno de los últimos en abandonar la sala.

Esch estaba desconcertado, en realidad más desconcertado de lo que quería admitir. Solo sabía que debía beber algo, beber vino, a fin de poner orden en el mundo: Martin, que estaba en contra de la huelga, había sido arrestado, arrestado por una policía que estaba de parte de los armadores y de un oficial renegado, una policía que arremetía bárbaramente contra un inocente... ¡tal vez porque se le había quedado a deber la cabeza de Nentwig! Y, sin embargo, el inspector del puerto se había comportado muy amablemente con él, e incluso le había protegido. Esch sintió de pronto una profunda cólera contra Lohberg; aquel maldito idiota con su eterna limonada estaba probablemente consternado solo porque esperaba una reunión pobre y edificante y no comprendía que las cosas podían ponerse muy duras. Aquella manía de constituir asociaciones le pareció de pronto a Esch nauseabunda: ¿para qué tantas asociaciones? No hacen más que cimentar el desorden y son probablemente las que provocan todo esto. De mal talante, la emprendió contra Lohberg: «Llévese de aquí esta maldita limonada o se la tiro al suelo... Si bebiera usted vino de verdad, al menos sería capaz de dar explicaciones más sensatas». Pero Lohberg se limitó a mirarle con ojos muy abiertos, en cuyo blanco se destacaban unas venitas rojas, y desde luego era totalmente incapaz de hallar una solución a las dudas de Esch, dudas que se acrecentaron a la mañana siguiente, cuando se supo que los cargadores y navegantes habían suspendido el trabajo en señal de protesta por la detención de Geyring, secretario de su sindicato. El ministerio público había presentado contra Geyring una acusación por el delito de incitar a la rebelión.

Durante la representación, Esch estuvo sentado con Gernerth en la llamada oficina de la dirección, que le recordaba siempre su jaula acristalada del almacén. Allá fuera trabajaban Teltscher e Ilona, y Esch oía cómo se clavaban los silbantes cuchillos en la tabla negra. Sobre el escritorio había una cajita blanca que tenía pintada una cruz ginebrina y debía de contener el botiquín. Seguro que en ella no había ni siquiera vendas y que nadie la había abierto desde hacía años, pero Esch estaba convencido de que Ilona entraría de un momento a otro para vendarse sus sangrantes heridas. En lugar de Ilona entró Teltscher, algo sudoroso y con aire muy satisfecho; se secó las manos con el pañuelo y dijo: «Un trabajo de primera clase, un trabajo de gran mérito... lo cual significa una buena remuneración». Gernerth echaba cuentas en su bloc de notas: alquiler de la sala, 22 marcos; impuestos, 16 marcos; iluminación, 4 marcos; honorarios... «No me importune más con todo esto», dijo Teltscher, «me lo sé de memoria... He invertido cuatro mil coronas en el negocio, y no las veré nunca más... A mí me tenía que pasar esto... Señor Esch, ¿conoce usted a alguien que me pudiera sacar de este lío? Un veinte por ciento de rebaja y a usted el diez en concepto de comisión.» Esch conocía de sobras estos estallidos y ofertas, por eso no le causaban ya ningún efecto, si bien habría ofrecido a Teltscher lo que fuera con tal de hacerle desaparecer, a él y a Ilona.

Esch estaba de mal humor. Desde que encarcelaron a Martin la vida se había oscurecido en sus cimientos: no tenía importancia que las escaramuzas con Erna se hubieran hecho insoportables y francamente molestas, pero que Bertrand se hubiera aliado con la policía y que la policía se hubiera comportado de forma tan vil era más que suficiente para exasperarle a uno, y la relación entre Ilona y Korn, que ninguno de los dos, ni tampoco Erna, se esforzaban ya en ocultar, resultaba repugnante. Era nauseabundo. No quería ni pensar en ello; pero Ilona era un ser superior. Sí, lo mejor sería no saber nada más de ella y perderla de vista para siempre. Igual que al presidente Bertrand y su Mittelrheinische. Esch lo vio claramente en el momento en que entró Ilona, ya vestida de calle, y se sentó muda y seria, sin que ninguno de los hombres le prestara atención. Ahora aparecería enseguida Korn a buscarla; entraba y salía allí como Pedro por su casa.

Ilona se había enamorado sinceramente del corpulento Balthasar Korn, tal vez porque le recordaba algún amor de juventud con algún suboficial del ejército, o tal vez simplemente porque Korn era totalmente distinto a aquel Teltscher débil, hábil, indiferente y duro de corazón, no obstante, en su misma debilidad. Desde luego Esch no quería devanarse los sesos pensando en esa cuestión; ya era bastante que una mujer, a la que él mismo había renunciado porque estaba destinada a algo superior, fuera degradada por un tipo como Korn. Lo que resultaba inexplicable era la conducta de Teltscher. El tal individuo era sin duda un rufián, pero esto no molestaba a nadie. Además todo el asunto no podía beneficiar mucho a Teltscher: Korn no reparaba en gastos e Ilona, con el vestido nuevo que él le acababa de regalar, tenía un aspecto espléndido, tan espléndido que la señorita Erna ya no secundaba la costosa pasión amorosa de su hermano con la misma benevolencia que al principio, pero Ilona no quería aceptar un solo céntimo de Korn y él tenía que imponerle a la fuerza sus regalos; tanto le amaba ella.

Korn cruzó la puerta e Ilona se abrazó a su pecho uniformado con cariñosas palabras de lengua del este. ¡No, aquello no se podía soportar! Teltscher rió: «Ella tiene que divertirse», y mientras se alejaban los dos, Teltscher le gritó a ella unas palabras en húngaro, evidentemente malignas, que le valieron no solo una mirada llena de odio por parte de Ilona, sino también la amenaza por parte de Korn, dicha medio en serio y medio en broma, de que algún día mataría a ese judío lanzador de cuchillos. Teltscher no hizo el mínimo caso, sino que volvió a sus reflexiones de negocios:

—Tenemos que presentar algún número que no resulte caro y que atraiga al público.

—Vaya sensacional descubrimiento ha hecho el señor Teltscher-Teltini —dijo Gernerth, y siguió con las cuentas de su bloc. Después levantó los ojos—: ¿Qué les parecería un espectáculo de lucha femenina?

Teltscher silbó entre dientes:

—La idea merece ser tenida en cuenta. Claro que sin algo de dinero tampoco se puede llevar a la práctica.

Gernerth garrapateó unas cifras:

—Se necesita un poco de dinero, no mucho. Las mujeres salen baratas. También se necesitarían unas mallas… Habría que interesar a alguien en el asunto.

—Yo las entrenaría —dijo Teltscher—, y también podría hacer de árbitro. Pero ¿en Mannheim? —hizo una mueca despectiva—. Como si no se viera de qué modo marchan aquí los negocios. ¿Qué piensa usted de esto, Esch?

Esch no tenía una opinión definida, pero de pronto abrigó la esperanza de que, si se trasladaba el espectáculo, Ilona podría ser liberada de las garras de Korn. Y, como Colonia era el lugar más cercano, dijo que aquella ciudad le parecía el lugar más apropiado para números de lucha; el año anterior los hubo en el circo, desde luego hechos en serio, y tuvieron éxito. «También nosotros lo haríamos en serio», dijo Teltscher lleno de buenos propósitos. Hablaron todavía mucho tiempo de unas cosas y otras, hasta que finalmente se encargó a Esch que, en su inminente visita a Colonia, se pusiera en contacto con el agente teatral Oppenheimer, a quien Gernerth habría escrito entretanto. Y si Esch lograba además reunir algún dinero para el proyecto, esto no sería solo una prueba de amistad, sino que le proporcionaría también un beneficio.

Esch no conocía de momento a nadie que pudiera aportar dinero. Pero para sus adentros pensó en Lohberg, que podía ser considerado casi como un hombre rico. ¿Podría un casto José sentir algún interés por los combates de mujeres?

Aunque con las detenciones efectuadas, los trabajadores del puerto y los navegantes habían perdido a casi todos sus dirigentes, la huelga continuaba desde hacía ya diez días. Había algunos trabajadores voluntarios, pero como no bastaban para las tareas de carga y descarga ferroviarias, y la navegación estaba en parte paralizada, se les empleaba solo en los trabajos más urgentes. En los almacenes reinaba una tranquilidad dominical. Esch estaba de mal humor, porque probablemente no le sacarían de allí antes de que terminara la huelga, y vagaba ocioso por el almacén, se rascaba la espalda contra los quicios de las puertas y finalmente escribió a mamá Hentjen. Le contó los acontecimientos relacionados con el encarcelamiento de Martin, le habló de Lohberg, pero no le dijo nada de Erna y de Korn, pues esta historia le repugnaba. Después compró otra vez varias postales y las envió a diferentes muchachas con las que se había acostado en los últimos años y cuyos nombres recordaba. Fuera, en la sombra, se hallaban los contramaestres y los jefes de almacén, y tras las puertas correderas medio abiertas de un vagón de mercancías vacío se jugaba a las cartas; Esch pensó a quién más debía escribir e intentó contar el número de mujeres que había poseído hasta el momento presente. Al no conseguirlo, le pareció que tenía entre manos una inservible lista del almacén, y, para ponerlo en claro, empezó a anotar los nombres en un papel, poniendo al lado mes y año. Después echó la suma y se sintió satisfecho, sobre todo cuando apareció Korn y como de costumbre, empezó de nuevo a decir que Ilona era una mujer estupenda, una húngara ardiente. Esch se guardó la lista en el bolsillo y dejó hablar a Korn; de todos modos no podría seguir hablando mucho tiempo. En cuanto terminara la huelga, el señor inspector de aduanas ya podía empezar a correr tras su Ilona hasta Colonia, o más lejos todavía, hasta el fin del mundo. Y casi le dio pena aquel infeliz porque no sabía lo que le esperaba; Balthasar Korn siguió pavoneándose despreocupadamente de su conquista y cuando hubo charlado lo bastante sobre Ilona, sacó un juego de naipes. Con espíritu fraternal, buscaron a un tercero y jugaron a cartas todo el día.

Al anochecer Esch fue a la tienda de Lohberg, y lo encontró sentado, con un cigarrillo en los labios, sumido en la lectura de sus revistas vegetarianas. Las puso a un lado al entrar Esch y empezó a hablar de Martin:

—El mundo está envenenado —dijo—, no solo con nicotina y con alcohol y con alimentación animal, sino con un veneno peor, que apenas conocemos… Lleno de tumores que revientan.

Tenía los ojos húmedos y febriles; daba la impresión de estar enfermo; era muy posible que realmente algún veneno minara su cuerpo. Esch, delgado pero fuerte, de pie ante él, con la cabeza vacía de tanto jugar a las cartas, no comprendía el sentido de aquella perorata idiota, apenas comprendió que hacía referencia a la detención de Martin; todo yacía envuelto en una absurda neblina y solo quedaba claro que era necesario interesar al otro en la participación en el negocio teatral. A Esch no le gustaba andarse con rodeos:

—¿Quiere usted participar en el negocio teatral de Gernerth?

A Lohberg la pregunta le cogió totalmente de sorpresa y, con los ojos muy abiertos, se limitó a decir:

—¿Cómo?

—Sí, que si quiere formar parte del negocio teatral.

—Pero yo tengo ya mi negocio de tabacos.

—Usted ha dicho en repetidas ocasiones que no le gusta, y por eso pensé que sería más feliz en otro negocio.

Lohberg movió la cabeza:

—Mientras viva mi madre, he de seguir con la tienda. La mitad le pertenece a ella.

—Lástima —dijo Esch—. Teltscher cree que con espectáculos de lucha femenina se podría ganar el ciento por ciento.

Lohberg no preguntó qué era aquello de «lucha femenina», sino que se limitó a repetir:

—Lástima.

—Yo estoy también harto de mi trabajo —siguió Esch—. Ahora están en huelga; da asco verlos deambular tontamente de un lado a otro.

—¿Y qué quiere usted hacer? ¿Piensa dedicarse al teatro?

Esch reflexionó; el teatro significaba estar siempre con Gernerth y Teltscher en alguna polvorienta oficina de dirección. Las actrices, además, le repugnaban desde que se había movido entre bastidores; no eran muy distintas a Hede o a Thusnelda. En realidad, en un día como hoy, tan vacío, no sabía lo que quería. «Huir lejos», dijo, «a América.» En una revista ilustrada había visto fotografías de Nueva York; ahora le venían a la memoria; había también la fotografía de un combate de boxeo en América, y esto le hizo pensar de nuevo en las luchas femeninas.

—Si pudiera ganar rápidamente el dinero para el viaje, me iría enseguida.

Él mismo se sorprendió de estar concibiendo aquella idea en serio y, muy en serio, empezó a echar cuentas: tenía casi trescientos marcos; si los invertía en el negocio de las luchas, podría en efecto aumentarlos, y ¿por qué un hombre como él, fuerte, capaz de trabajar, con mucha práctica en contabilidad, no podía intentar en América lo mismo que aquí? Por lo menos vería algo de mundo. Tal vez entonces Teltscher e Ilona tendrían el contrato neoyorquino del que Teltscher hablaba siempre. Lohberg interrumpió el hilo de sus pensamientos:

«Precisamente usted sabe idiomas, cosa que a mí me falta». Esch asintió satisfecho; sí, con el francés se defendería en cualquier parte y el inglés no tenía misterios... pero para participar en la financiación de las luchas, no necesitaba Lohberg saber idiomas. «No, claro que no, pero sí para ir a América», opinó Lohberg. Y aunque para Lohberg resultaba inimaginable que alguien —y él menos que nadie— pudiera vivir en una ciudad que no fuera Mannheim, se fueron convirtiendo paulatinamente casi en compañeros de viaje y discutieron los gastos del pasaje y el modo de sufragarlos. La conversación, por un proceso natural y lógico, recayó de nuevo en los combates femeninos y, tras toda clase de reflexiones, Lohberg llegó a la conclusión de que podía disponer perfectamente de mil marcos para invertirlos en el negocio de Gernerth sin perjuicio del suyo. Desde luego esto no bastaba para adquirir la parte de Teltscher, pero era un buen principio, sobre todo si se añadían también los trescientos marcos de Esch.

El día terminó mejor de lo que había empezado. De regreso a su casa, iba Esch cavilando de qué modo podría encontrar el resto del dinero, y de pronto le vino a la mente la señorita Erna.

Por mucho que sedujera a Erna vincularse a Esch mediante lazos financieros, también en esto se mantuvo fiel a su principio de no otorgar nada como no fuera a su marido. Cuando ella le expuso torpemente lo que pensaba, Esch montó en cólera: ¿qué imaginaba de él?, ¿acaso que quería el dinero para sí mismo? Pero, en el mismo momento de decir esto, se dio cuenta de que en realidad no se trataba en absoluto del dinero y de que la señorita Erna era aún más injusta de lo que se hubiera podido hacer entender: naturalmente el dinero tenía que servir para rescatar a Ilona, naturalmente había que impedir solo que se echaran cuchillos sobre muchachas indefensas, naturalmente él no quería el dinero para sí, pero esto no era todo, porque además no quería saber nada de Ilona —de eso ni hablar, cuando eran otros los que aportaban el dinero—, y le pareció incluso bien tener que renunciar, ¡le importaba un comino Ilona! Él tenía otros proyectos más elevados, y con razón le ofendió que Erna le acusara de pensar únicamente en sí mismo; su grosera respuesta estuvo justificada: ella podía dejar las cosas como estaban y guardarse su maldito dinero. Pero Erna interpretó su rudeza como sentimiento de culpabilidad, se alegró de haberle pillado en falta y rezongó que conocía esos manejos, pues recordaba a cierto viajante de comercio que no solo había gozado de sus favores, sino que, además, le había causado la dolorosa pérdida de cincuenta marcos.

Desde luego era un buen día para la señorita Erna. Esch le había pedido algo que ella pudo negarle, y además llevaba zapatos nuevos, que le producían gran satisfacción y en los que se sentía cómoda. Se había sentado en el sofá y dejó asomar las puntas de los pies, moviéndolas, por debajo de los bordes del vestido, gesto que era provocador y burlón al mismo tiempo; el leve chasquido del cuero le hacía bien y daba una agradable sensación en los tobillos. Ella no tenía ganas de terminar aquella divertida conversación y, pese al rudo punto final que había puesto Esch, le preguntó de nuevo para qué quería tanto dinero. Esch respondió otra vez que podía guardarse su maldito dinero. Lohberg colaboraría gustosamente en el negocio teatral.

—¡Ah, el señor Lohberg! —exclamó la señorita Erna—. Él sí tiene recursos y puede permitírselo.

Y con esta peculiar obstinación que caracteriza al amor en determinadas ocasiones y en virtud de la cual la señorita Erna se hubiera entregado antes a un hombre que le resultara indiferente que al señor Esch, que solo podía conseguirla matrimonialmente, se sintió inclinada a incordiar a Esch y a ofrecer su dinero a Lohberg. Jugueteó de nuevo con las puntas de los pies:

—Sí, asociarse con el señor Lohberg sería otra cosa. Es un hombre de negocios muy formal.

—Es un idiota —dijo Esch, en parte por convicción y en parte por celos, celos que llenaron de satisfacción a la señorita Erna, pues precisamente lo que pretendía era suscitarlos.

—A usted no se lo doy —dijo tratando de hurgar en la herida.

Por curioso que parezca, esto no causó ningún efecto. ¿A él qué le importaba, en realidad? Había renunciado a Ilona y, de suyo, era Korn quien debía preocuparse de liberarla de los cuchillos. Esch contempló cómo Erna movía las puntas de los pies. Vaya cara pondría Erna si se le dijera que, en último término, debía entregar su dinero para Balthasar. Claro que con esto no se lograría nada. Tal vez el que debía pagar realmente era Nentwig. Porque si se quiere redimir el mundo, hay que atacar el centro del veneno, como decía Lohberg; el centro del veneno era Nentwig, o tal vez algo que se ocultaba detrás de Nentwig, algo más grande —tal vez algo tan grande y tan oculto como un presidente en su aislamiento inaccesible—, algo que uno no conocía. Todo esto podía sacar de sus casillas a cualquiera y Esch, aunque era un tipo fuerte y nada nervioso, sintió deseos de pisar los pies oscilantes de la señorita Erna para obligarla a estarse quieta.

—¿Le gustan mis zapatos? —preguntó ella.

—No —respondió Esch.

La señorita Erna se extrañó:

—Pues al señor Lohberg sí le gustarán... ¿Cuándo le traerá por aquí? Desde hace unos días usted lo tiene escondido... En resumidas cuentas, ¿es por celos, señor Esch?

¡Por favor! Podía traerlo inmediatamente, si ella tenía tantos deseos de verle, afirmó Esch, que esperaba que los dos se pusieran de acuerdo sobre el negocio.

—No es necesario que venga enseguida —dijo la señorita Erna—, puede venir por la noche a tomar café.

Bien, ya le transmitiría el recado, dijo Esch, y se marchó.

Lohberg acudió a la cita. Sostenía la taza de café en la mano y daba vueltas con la cucharilla mecánicamente. Hasta mientras bebía, dejó la cucharilla dentro de la taza, y le molestaba en la nariz. Esch estaba sentado con las piernas muy abiertas, y preguntó si iba a venir Balthasar con Ilona y otras cosas de mal gusto. La señorita Erna no le escuchaba. Miraba con interés la raquítica cabeza de Lohberg y aquellos grandes ojos en los que destacaba el blanco; su aspecto, en verdad, hacía pensar que a la más mínima se echaría a llorar. Y ella se preguntó si aquel hombre lloraría caso de sentirse enardecido de amor y de pasión. Pensó con enojo en su hermano, por haberla arrastrado a este desesperante asunto con Esch, un hombre grosero que la llenaba de inquietud, mientras que un par de casas más allá existía un comerciante digno, muy bien situado, que enrojecía cuando ella le miraba. ¿Habría conocido ya mujer? Por todas estas razones y para excitar a Esch, llevó la conversación con gran habilidad hacia el tema del amor:

—¿Es también usted un solterón empedernido, señor Lohberg? Ya se arrepentirá cuando sea viejo, se ponga enfermo y se encuentre sin nadie que le cuide.

Lohberg enrojeció:

—Estoy esperando únicamente encontrar la mujer adecuada, señorita Korn.

—¿Y no se ha presentado todavía? —dijo la señorita Erna con una sonrisa prometedora, mientras alargaba el pie por debajo del borde de la falda.

Lohberg dejó su taza en la mesa con expresión de total desconcierto.

—Él no lo ha probado aún —intervino Esch, rezumando veneno.

Lohberg recobró el equilibrio en sus convicciones:

—Solo se ama una vez, señorita Korn.

—¡Oh! —exclamó la señorita Erna.

Esto era claro e inequívoco. Esch casi se avergonzó de su vida impura y no le pareció improbable que hubiera sido ese grande y único amor el que había unido a mamá Hentjen con su esposo, y tal vez por eso ella exigía castidad y abstinencia en sus clientes. Y debía de ser terrible para mamá Hentjen tener que pagar la breve felicidad vivida con la renuncia a cualquier otro amor, y pensando en esto dijo:

—Muy bien, pero ¿qué pasa con las viudas? De acuerdo con esta teoría ninguna tendría derecho a seguir viviendo... Sobre todo si no tienen hijos... —y, como recordaba muchas cosas leídas en revistas, añadió—: A las viudas, en realidad, habría que quemarlas, a fin de..., a fin de, por así decirlo, redimirlas.

—Es usted un hombre terrible, señor Esch —dijo la señorita Erna—. El señor Lohberg no se permitiría ni siquiera pensar una cosa tan horrible.

—La redención está en Dios —dijo el señor Lohberg—. Aquel a quien Dios concede la gracia del amor, la conserva más allá de la muerte.

—Es usted un hombre inteligente, señor Lohberg, y más de uno debiera tener muy presentes sus hermosas palabras —dijo la señorita Erna—. ¡Y aún sería más hermoso que dejarse quemar por un hombre ideal! Una cosa como esta...

Esch la interrumpió:

—Si hubiera justicia, no se necesitarían sus estúpidas asociaciones para la redención... Sí, sí, sorpréndase —casi gritaba—, no se necesitaría ningún Ejército de Salvación si la policía encerrara a la gente que lo merece en lugar de encerrar a inocentes.

—Yo solo me casaría con un hombre que pudiera tener una buena pensión de jubilado o que pudiera dejar a su viuda lo necesario para vivir, una seguridad, por así decirlo —dijo la señorita Erna—. Una se ha merecido esta clase de hombre.

Esch sintió hacia ella un profundo desprecio. Mamá Hentjen jamás hablaría de este modo. Pero Lohberg dijo:

—Aquel que no deja bien claros sus asuntos antes de morir, es un mal padre de familia.

—Usted hará muy feliz a su esposa —dijo la señorita Erna.

Lohberg prosiguió:

—Si Dios me concede la suerte de hallar una compañera, confío en poder decir con toda seguridad que llevaremos un auténtico matrimonio cristiano. Nos apartaremos del mundo exterior para vivir únicamente nuestra felicidad.

Esch dijo con escarnio:

—Sí, igual que Balthasar con Ilona... Y por la noche se le puede lanzar contra ella un cuchillo.

Lohberg se indignó:

—Aquel que se emborracha con aguardiente barato no sabe apreciar un sorbo de agua cristalina, señorita Korn. Una pasión no es un amor.

La señorita Erna aplicó lo de cristalino a su persona y se sintió halagada:

—El traje que él le ha regalado vale treinta y ocho marcos. Me informé en la tienda. Explotar así a un hombre... Yo nunca me lo permitiría.

—Es necesario imponer orden —dijo Esch—. El inocente está en la cárcel y el culpable anda libre por ahí. Habría que matarle o matarse uno mismo.

Lohberg intervino, conciliador:

—Con la vida de los hombres no se juega.

—No —dijo la señorita Erna—, a quien habría que matar es a la mujer que no tiene sentimientos para el hombre... Cuando yo tengo que ocuparme de un hombre, soy una persona con sentimientos.

—Un amor auténtico, como el que enseña el Evangelio, se basa en el respeto mutuo —dijo Lohberg.

—Y usted respetará a su esposa, aunque ella no sea tan culta como usted... Tanto más si es una persona con sentimientos, como debe serlo una mujer.

—Solo una persona que tiene sentimientos está preparada y es apta para recibir la auténtica gracia redentora.

La señorita Erna dijo:

—Usted debe ser seguramente un buen hijo, señor

Lohberg, un hijo que siente agradecimiento hacia su mamaíta.

A Esch esta observación le puso furioso, más furioso de lo que él mismo advertía:

—Un buen hijo por aquí, un buen hijo por allá… Me río yo del agradecimiento. Mientras se sigan cometiendo injusticias, no habrá redención en el mundo… ¿Por qué se ha sacrificado Martin y está en la cárcel?

—El señor Geyring es una víctima del veneno que devora al mundo —respondió Lohberg—. Hasta que los seres humanos no vuelvan a encontrar los caminos de la naturaleza, no dejarán de causarse daño unos a otros.

La señorita Erna dijo que ella amaba también la naturaleza y que salía con frecuencia de paseo.

—Los sentimientos nobles de la humanidad —prosiguió Lohberg— únicamente pueden despertar y desarrollarse en el seno de la naturaleza libre de Dios, una naturaleza que nos reconforta.

—Con estas ideas no ha salvado usted todavía a nadie de la cárcel —dijo Esch.

—Esto lo dice usted… —opinó la señorita Erna—. Yo, en cambio, digo que una persona sin sentimientos no es una persona. Un hombre tan inconstante como usted, señor Esch, no tiene siquiera derecho a hablar… Bah, todos son iguales.

—¿Cómo se puede tener tan mala opinión del mundo, señorita Korn?

La señorita Erna suspiró:

—Desengaños de la vida, señor Lohberg.

—Pero la esperanza nos sostiene, señorita Korn.

La señorita Erna miró pensativa al vacío:

—Efectivamente, si no hubiera esperanza… —y sacudió la cabeza—. Los hombres carecen de sentimientos, y demasiada inteligencia tampoco es bueno.

Esch se preguntó si mamá Hentjen y su marido habrían hablado así cuando se prometieron.

—En Dios y en la naturaleza divina reside toda esperanza —dijo Lohberg.

Erna no quiso ser menos que Lohberg:

—A Dios gracias yo voy con frecuencia a la iglesia y a confesar... —y añadió en tono triunfal—: Y nuestra santa religión católica tiene quizá más sentimientos que la luterana. Yo, si fuera hombre, no me casaría con una luterana.

Lohberg era demasiado cortés para contradecirla:

—Toda manera de dirigirse a Dios es igualmente digna de respeto... Cuando Dios une a dos seres, les otorga también la posibilidad de mantenerse unidos... Lo único que cuenta es la buena voluntad.

Las virtudes de Lohberg le resultaron a Esch de nuevo repugnantes, pese a que, precisamente por ellas, le había comparado a menudo con mamá Hentjen.

—Cualquier idiota puede hablar por hablar —dijo fogosamente.

Despectiva, la señorita Erna informó:

—El señor Esch, como es natural, se conforma con cualquiera, no se preocupa ni de los sentimientos ni de la santa religión. Basta con que ella tenga dinero.

Lohberg dijo que se resistía a creer una cosa así.

—Pues puede usted creerlo, yo le conozco bien, no tiene sentimientos ni reflexiona... Las ideas que usted tiene, señor Lohberg, no las tiene cualquiera.

En este caso, opinó Lohberg, no podía evitar compadecerle, ya que le sería negada toda felicidad sobre la tierra.

Esch se encogió de hombros. ¡Qué sabía aquel infeliz de un mundo nuevo! Y dijo sarcástico:

—Antes restablezcan el orden.

Pero la señorita Erna había hallado la solución:

—Si dos personas trabajan juntas, si por ejemplo su esposa le ayuda en la tienda, entonces todo lo demás se da por añadidura, aunque el marido sea luterano y la mujer católica.

—Desde luego —dijo Lohberg.

—O si dos personas tienen algo en común..., intereses comunes, pongamos por caso, entonces hay que estar juntos, ¿verdad?

—Desde luego —dijo Lohberg.

La señorita Erna dirigió su mirada de lagarto hacia Esch mientras decía:

—¿Tendría usted algo en contra, señor Lohberg, de que yo también participara en el negocio teatral de que ha hablado el señor Esch? Ahora que mi hermano se ha vuelto tan inconsciente, yo, al menos, he de procurar que entre dinero en la casa.

¡Cómo podría oponerse el señor Lohberg! Y cuando la señorita Erna dijo que podía invertir la mitad de sus ahorros, o sea unos mil marcos, él, con sumo agrado por parte de la señorita Erna, exclamó:

—¡Oh, entonces seremos socios!

A pesar de todo, Esch no estaba satisfecho. El haber logrado lo que quería no tenía en resumidas cuentas importancia, tal vez porque ya había renunciado sin más a Ilona, tal vez porque el fin, en realidad, era otro y más importante, o tal vez simplemente porque —esto fue lo único que vio con absoluta claridad— de pronto se planteó serios escrúpulos:

—Hablen ustedes primero con Gernerth, el director de teatro Gernerth. Yo me he limitado a llamarles la atención sobre el negocio, pero declino toda responsabilidad.

Sí, dijo la señorita, ella ya sabía que él era un hombre al que no le gustaba hacerse responsable de nada, y no debía tener miedo de que se le pidieran cuentas. Él no era más que un soltero infiel, y ella prefería el dedo meñique del señor Lohberg a la persona entera del señor Esch. Y el señor Lohberg debía volver con más frecuencia a tomar una taza de café. ¿Lo haría? Y como ya era tarde y todos se habían puesto de pie, se cogió al brazo de Lohberg. La lámpara derramaba sus suaves reflejos sobre sus cabezas y ambos, erguidos ante Esch, parecían una pareja de recién casados.

Esch se quitó la chaqueta y la colgó en el perchero. Luego la sacudió un poco, la cepilló y examinó con atención su cuello raído. Había de nuevo alguna cosa que no marchaba debidamente. Había renunciado a Ilona, pero ahora tenía que contemplar cómo Erna se apartaba de él para ofrecer su corazón a aquel idiota. Esto iba en contra de todas las reglas de contabilidad, las cuales, como es sabido, exigen una contrapartida para cada partida. Por otra parte, seguramente —y agitó la chaqueta con un gesto de descaro—, si él quisiera, un tipo como Lohberg no podría desbancarlo tan aprisa; con aquel idiota podía él competir todavía ventajosamente; no, August Esch no era ni mucho menos un engendro, y empezó a caminar hacia la puerta, pero se detuvo antes de abrirla: bah, en realidad no le apetecía. Además, la persona que se encontraba al otro lado hubiera podido creer que él se arrastraba hasta ella en agradecimiento por sus miserables mil marcos. Esch volvió a su cama, se sentó en ella y se desabrochó los zapatos. Hasta ahí todo estaba en orden. Y que en el fondo le doliera no poder acostarse con Erna encajaba también dentro de un orden. El sacrificio es el sacrificio. No obstante, quedaba un error de contabilidad no aclarado, y de momento no se le ocurrió cuál podía ser: de acuerdo, no iría al encuentro de la hembra, renunciaría al placer. Pero ¿por qué lo hacía? ¿Tal vez para escapar al matrimonio? O sea que uno se sacrifica en nimiedades para rehuir el sacrificio auténtico y no tener que pagar con la propia persona. Esch se dijo: «Soy un cerdo». Sí, era un cerdo, ni un ápice mejor que Nentwig, el cual eludía también toda responsabilidad. ¡Un desorden en el cual el diablo se movía a sus anchas!

Y si no había orden en la contabilidad, tampoco podía haber orden en el mundo, y mientras no hubiera orden, seguiría Ilona a merced de los cuchillos, seguiría Nentwig escapando al castigo con descaro y engaños, y Martin seguiría consumiéndose eternamente en la cárcel. Reflexionó intensamente y, en el momento en que dejó caer al suelo los calzoncillos, salió de dudas: los otros habían puesto su dinero a disposición de la idea de los combates, y él, que no tenía dinero, tenía que pagar con su persona, no precisamente casándose, pero sí poniéndose a disposición de la nueva empresa. Y como esto, lamentándolo mucho, no podía conciliarse con su empleo en Mannheim, tenía que dejarlo. Así era como él podía pagar. Y como si tuviera que buscar una prueba convincente, se dio cuenta en este momento de que no hubiera debido permanecer más tiempo en una sociedad que había llevado a Martin a la cárcel. Y nadie tendría derecho a tacharle de desleal por ello; incluso el señor presidente habría de reconocer que Esch era un muchacho cabal. Ahora Esch ya no pensó más en Erna y se metió tranquilamente en la cama. El hecho de que le resultara agradable regresar a Colonia y al local de mamá Hentjen disminuía ciertamente el sacrificio, pero apenas pesaba en la balanza; mamá Hentjen ni siquiera había contestado a su carta. Y locales los había de sobra en Mannheim. No, el regreso a Colonia, esa cochina ciudad, representaba una disminución ínfima del sacrificio, era, a lo sumo, una bonificación en el pago, y ninguna ley prohibía una bonificación así.

El deseo de dar la noticia del éxito a Gernerth le llevó a reunirse con él a primeras horas de la mañana: ¡Haber logrado dos mil marcos con tanta rapidez era una proeza! Gernerth le dio unos golpecitos en el hombro y le dijo que era un tipo extraordinario. Esto reconfortaba. A Gernerth le sorprendió su decisión de abandonar el empleo para ponerse al servicio de la nueva empresa pugilística; sin embargo, no tenía nada que oponer. «Ya lo arreglaremos, señor Esch», le dijo, y Esch se dirigió a la oficina central de la compañía naviera.

En los pisos superiores de las oficinas de la Mittelrheinische había largos y silenciosos pasillos recubiertos de linóleo marrón. Las puertas ostentaban impecables letreritos y al fondo de uno de los corredores, detrás de una mesa alumbrada por una lámpara de pie, estaba sentado un conserje que le preguntaba a uno dónde quería ir y anotaba el nombre del visitante así como el motivo de la visita en un bloc de notas. Esch recorrió todo el pasillo y, como era la última vez que lo haría, observó detenidamente todos los detalles. Descifró los nombres de los letreros de las puertas, y al encontrarse, con gran sorpresa por su parte, con un nombre de mujer, se detuvo e intentó imaginarse a la persona que había detrás de aquella puerta: ¿Sería un empleado como cualquier otro que echaba cuentas inclinado sobre un pupitre, con manguitos negros para no mancharse al escribir, y, también como cualquier otro, hablaba fría e indiferentemente con las visitas? De repente se sintió atraído por aquella mujer desconocida que se encontraba tras la puerta, y la idea de una forma de amor nueva, sencilla, casi comercial, por así decirlo, un amor magistral, lo colmó por entero, un amor que debería ser tan liso, tan fresco, tan amplio y espacioso como aquellos pasillos cubiertos de linóleo. Pero luego, al observar la larga hilera de puertas con nombres masculinos, no pudo evitar pensar que aquella mujer sola rodeada de tantos hombres seguramente estaba tan asqueada como mamá Hentjen con su taberna. Experimentó de nuevo una profunda cólera contra los negocios, cólera contra una organización que, tras la fachada de un hermoso orden, de pasillos lisos, de bonitas y llanas contabilidades, oculta todas las infamias. Y a eso se le llama estabilidad. Ya sea simple apoderado o el propio presidente, no hay diferencia alguna entre un comerciante y otro. Y si Esch había lamentado por unos instantes dejar de ser miembro de la hermosa organización, dejar de formar parte de aquellos que podían entrar y salir de aquí sin ser detenidos, preguntados o anunciados por un conserje, ahora ya no lo lamentaba. Veía a un Nentwig sentado detrás de todas aquellas puertas, meros Nentwigs, todos confabulados, atentos solamente a procurar que Martin continuara consumiéndose en la cárcel. Le hubiera gustado bajar a la sección de contabilidad y decirles a los ciegos de allá que también ellos, por fin, tenían que evadirse de la esclavitud de las engañosas cifras y columnas numéricas y convertirse en seres libres como él; sí, debían hacerlo, incluso a riesgo de tener que emigrar a América como él, con él.

«Ha sido una actuación muy breve la suya», le dijo amablemente el jefe de personal, cuando se presentó en su oficina para solicitar un certificado. Esch estuvo a punto de revelar las verdaderas razones que le impulsaban a marcharse de aquella firma infame. Pero tuvo que resignarse a callar, porque el amable jefe de personal dedicaba ya su atención a otros asuntos, si bien iba repitiendo: «Una actuación muy breve... muy breve...». Lo repetía saboreando las palabras como si el término «actuación» le gustara de un modo especial y como si quisiera insinuar con él que tampoco el negocio teatral sería muy distinto o mejor siquiera que la empresa que Esch se disponía a abandonar. ¿Qué podía saber de aquello el jefe de personal? ¿Pretendía, en definitiva, acusarle de deslealtad y asestarle un golpe por la espalda? ¿Quería desmerecer su nueva colocación? Esch siguió con desconfianza los movimientos del hombre y comprobó con desconfianza el documento escrito a mano, aunque sabía bien que en las luchas pugilísticas nadie le pediría ningún certificado. Y como no se apartaba de su pensamiento la idea del negocio teatral, ni siquiera cuando se dirigió a la escalera por el corredor tapizado de linóleo marrón, ya no advirtió la tranquilidad y el orden que reinaban en el edificio, ni se fijó en la puerta que ostentaba un nombre de mujer, ni vio el letrero que decía «Contabilidad»; incluso la dirección y la presidencia, instaladas con toda su pompa en el edificio principal, le fueron totalmente indiferentes. Hasta que llegó a la calle no se volvió para mirar atrás, una mirada de despedida, se dijo, y se sintió como decepcionado al comprobar que no se detenía ningún carruaje ante la entrada principal. En realidad le hubiera gustado ver por lo menos una vez al tal Bertrand. Se oculta siempre, como Nentwig. Naturalmente es mejor no verle, no verle en absoluto, ni a él ni a Mannheim ni a nada que tuviera relación con uno u otra. «Hasta nunca», dijo Esch; sin embargo, incapaz de despedirse con tanta rapidez, permaneció allí en pie, guiñando los ojos porque el sol del mediodía se reflejaba en el asfalto de la calle nueva; se quedó quieto, esperando tal vez que se abriera sin ruido la puerta de cristal para dejar paso al presidente. Pero, aunque bajo la rutilante luz del sol pareciera que los batientes oscilaban, de modo que recordaban la puerta del mostrador, esto no era más que un espejismo, ya que los batientes siguieron firmes e inmóviles en su marco de mármol. No se abrieron y no salió nadie. Esch lo tomó como una insolencia: él tenía que estar ahí, de pie, bajo el sol, porque la Mittelrheinische se había establecido en una calle nueva, impecablemente asfaltada, en lugar de hacerlo en una calleja fresca y sombreada; le vino a la mente la cita de Götz; dio media vuelta, cruzó la calle a grandes zancadas un poco torpes, dobló por la esquina siguiente, y cuando puso el pie en el estribo del tranvía que llegaba rechinante, estaba ya definitivamente decidido a abandonar Mannheim a la mañana siguiente y a dirigirse a Colonia para hacerse cargo de las negociaciones con el agente teatral Oppenheimer.

II

Para Esch, naturalmente, significaba una mortificación el que mamá Hentjen no hubiera contestado a su carta. Teniendo en cuenta que en la vida comercial lo normal es responder a las cartas transcurrido un plazo de tiempo prudencial, tanto más lógico sería hacerlo tratándose de una carta particular, lo cual, sin duda alguna, supone un trabajo, pero no habitual. No obstante, el silencio de mamá Hentjen se explicaba perfectamente conociendo su carácter. Todo el mundo sabía que si algún hombre le cogía la mano o intentaba rozar alguna de las curvas de su cuerpo, su rostro adquiría aquella conocida expresión de frialdad y de asco que la caracterizaba y con la cual solía poner a raya al atrevido; tal vez había leído su carta con análogos sentimientos. En definitiva una carta es algo que ha sido manoseado y mancillado por la mano de quien la ha escrito, más o menos como la ropa interior usada, y se podía atribuir a mamá Hentjen tal modo de pensar sin temor a equivocarse. Por algo era distinta a las demás mujeres; no era la clase de mujer que pudiera entrar en el cuarto de él por las mañanas sin sentirse molesta por el desorden reinante y por encontrarle lavándose: no era como Erna; mamá Hentjen nunca le hubiera pedido que se acordara de ella y que le escribiera hermosas cartas sentimentales. Tampoco era una mujer capaz de entregarse a un tipo como Korn, aunque era mucho más terrenal que Ilona. Desde luego mamá Hentjen era mucho mejor; no obstante, le parecía que ella tenía que defender de forma artificial en el ámbito de lo terrenal aquello que a Ilona le había sido concedido por anticipado. Y si su carta le había producido asco, lo consideraba justo y bien merecido; casi deseaba oír palabras desagradables de su boca: le daba la impresión de que ella podía saber que él había hecho nuevamente de las suyas y sentía fija en él aquella mirada con que ella le castigaba cuando salía con Hede. Mamá Hentjen no podía soportar aquellas relaciones y, a fin de cuentas, la muchacha pertenecía a su establecimiento.

Pero al llegar a Colonia y encaminar sus primeros pasos a casa de mamá Hentjen, Esch no fue recibido con la confianza deseada ni con el temido desabrimiento. Ella dijo tan solo: «Así que ha vuelto usted, señor Esch; esperemos que sea por mucho tiempo», y a él le pareció ser alguien con quien ya no se cuenta, se sintió condenado a vegetar eternamente dentro del grupo de los Korn. Y cuando más tarde mamá Hentjen se acercó a su mesa, todavía le mortificó más el que ella preguntara únicamente por Martin: «Claro, eso es lo que ha conseguido el señor Geyring», ella se lo había advertido más de una vez. Esch se limitó a responder con monosílabos; todo cuanto sabía se lo había dicho ya por escrito. «Cierto, y todavía no le he dado las gracias por su carta», dijo la señora Hentjen, y esto fue todo. A pesar de su decepción, él sacó un paquete: «Le he traído un recuerdo de Mannheim». Era una reproducción en bronce del monumento a Schiller erigido frente al teatro de Mannheim, y Esch señaló la repisa desde donde la torre Eiffel, con la bandera negra-blanca-roja, miraba hacia abajo: tal vez allí arriba quedaría bien. Y aunque él se había limitado a entregar el objeto sin darle importancia, la señora Hentjen manifestó una auténtica sorprendente alegría, pues era algo que podría enseñar a sus amigas: «Oh, no, ahí no lo vería nadie; es demasiado bonito, lo pondré arriba en mi cuarto... Pero no debería usted haber hecho este gasto por mí». La cordialidad de la mujer le devolvió el buen humor, y empezó a contar cosas de su estancia en Mannheim, manifestando de vez en cuando puntos de vista que en realidad eran de aquel idiota de Lohberg, pero que suponía serían del agrado de mamá Hentjen. Interrumpido a menudo, cuando ella debía acudir al mostrador, ensalzó la hermosura de la naturaleza y en especial la del Rin, y se extrañó de que ella permaneciera siempre en Colonia sin disfrutar nunca de cosas que estaban al alcance de la mano. «Eso está bien para los enamorados», dijo la señora Hentjen en tono despectivo, y Esch opinó respetuosamente que ella podía efectuar la excursión, tanto sola como en compañía de una amiga. Esto sonó más convincente y tranquilizador a los oídos de la señora Hentjen, y dijo que quizá alguna vez tendría en cuenta sus observaciones. «Además», observó con displicencia, «yo conozco el Rin de mis tiempos de muchacha.» Pero apenas lo hubo dicho, se quedó mirando fijamente al vacío. Esch no se sorprendió, porque conocía de sobras esos bruscos cambios de humor de mamá Hentjen. Pero esta vez existía una razón especial que Esch naturalmente no podía imaginar: era la primera vez que la señora Hentjen mencionaba algo de su vida ante un cliente, y esto la asustó tanto que huyó a refugiarse tras el mostrador, para retocar frente al espejo el pan de azúcar que llevaba en la cabeza. Sentía rencor hacia Esch por haberle arrancado confidencias, y no volvió a su lado, pese a que seguía sobre la mesa la reproducción del monumento a Schiller. Hubiera preferido ordenarle que se lo guardara de nuevo, sobre todo porque un par de amigos se unieron a Esch, y palpaban ahora el regalo con ojos masculinos y dedos masculinos. Se refugió todavía más lejos, en la cocina, y Esch comprendió que debía haber cometido algún error inexplicable. Cuando ella, finalmente, apareció otra vez en el salón, él se levantó y llevó la estatuilla al mostrador. Ella le sacó brillo con uno de los paños con que secaba los vasos; Esch, no sabiendo cómo encontrar una salida a la situación, se quedó allí de pie y contó que en el teatro que se encontraba frente al monumento había tenido lugar la *prémière* —palabra que le era familiar desde que tenía trato con Gernerth— de una obra de Schiller. Ahora él tenía mucha más relación con el teatro y, si todo salía bien, muy pronto podría obsequiarla con unas entradas. ¿Ah, sí? ¿Tenía relaciones con gentes de teatro? Claro que él siempre había llevado una vida disoluta. Para mamá Hentjen las relaciones con el teatro solo eran concebibles a través de actrices libertinas, y respondió despectiva y sin más que a ella no le gustaba el teatro, porque en el teatro solo existía una cosa: el amor, y esto la aburría soberanamente. Esch no se atrevió a llevarle la contraria, pero mientras la señora Hentjen cogía su regalo y, para llevarlo a lugar seguro, lo subía a su cuarto, él entabló conversación con Hede; esta apenas le había saludado, ofendida, evidentemente, porque él ni siquiera la hubiera considerado merecedora también de una postal. Hede, por lo demás, tenía una expresión malhumorada, y malhumorado parecía todo el local, donde el piano automático, puesto en marcha por algún bromista, derramó de pronto su música estridente. Hede se precipitó hacia la máquina para detenerla, pues estaba prohibido por la policía poner música a horas tan tardías, y los hombres rieron el éxito de la broma. A través de la ventana entreabierta penetraba un soplo de aire de la noche, y Esch, que recibió una bocanada en pleno rostro, se deslizó fuera en busca del suave frescor, rápido, antes de que Hede pudiera dirigirse nuevamente a él, rápido, antes de encontrarse otra vez con mamá Hentjen, pues esta tal vez acabaría por sonsacarle que había dejado su empleo en la Mittelrheinische: mamá Hentjen no se dejaría convencer de que el negocio de las luchas pugilísticas fuera algo serio ni confiaría lo más mínimo en el éxito, sino que por el contrario le abrumaría con sarcásticas observaciones, quizá incluso con razón. Pero por hoy él ya tenía bastante, y se alejó de allí.

En las oscuras callejas olía a moho y a humedad, como siempre en el verano. Esch estaba inexplicablemente contento. El aire y los oscuros muros daban sensación de hogar; no se sentía solo. Casi deseaba encontrarse con Nentwig. Le habría encantado propinarle una buena paliza. Y Esch se alegró de que a veces la vida ofreciera soluciones tan simples. Pero las ganancias en la lotería son muy raras, y por eso precisamente tenía uno que quedarse con el negocio teatral.

El agente teatral Oppenheimer no poseía una antesala con muebles tapizados ni un conserje con bloc para anotar las visitas. Esto se daba por descontado. Pero el ser humano cambia a disgusto lo bueno por lo peor, y Esch había conservado en algún rincón de su alma la esperanza de encontrarse con una empresa parecida a la Mittelrheinische, aunque en una versión adecuada al teatro. No. Era totalmente distinto. Después de haber trepado por una oscura y angosta escalera, y haber logrado descubrir la placa de la agencia de Oppenheimer, tuvo que entrar sin ser anunciado, dado que nadie respondió a su llamada. Se encontró en un cuarto donde había un palanganero de hierro con agua sucia y muchos estantes repletos de papeles. En una de las paredes se veía un calendario de propaganda de una compañía de seguros; en otra, enmarcado, un obsequio de la Compañía Hamburgo-Americana, el barco *Emperatriz Augusta Victoria* reproducido en vivos colores, rodeado de un enjambre de pequeñas embarcaciones, en el momento de salir del puerto e iniciar su travesía rasgando las espumantes olas azules del mar del Norte.

Esch no se molestó en mirárselo todo con atención, pues había venido aquí por negocios; y como la discreción no era precisamente una de sus virtudes, se adentró, aunque un tanto vacilante, hasta un segundo cuarto. Allí encontró una mesa escritorio que, en contraste con el enorme desorden reinante en la habitación, mostraba su superficie desnuda sin ni rastro de utensilios para escribir, solo con gran número de manchas de tinta sobre la madera marrón llena de antiguas grietas grises y recientes grietas amarillas, y un paño verde roto por diferentes sitios. No se veía ninguna otra puerta. También en esta estancia había muchos y notables adornos en las paredes, numerosas fotografías sostenidas con chinchetas, y despertaron en especial el interés de Esch los retratos de mujeres que, vestidas con mallas o trajes de lentejuelas, se exhibían en posturas provocativas y seductoras; las miró con atención para ver si Ilona se encontraba entre ellas. Luego consideró más conveniente retirarse y pedir información sobre el horario del señor Oppenheimer. Puesto que no encontró a ningún conserje, llamó a varias puertas y, despreciado él mismo, recibió despectivos informes: Oppenheimer nunca tenía oficina a horas fijas. «Puede usted esperar, si no tiene nada mejor que hacer», le dijo una mujer.

Al menos, ahora ya lo sabía. No resultaba agradable el trato que la gente daba allí y, si este desprecio formaba parte de su nueva profesión, no era nada divertido. Pero no podía cambiar nada; él había arrastrado este riesgo por amor a Ilona (y esto proporcionaba una suave sensación voluptuosa en la región del corazón); era su nueva profesión, y, por tanto, Esch esperó. ¡Vaya simpáticas costumbres tenía en su oficina el tal señor Oppenheimer! Esch no pudo contener la risa; desde luego no era un negocio en el que hiciera falta presentar informes. Permaneció de pie en el portal, observando la calle, hasta que finalmente un hombrecillo insignificante, de pelo rubio y tez rosada, entró en la casa y subió la escalera. Esch lo siguió. Era el señor Oppenheimer. Cuando le explicó el motivo de su visita, el señor Oppenheimer dijo: «¿Las luchas de mujeres? Lo haré, lo haré. Pero dígame una cosa ¿para qué le necesita Gernerth a usted en este asunto?». Sí, ¿para qué le necesitaba Gernerth? ¿Por qué estaba él aquí? ¿Cómo diablos había llegado hasta aquí? Ahora que había dejado su empleo en la Mittelrheinische, ya no se trataba de un viaje de negocios en misión especial como siempre había previsto. ¿Por qué, pues, había venido a Colonia? ¿Acaso porque Colonia estaba más cerca del mar?

Cuando un hombre audaz emigra a América, sus parientes y amigos le despiden en el puerto agitando los pañuelos. La orquesta del barco interpreta la canción «He de abandonar, he de abandonar mi pequeña ciudad», y aunque, dada la regularidad con que parten buques, esto puede parecer un alarde de hipocresía por parte del director de la orquesta, logra, sin embargo, conmover a mucha gente. Cuando se tiende un cable hasta el pequeño remolcador, y el gigante del océano se desliza por encima del oscuro espejo que lo sostiene, resuena todavía sobre las aguas, pobre y perdida, la alegre melodía con que el solícito director de orquesta intenta alegrar los ánimos de los emigrantes. Entonces muchos se dan cuenta de cuán ocasionalmente están esparcidos los seres humanos sobre la superficie de mares y tierras, y de que entre ellos solo hay tendidos unos hilos tenues que los unen. Cuando el gigante del océano sale del puerto y bajo su quilla va perdiendo color el agua y ya no se nota la corriente del río y parece que las aguas quieran retornar a puerto, entonces el gigante del océano se sumerge con frecuencia en una ola de invisible pero tensa angustia y muchos quisieran detenerlo. El gigante del océano va dejando atrás los barcos anclados a lo largo de las desmanteladas orillas mientras las grúas chirriantes cargan y descargan objetos indeterminados destinados a fines indeterminados; va dejando atrás las desmanteladas orillas que río abajo se cubren de un verde polvoriento para finalizar en un miserable paisaje; va dejando atrás las dunas donde ya aparece el faro; el gigante del océano va amarrado como un proscrito a su pequeño guardián y, tanto en los barcos como en las orillas, hay hombres que lo miran pasar y levantan la mano como queriendo retenerlo, pero su gesto no pasa de ser un ademán débil, duro y torpe. Sigue navegando, su silueta casi se pierde en la línea del horizonte, apenas se distinguen ya sus tres chimeneas, y si alguien examina el mar desde la costa se preguntará si el buque se dirige al puerto o bien va hacia una soledad que el hombre desde la orilla ni siquiera puede concebir. Si aquel que lo contempla ve que navega hacia la costa, se tranquiliza, como si el barco pudiera traerle al ser más querido o una carta esperada durante largo tiempo sin saberlo. A veces, en la sosegada bruma de los confines del mar, se encuentran dos barcos, y se ve cómo se deslizan uno junto al otro. Hay un momento en que las dos tenues siluetas se confunden en una sola, son unos instantes conmovedores y sublimes hasta que se separan de nuevo suavemente, tan silenciosos y mansos como la lejana bruma donde esto ocurre; y cada uno sigue su ruta en solitario. Dulce esperanza nunca cumplida.

Pero aquel que va en el barco ignora que nosotros nos inquietamos por él. Apenas distingue ya la ondulante línea de la costa y solo si adivina la amarillenta silueta del faro sabe que en tierra firme hay todavía alguien que teme por él y piensa en sus peligros. Él no comprende el peligro en que se encuentra, no es consciente de que una enorme montaña de agua le separa del fondo del mar, que es la tierra. Solo teme el peligro aquel que tiene una meta, pues tiene miedo a causa de esta meta. Pero él anda sobre las lisas planchas del buque que, como un velódromo, le obligan a caminar en círculos sobre la cubierta del barco, mucho más llana que todos los caminos por él recorridos hasta ahora. El hombre que está en alta mar no tiene ninguna meta y no le es posible terminar de completarse, está encerrado dentro de sí. Aquello que en él sería realizable descansa. Quien le ama, solo puede amarle por lo que promete, por lo que él es, no por lo que conseguirá o ha conseguido; no lo conseguirá jamás. Por eso el hombre que está en tierra ignora lo que es el amor y confunde su angustia con el amor. En cambio, el que viaja por mar lo reconoce enseguida y los hilos que se habían tendido entre él y los hombres de la costa se rompen antes de que esta última desaparezca. Casi está de más que el director de la orquesta intente darle ánimos con sus canciones, pues al viajero del mar le basta con deslizar su mano por encima de la lisa y pulida madera marrón o por los dorados herrajes. El deslumbrante mar se extiende ante él; está contento; le arrastran potentes máquinas y su trepidar le muestra el camino, camino que no lleva a ninguna parte. La mirada del viajero del mar ha cambiado, es una mirada huérfana que ya no nos conoce. Ha olvidado sus anteriores tareas, ya no cree en la exactitud de las sumas numéricas; sus pasos le llevan hasta la cabina del telegrafista, admira el mecanismo del aparato al oírlo, pero no puede comprender que a través de él se reciban mensajes de tierra ni que se puedan enviar mensajes a tierra, y si el viajero del mar no fuera un hombre prosaico imaginaría que aquel hombre está hablando con el universo. Al que viaja por mar le gustan los cetáceos y los delfines que juguetean en torno al barco, y no tiene miedo a los icebergs. Pero si aparece una costa a lo lejos, no quiere verla y puede que se refugie en el interior de la panza del buque, hasta que aquella desaparezca de nuevo, porque sabe muy bien que allí no le esperan el amor ni la libertad, sino solo una intensa angustia y los muros de la meta. Pero el hombre que busca el amor busca el mar: tal vez habla todavía de la tierra que está al otro lado del mar, pero no se refiere a ella en realidad, pues piensa que el viaje es inconmensurable, que es la esperanza del alma solitaria que intenta abrirse y absorber la otra alma que surge de la bruma y se filtra en él, el liberado, reconociéndole como lo que él es: el ser mismo, no nacido e inmortal.

Desde luego Esch no pensaba estas cosas, aunque seguía con la obsesión de emigrar a América y llevarse con él a los contables de la Mittelrheinische. Y cuando entró en la oficina del señor Oppenheimer, miró fijamente y con suma atención cómo el *Emperatriz Augusta Victoria* cortaba con su proa el oleaje.

Reanudó su antigua vida, se hospedaba en la habitación que tenía antes y almorzaba con frecuencia en la taberna de mamá Hentjen. Usaba obstinadamente su bicicleta, pero su camino diario no le llevaba ya a Stemberg & Cía., sino a la oficina del señor Oppenheimer. La señora Hentjen observaba el cambio de sus actividades con una mirada que, pese a reflejar gran indiferencia, denotaba también algo así como desprecio, disconformidad o tal vez incluso preocupación, y aunque Esch no tenía más remedio que darle la razón respecto a esta preocupación, o quizá precisamente por eso, se esforzó en demostrarle claramente las ventajas y buenas perspectivas de su nueva profesión. Lo consiguió en parte. Ella escuchaba únicamente a medias el relato temerario de la gran vida en cuyo umbral se hallaba él ahora y que abarcaba no solo América sino todas las partes del mundo, pero esta mezcla de riqueza deslumbrante, arte y alegría de viajar que él le exponía, esta meta que debía alcanzar él y no ella, esta grandeza, en fin, despertó cierta envidia en aquella mujer que desde hacía quince años vivía odiando su sórdida y angosta suerte. Podría decirse que se sentía embargada por una especie de sarcástica admiración, pues mientras, por una parte, le quería hacer ver a él lo absurdo e inasequible de sus proyectos, por otra su imaginación superaba la de él, le daba ambiciosos consejos y le predecía que podía llegar a ser el amo o, como él decía, el presidente de aquel ejército de artistas y directores. «Primero hay que imponer a toda la banda un orden muy severo y una rígida disciplina», solía contestar Esch, «es lo más importante.» Sí, estaba absolutamente convencido, y su profundo desprecio por el mundo de los artistas no solo se basaba en el pésimo efecto que le produjera el grasiento bloc de Gernerth o la anárquica oficina de Oppenheimer, sino también en la opinión de mamá Hentjen, que, en uno de esos momentos de admiradora complicidad —lo universal desemboca a menudo en lo hogareño—, accedió a su solicitud y le confió la revisión del estado de sus cuentas; accedió con una sonrisa condescendiente, convencida por completo de que su sencillo libro de caja estaba llevado de forma inteligente y modélica. Pero apenas se había inclinado Esch sobre las columnas numéricas, mamá Hentjen le gritó que no hacía falta poner aquella expresión de suficiencia, y que la dichosa contabilidad no le causaba a ella la menor impresión; era mejor que se ocupara del negocio teatral, más necesitado de control que el suyo. Y le arrancó los libros de las manos.

¡Oh, el negocio del teatro! Dado el carácter aleatorio de la empresa, Oppenheimer se había acostumbrado a aceptar los hechos casuales sin plantearse muchos problemas y se sentía desarmado frente a la testarudez de Esch; se reía al ver aparecer todas las mañanas a un hombre montado en bicicleta que se comportaba casi como si fuera su socio; pero lo toleró de mejor grado cuando supo que Esch invertía dinero en el número de lucha femenina, y se tragaba los insultos con que Esch le obsequiaba todos los días a propósito del desorden reinante en el negocio. Juntos negociaron el arrendamiento del teatro Alhambra para los meses de junio y julio con su propietario y, como había que encontrar un campo de acción para el celo de Esch, se le encargó que reclutase a las luchadoras.

Versado en tabernas, burdeles y mujeres, Esch parecía creado para este trabajo. Recorrió muchos locales y si encontraba chicas adecuadas, que quisieran dedicarse al deporte, anotaba sus nombres y datos personales en un bloc que se había procurado para este uso, sin olvidar anotar junto a cada nombre, en una columna que había reservado bajo la designación de «Observaciones», su opinión sobre los méritos de la solicitante, de acuerdo con una clasificación especial. Destacaba en primer lugar a muchachas con nombres extranjeros o exóticos y de procedencia extranjera, pues tenía que llegar a ser una competición internacional, y solo excluyó a las húngaras. A veces resultaba muy divertido examinar los músculos de las muchachas y de vez en cuando se dejaba seducir por aquellos musculosos encantos. Pero, a pesar de todo, no le satisfacía su ocupación y cuando hablaba de ella a mamá Hentjen, de modo incidental y despectivo, decía la verdad: no podía considerar digna de él tal ocupación y prefería sentarse ante el desnudo escritorio de Oppenheimer o preocuparse del Alhambra.

Iba allá con frecuencia, entraba en la gris sala vacía donde resonaban los pasos sobre el piso de madera, pasaba por encima de las oscilantes tablas colocadas sobre el hueco de la orquesta y llegaba al escenario, cuyos desnudos muros ciclópeos eran casi demasiado pesados para las livianas telas de los decorados que pronto los cubrirían. Al medir a grandes pasos el escenario, experimentaba una sensación de triunfo, porque aquí ya no estaría permitido el lanzamiento de cuchillos, y echaba una ojeada al despacho de la dirección, considerando si debía o no instalarse en él ahora mismo. También pensaba que alguna vez tendría que mostrar su nuevo reino a la señora Hentjen. El aire era extrañamente gris y frío, mientras que allá fuera el jardín del restaurante ardía bajo un sol radiante, y este imperio hermético de polvorienta extrañeza, encerrado en sí mismo, era como una isla solitaria de lo desconocido dentro de un mundo conocido, una promesa y también una indicación de lo que yacía, extraño y prometedor, detrás del enorme mar gris de los muros. A veces iba al Alhambra por la noche. Entonces el jardín estaba iluminado y sobre el podio de madera, bajo los árboles, tocaba una orquesta. El teatro estaba oscuro y casi perdido detrás de las luces, sumergido en las tinieblas hasta el tejado, y nadie podía imaginarse su capacidad y sus instalaciones. A Esch le gustaba ir al teatro a esas horas, porque le gustaba pensar que le estaba reservado a él y a nadie más el privilegio de despertar de nuevo la vida en aquella oscura mansión.

Cuando Esch fue una de las mañanas siguientes al Alhambra, encontró al propietario jugando a las cartas en la barra del bar. Tomó asiento junto a los demás y jugaron hasta últimas horas de la tarde. Al anochecer Esch sintió su rostro vacío y acartonado, y cayó en la cuenta de que aquella vida era igual a la que se llevaba en los almacenes de Mannheim en tiempo de huelga. Solo faltaba que apareciera Korn presumiendo de sus amores con Ilona. ¿Qué sentido tenía, pues, haberse despedido de la Mittelrheinische? Aquí estaba, sumido en ociosa actividad, comiéndose su dinero, y ni siquiera había vengado a Martin. Si se hubiera quedado en Mannheim, habría podido al menos visitarle en la cárcel.

Durante la cena se acusó de haber abandonado tan cobardemente a Martin, pero cuando la señora Hentjen le respondió que cada uno es artífice de su propia suerte y que el señor Geyring, a quien ella había advertido más que suficientemente, no podía pedir que un amigo se quedara por su culpa en Mannheim y renunciara a una brillante carrera, Esch se enfadó con ella y la atacó con tanta dureza que la mujer se refugió detrás del mostrador y se dedicó a retocarse el peinado. Esch pagó inmediatamente y salió del local, furioso de que ella hubiera calificado de brillante carrera esta ociosidad. No quería, sin embargo, admitir que fuera este el motivo de su ira, sino que le reprochó a ella únicamente su frialdad y dureza de corazón, y pasó la noche devanándose los sesos en busca de algo que beneficiara a Martin.

Por la mañana temprano se dirigió a la oficina de Oppenheimer. Se había procurado material para escribir y pasó toda la mañana redactando un candente artículo, en el que denunciaba con toda claridad que el meritísimo secretario Geyring había sido víctima de una intriga demoníaco-demagógica, tramada por la compañía naviera Mittelrheinische y por la policía de Mannheim. Llevó este artículo sin vacilar ni un instante a la redacción del periódico socialdemócrata *Volksmacht*.

El edificio en que el *Volksmacht* tenía su sede no era precisamente un palacio de la prensa. No había vestíbulos de mármol ni puertas de hierro forjado. Recordaba en cierto modo la oficina de Oppenheimer, solo que aquí se observaba mayor actividad; pero los domingos, cuando el personal del periódico descansaba, debía de tener el mismo aspecto. La negra baranda de hierro de la escalera se pegaba a las manos; las paredes desconchadas y raspadas mostraban huellas de muchas capas sucesivas de pintura, y desde una ventana podía verse un angosto patio donde había un coche cargado con pilas de papel. En alguna parte trabajaban las máquinas de imprimir con asmáticos suspiros. A través de una puerta, blanca en otro tiempo, que golpeaba pesadamente, porque estaba desvencijada, se llegaba a la redacción. En lugar del calendario de seguros colgaba de la pared un mapa de ferrocarriles, y en lugar de fotografías de bailarinas, un retrato de Karl Marx. Lo demás era igual y, de pronto, resultó totalmente absurdo haber venido hasta aquí, e incluso el artículo, que hacía unos momentos parecía tan vigoroso y amenazador, quedaba repentinamente anodino e inútil. En todas partes la misma gentuza, pensó Esch furioso, caterva de demagogos que está en todas partes y vive con idéntico desorden. No, no tenía ningún sentido poner un arma en las manos de estos o de aquellos; en sus manos se torna vana, pues es imposible saber lo que ocurre aquí o allá.

Se le indicó una segunda estancia. Tras una mesa que tal vez algún día estuvo cubierta con un paño verde, había un hombre que llevaba una chaqueta de pana marrón. Esch le entregó el manuscrito. El redactor le echó un vistazo rápido y lo puso en un cestillo que tenía a su lado.

—No lo ha leído —dijo Esch ásperamente.

—Sí, sí, ya sé de qué va… La huelga de Mannheim. Veremos si podemos servirnos de él.

Esch estaba sorprendido de que aquel hombre no sintiera ninguna curiosidad por el contenido, y también de que se comportara como si le conociera.

—Permítame, son hechos que aportan una nueva luz sobre la huelga —insistió.

El redactor cogió otra vez el manuscrito, pero lo volvió a dejar inmediatamente.

—¿Qué hechos? No encuentro nada nuevo aquí.

Esch tuvo la impresión de que aquel hombre quería presumir de saberlo todo.

—¡Yo fui testigo presencial! ¡Estuve presente en la asamblea!

—¿Ah, sí? Nuestra gente de confianza también estaba allí.

—¿O sea que ya lo han publicado?

—Que yo sepa, no ocurrió allí nada especial.

Esch estaba tan sorprendido que tomó asiento, pese a que el otro no le había invitado a hacerlo.

—Querido señor y camarada —prosiguió el redactor—, no podemos estar esperando a que usted se digne traernos un informe.

—Sí, claro, pero —Esch no comprendía— ¿por qué no han hecho ustedes nada? ¿Por qué permiten que Martin, que Geyring —corrigió— siga en la cárcel siendo inocente?

—¡Vaya! Mi enhorabuena por sus conocimientos de derecho —el redactor miró el manuscrito, donde aparecía el nombre de Esch—, señor Esch. ¿Cree usted que con esto podríamos obtener la libertad de Geyring?

El hombre se rió. Esch no se dejó confundir por su hilaridad.

—Es a los otros a quienes habría que poner a la sombra… ¡Esto está clarísimo para cualquiera que estuviese allí!

—O sea que, según usted, ¿deberíamos hacer encarcelar a la directiva de la Mittelrheinische en lugar de Geyring?

«Qué risa tan puerca», pensó Esch sin contestar. ¿Encarcelar a Bertrand? ¡A Bertrand también y no solo a Nentwig! Claro que, en definitiva, mirándolo bien, no existiría gran diferencia entre un presidente y un Nentwig. Desde luego, el Mannheim era mejor; para alguien como él la cárcel no era suficiente. Esch dijo pensativo:

—Meter a Bertrand en la cárcel.

El redactor continuaba riéndose:

—Solo esto nos faltaría.

—¿Por qué? —preguntó Esch irritado.

—Es un hombre simpático, amable, asequible —explicó el redactor con énfasis—, un excelente hombre de negocios con quien, a pesar de todo, se puede convivir.

—¿Le gusta a usted convivir con alguien que se entiende con la policía?

—¡Por todos los santos del cielo! Es más que natural que los empresarios colaboren con la policía; si nosotros estuviéramos arriba, también actuaríamos así...

—¡Bonita justicia! —replicó Esch con indignación.

El redactor levantó las manos en un gesto de alegre resignación:

—¿Qué quiere usted? Así es el orden legal del mundo capitalista. Hoy por hoy debemos preferir un consejo de administración que procure mantener la empresa en marcha que uno que la lleve a la ruina. Si de ustedes dependiera, se metería en la cárcel a todos los jefes de industrias que están contra nosotros, y lo único que se conseguiría sería una crisis industrial. Y nos felicitaríamos por ello, ¿no?

Esch, furioso, repitió testarudo:

—A pesar de todo, deberían encarcelarle.

La hilaridad del redactor recobró su tono provocativo:

—¡Vaya! Ahora nos entendemos por fin. Usted piensa así porque él es un invertido. —Esch aguzó los oídos. El redactor parecía cada vez más divertido—. ¿Es esto lo que le molesta? Pues sobre este punto puedo tranquilizarle: lo practica en Italia. Además, no se encarcela tan fácilmente a un hombre así como a un socialdemócrata.

Así estaban las cosas pues: muebles tapizados, conserjes plateados, grandes coches y un maricón. ¡Y Nentwig andando por ahí completamente libre! Esch se quedó mirando fijamente el rostro con expresión divertida del redactor:

—¡Pero Martin está en la cárcel!

El redactor dejó el lápiz sobre la mesa y abrió levemente los brazos:

—Querido amigo y camarada, ni usted ni yo podemos cambiar nada. La huelga de Mannheim fue una absoluta idiotez, no quedaba otro remedio que dejar a los acontecimientos seguir su curso y apechugar con el fracaso, y alegrarnos de que los tres meses de Geyring nos proporcionen material para la propaganda de agitación. Muchas gracias, pues, por su artículo, querido amigo y camarada, y cuando tenga usted alguna otra cosa, tráigala más pronto que esta vez.

Tendió la mano a Esch y este, pese a estar furioso, se inclinó en un torpe saludo.

Se acercaba el mes de junio. Esch hizo en nombre de Oppenheimer las gestiones pertinentes en la imprenta y en el establecimiento que realizaba los carteles. Todo estaba preparado. Carteles convincentes aparecieron por toda la ciudad en vallas y columnas, y anunciaban que las mujeres más fuertes de distintas naciones se reunirían allí para medir sus fuerzas y que quien lo dudara podía comprobar la verdad de tal afirmación en la lista de nombres: Tatiana Leonoff, la campeona rusa, Maud Ferguson, ganadora de los campeonatos de Nueva York, Mirzl Oberleitner, poseedora de la copa del torneo de Viena, sin olvidar a la campeona alemana Irmentraud Kroff. Los nombres eran en gran parte fruto de la fantasía de Oppenheimer, a quien los nombres auténticos casi siempre le parecían poco sugestivos. Esch se había opuesto inútilmente a este engaño; y para esto se había él esforzado tanto, reclutando muchachas verdaderamente internacionales, para que luego un judío como aquel diera vuelta a los nombres. Consideró esto como una nueva prueba del estado anárquico de un mundo en el que nadie sabe si está a la derecha o a la izquierda, si está arriba o está abajo, y donde, en definitiva, poco importa que un señor Oppenheimer le haga a uno la faena de cambiar este o aquel nombre; uno debía alegrarse de que, al menos, Oppenheimer no se hubiera inventado un nombre húngaro. Dios sabía que esta Hungría no tenía por qué existir, y el que Oppenheimer hubiera incluido Italia en la lista de luchadoras le parecía igualmente inadecuado. ¿Había siquiera la certeza de que allá abajo, en Italia, hubiera mujeres? Allá solo circulan maricones. Sin embargo, no veía con disgusto el cartel con los nombres extranjeros: un país se alineaba junto a otro y el ancho mundo se le aparecía como su propia obra, se le convertía en promesa y esperanza firme del mundo futuro. Llevó un cartel a la taberna de mamá Hentjen y, sin previa consulta, lo fijó en la pared de madera debajo de la torre Eiffel.

Pero la señora Hentjen le guardaba todavía rencor por la forma con que él la había atacado a causa de Geyring, y le gritó desde el mostrador que hiciera el favor de pegar su cartel donde le dieran permiso para ello. Aquí era ella la que mandaba. Esch, que no se acordaba ya de aquel incidente y solo cayó en la cuenta al ver la expresión curvada de mamá Hentjen, actuó como si se dispusiera a obedecer su orden. Su docilidad desarmó a mamá Hentjen; salió de detrás del mostrador y se acercó, sin dejar de refunfuñar, a mirar el cartel. Cuando hubo descifrado la lista de nombres de mujer, sintió asco y compasión: no envidiaba a aquellas mujerotas la humillación de tener que enzarzarse en una lucha bajo las asquerosas miradas de los hombres; las compadecía sinceramente. Esch, como realizador de todo aquello, se le aparecía igual que un pachá en medio de su harén, y el asunto le parecía de una maldad tan refinada, de una abyección tan grande, que Esch, a sus ojos, estaba ahora a otro nivel, en una esfera casi totalmente distinta a la de los demás hombres que se sentaban allí con sus pequeñas y despreciables maldades y concupiscencias. Su tieso pelo corto, aquella cabeza oscura, aquella tez amarillo-rojiza, le daban miedo. No, no comprendía cómo toleraba allí a aquel hombre con sus abominables carteles, y se asustó cuando él la cogió ahora por la muñeca: ¿acaso no parecía que quisiera agarrarla y dejarla indefensa para unirla a la lista de los nombres de mujeres que figuraban en el cartel? Casi sintió una decepción al ver que no sucedía nada de todo esto, sino que Esch se limitaba simplemente a llevar su dócil dedo de nombre en nombre: «Rusia, Alemania, Estados Unidos de Norteamérica, Bélgica, Italia, Austria, Bohemia», iba leyendo y, como su voz sonaba inofensiva, la señora Hentjen se tranquilizó. «Pero faltan varios, por ejemplo Suiza y

Luxemburgo», le dijo. Pero luego se apartó del cartel como si apestara: «¡Y que a usted le guste mantener trato con semejantes mujeres!». Esch respondió con palabras de Martin, diciendo que cada uno está en el lugar que Dios le ha asignado y que, por otra parte, el contacto directo con las luchadoras sería tarea de Teltscher, no suya; él se ocupaba únicamente de la parte administrativa.

Teltscher llegó a Colonia e hizo acudir a la oficina de Oppenheimer a las mujeres seleccionadas por Esch. Estuvo con ellas toda la mañana, eliminó a muchas de antemano y convocó a las restantes en el Alhambra para impartirles la primera lección y examinar sus aptitudes para el espectáculo.

Fue una sesión muy divertida: Teltscher había traído las mallas y cuando Esch, bloc en mano, hubo comprobado la personalidad de las presentes, el señor Teltini invitó a las damas a que se trasladaran al vestuario para ponérselas. La mayoría de ellas se negaron a hacerlo, querían ver primero a las otras con aquella desacostumbrada indumentaria. Cuando las más decididas salieron de los vestuarios desnudas y terriblemente avergonzadas, todos se rieron. Las puertas que daban al jardín del restaurante estaban abiertas de par en par; el verdor de los árboles miraba alegre hacia el interior y cuando entraba una bocanada de aire se notaba en la sala el cálido sol de la mañana. En las puertas estaba el propietario del teatro, estaban las cocineras del restaurante, y Teltscher trepó al escenario para hacer una demostración de las reglas de la lucha grecorromana sobre una colchoneta blanda colocada allí. Después pidió que subieran dos de ellas para ensayar, pero ninguna quería; se daban codazos unas a otras entre risitas, empujaban a una, empujaban a otra, y la empujada retrocedía y se volvía a refugiar en el grupo.

Finalmente se decidieron dos, pero cuando Teltscher se dispuso a enseñarles los primeros ataques, se limitaron a reír, dejaron caer los brazos y no se atrevieron a agarrarse una a otra. Teltscher solicitó la intervención de una tercera, pero como se repitió la misma comedia, hizo que Esch leyera de nuevo los nombres e intentó, con jocosas observaciones, despertar en ellas la audacia y la valentía. Si sonaba un nombre francés, ensalzaba la audacia gala y pedía que «el orgullo de Francia» subiera al escenario; lo mismo hizo con «la gigante polaca», dando a entender, en resumen, con qué nombres honoríficos y sugestivos presentaría aquellas damas al público. Por fin algunas subieron al escenario, pero otras gritaban diciendo que, a pesar de todo, ellas no servían para aquello y que querían volver a vestirse, lo cual fue aceptado por Teltscher con manifestaciones de pesar y de cómica desesperación. Y todavía hubo más contratiempos: cuando Esch pronunció el nombre de Ruzena Hruska y Teltscher dijo: «¡Sube, leona de Bohemia!», se abrió paso hasta la rampa una mujer gorda y flácida, que todavía no se había desvestido, y con el tono gutural y cantarino de los de su país gritó que nadie se reía de ella por un cochino dinero: «Yo he tirado ya en mi vida mucho dinero, porque no me dejo tomar el pelo por bribones», siguió chillándole a Teltscher, y, mientras este buscaba una palabra chistosa con que salvar la situación, ella levantó su sombrilla como si fuera a pegarle. Pero luego se calló, sus redondeados y blandos hombros empezaron a agitarse, y todos se dieron cuenta de que estaba llorando. Cuando se volvió para dirigirse a la salida a través del silencioso pasillo que formaron las asustadas muchachas para dejarla pasar, su mirada se fijó en Esch, sentado tras una mesa con sus listas; se inclinó hacia él y musitó entre dientes: «Usted, usted es un mal amigo, me ha traído hasta aquí, a esta vergüenza». Después se fue llorando. Entretanto Teltscher se había adueñado nuevamente de la situación. El incidente tenía su lado bueno: las muchachas, como si se avergonzaran de su anterior jolgorio, se mostraron más dispuestas a trabajar en serio; Teltscher las alabó con entusiasmo y muy pronto olvidaron a la indómita checa. Incluso Esch dejó de pensar en los reproches que aquella mujer le había dirigido, aunque debía reconocer que, en efecto, era un mal amigo, pero se consoló enseguida: él obligaría a aquellos tipos a poner a Martin en libertad. Con esta idea en la cabeza se fue a su casa.

La señora Hentjen se sonó cuidadosamente la nariz y observó el resultado en el pañuelo. Esch le había contado el incidente con la impetuosa checa, tal vez por remordimiento, y la señora Hentjen le increpó con dureza diciendo que bien merecido habría tenido que aquella mujer, digna de compasión, le hubiera arrancado los ojos. Que estas cosas sucedían cuando se mezclaba uno suciamente con mujeres de tal calaña. Y que él no tenía dignidad. Una mujer que hubiera debido estarle agradecida por haberle proporcionado la oportunidad de ganar dinero. Este era su modo de dar las gracias. Pero aquella checa tenía toda la razón: era así como había que tratar a los hombres, no merecían nada mejor. ¡Divertirse viendo cómo un par de mujerotas en mallas se pegaban sobre un escenario! Aquellas mujeres eran diez veces mejores que aquellos hombres a los que debían tolerárselo todo. Y añadió mordaz: «Tire de una vez su cigarro».

Esch soportó respetuosamente todas sus imprecaciones, no solo porque ella le servía un abundante y magnífico almuerzo por una suma irrisoria, sino también porque consideraba que ella tenía derecho a sacar a relucir su vida pecaminosa: él lo merecía. Se encontraba en una situación apurada; de los trescientos marcos destinados a los combates solo le quedaban doscientos cincuenta y, aunque desde el primer día debía participar en las ganancias, no sabía a cuánto ascenderían. Necesitaba una ocupación lucrativa, si no quería que aquel sacrificio, hecho por Ilona aunque él casi lo había olvidado, terminara en una catástrofe; le hubiera gustado hablar de todo esto, pero su orgullo no se lo permitía, porque mamá Hentjen no estaba en condiciones de poder comprender que incluso la carrera más brillante puede tener unos comienzos muy duros. Por eso se limitó a decir:

—Mejor las luchas que lanzar cuchillos.

La señora Hentjen contempló el cuchillo que sostenía Esch; no entendía lo que él acababa de decir, pero le resultó desagradable. Así que contestó simplemente:

—Tal vez.

—Qué carne tan buena —dijo Esch inclinado sobre el plato.

—Solomillo —contestó ella con aire de experta.

—Y pensar el rancho que le dan ahora al pobre Martin...

—Solo les dan carne los domingos —dijo la señora Hentjen, y con ligera satisfacción añadió—: Los otros días comen fundamentalmente nabos.

¿Quién tenía la culpa de que Martin tuviera que comer nabos? ¿Por quién se sacrificaba? ¿Lo sabía el propio Martin? Martin era un mártir y consideraba su martirio como una profesión, en parte alegre, en parte amarga; pero a pesar de todo era un hombre cabal. La señora Hentjen dijo:

—Quien no quiere escuchar ha de sufrir.

Esch no respondió. Quizá Martin mantenía algo en secreto que solo él sabía; un mártir siempre tiene que sufrir en aras de alguna convicción, por alguna idea que le prescribe su conducta. Los mártires son personas serias. La señora Hentjen especificó:

—La causa está en los periódicos anarquistas.

—Sí —asintió Esch—, son una pandilla de cerdos; ahora le dejan en la estacada.

Desde luego el propio Martin se había reído de los periódicos socialistas, a pesar de que lo lógico era pensar que eran precisamente los más idóneos para defender las ideas socialistas. Así pues, ¿tiene Martin ideas socialistas o no? A Esch le molestaba que Martin le ocultase algo. Aquel que posee la verdad puede redimir a los demás; es lo que practicaron los mártires cristianos. Y, como se sentía muy orgulloso de su cultura, dijo: «En tiempo de los romanos también había luchas, solo que con leones. Corría la sangre. En Tréveris hay un circo romano». «¿Sí?», preguntó la señora Hentjen con curiosidad, pero, como no obtuviera respuesta, prosiguió: «¡Y esto es lo que usted quisiera introducir aquí! ¿Verdad?». Esch denegó con la cabeza sin pronunciar palabra. Si Martin sin convicciones, sin un conocimiento superior al de los demás, sin recibir la gratitud de nadie, se sacrificaba y comía nabos, era que se sacrificaba simplemente por sacrificarse, por el sacrificio en sí. Tal vez uno debía sacrificarse primero a fin de —¿cómo lo decía aquel idiota de Mannheim?— poder conocer la gracia de la redención. En este caso, quizá Ilona necesitaba los cuchillos, por amor al puro sacrificio, quién podía saberlo, y Esch sacó en conclusión: «Yo no quiero nada en absoluto. Tal vez todas las luchas sean una absoluta idiotez». «Efectivamente, eso es lo que son», dijo mamá Hentjen. Y él experimentó de nuevo por mamá Hentjen aquel profundo respeto que le hace a uno sentirse protegido.

Olía a comida y a humo de tabaco, y de vez en cuando se mezclaba un olor dulzón a vino. Mamá Hentjen tenía razón; las mujeres no deseaban otra cosa. Por eso Ilona se había aferrado a Korn. Y si este astuto lisiado sabe realmente más que los demás, no suelta prenda, no permite que nadie comparta su saber. Corre alborozado como un perro sobre tres patas, desaparece como un rayo por las esquinas o en la cárcel, y la cárcel causa en él tan poco efecto como los palos al perro. «Tal vez les divierte ser apaleados, ofrecerse en holocausto...», dijo meditabundo. «¿A quiénes?», preguntó mamá Hentjen interesada, «¿a las mujeres esas?» Esch lo pensó unos segundos: «Sí, a todos...». Mamá Hentjen estaba satisfecha: «¿Le traigo otro pedazo de carne?». Se fue a la cocina. La mujer checa le daba pena a Esch; lloraba de un modo tan dulce. Pero también aquí llevaba razón mamá Hentjen; tampoco la tal Hruska deseaba otra cosa. Y cuando la señora Hentjen regresó con el plato, él hizo una observación: «Bah, también esa mujer, la checa, se buscará su lanzador de cuchillos». «Ya», dijo mamá Hentjen. «Pobre diablo», dijo Esch, y ni él mismo sabía si se refería a

Martin o a la checa. Pero mamá Hentjen lo interpretó como alusión a esta última y replicó en tono mordaz: «Bueno, puede usted ir a consolarla, si tanta pena le da... vaya ahora mismo». Esch no contestó. Había comido bien y se limitó a coger en silencio su periódico; empezó a leer con detenimiento los anuncios, la parte del periódico más importante para él desde que entre ellos figuraban los avisos de las luchas. Pero la leal contabilidad de su alma exigía que la señora Hentjen recibiera también su cuenta: ¿tenía acaso menos derecho a ello que Ilona, la cual incluso se oponía a que se hiciera algo por su bien? Su mirada se detuvo en un aviso sobre una subasta de vinos en St. Goar y preguntó a mamá Hentjen dónde encargaba ella los vinos. Mamá Hentjen le nombró un comerciante de Colonia; Esch frunció el ceño: «¡O sea que echa usted su dinero a las fauces de esa gente! ¿Por qué no me consultó al respecto? No puedo asegurar que en todas partes suceda lo mismo que en la tienducha de mi querido señor Nentwig, pero apostaría a que paga usted demasiado por sus vinos». Ella puso una cara atribulada, cuando se es una débil mujer y se está sola, hay que soportar muchas cosas. Esch le propuso ir él a St. Goar y comprar vino para ella. «Lástima de gastos», dijo mamá Hentjen. Esch se entusiasmó: los gastos se podrían cubrir fácilmente con los precios y, si la calidad era buena, se podía mezclar el vino con otro de calidad inferior; él entendía de estas cosas. Y, en definitiva, los gastos a él poco le importaban; una excursión remontando el Rin —le vino a la mente la idiota charlatanería de Lohberg sobre las bellezas de la naturaleza— constituía siempre un placer; por otra parte, ella no necesitaba reembolsarle los gastos hasta que el negocio se hubiera llevado a cabo ventajosamente. «Y usted llevará consigo a su checa, ¿no?», dijo mamá Hentjen desconfiada. La idea no le pareció despreciable, pero lo negó en voz alta e indignada; mamá Hentjen podía convencerse por sí misma y lo mejor que podía hacer era ir con él, precisamente ella había manifestado hacía poco tiempo que le gustaría disfrutar otra vez de la naturaleza; y se matarían así dos pájaros de un tiro, añadió Esch entusiasmado. Ella contempló su rostro, aquella tez oscuro-amarillenta, y se apartó de él mirándole con dureza: «¿Y quién se quedaría en la taberna?... No, esto no puede ser».

Bueno, en realidad, él no quería insistir: su estado financiero actual no le hubiera permitido realizar con desahogo una excursión acompañado; Esch no volvió pues a hablar de ello y mamá Hentjen recobró la confianza. Tomó el periódico, se acabó de tranquilizar al leer que la subasta no se celebraría hasta dentro de dos semanas y opinó que tenía tiempo para pensarlo. Muy bien, pues que lo pensara, dijo Esch secamente, y se levantó. Tenía que ir al Alhambra, donde Teltscher efectuaba los ensayos. Pasó por la calle en la que se encontraba el local donde trabajaba la mujer checa. Pero pedaleó con más fuerza en su bicicleta y siguió su camino.

El director Gernerth había llegado ya y Esch, designado por sus conocimientos en materia de expediciones de mercancías y empujado también por su afán de actividad, iba todos los días al puerto para preguntar por el material escénico que se había facturado vía fluvial por el Rin. Y tal vez solo iba hasta allí para, frente a los tinglados, saborear el remordimiento de haberse despedido de la Mittelrheinische, y poder sentir de nuevo como una espina en carne viva la existencia de Nentwig, a la vista de los depósitos destinados a vinos. Sin embargo no le disgustaba ver y revivir todo aquello, pues le hacía pensar que su sacrificio podía codearse con el de Martin. También el hecho de que Ilona, en lugar de acudir a Colonia, se hubiera quedado con Korn, entraba dentro del mismo círculo cerrado y parecía obedecer a un destino superior. Pero no hay que creer por eso que Esch fuera un apasionado del sufrimiento. ¡De ningún modo! En sus monólogos, no dejaba de calificar a Ilona de prostituta, de cochina prostituta incluso, y a Teltscher de rufián y de asesino. Y si hubiera encontrado al canalla de Nentwig entre las montañas de barriles, desde luego lo habría matado de una paliza. Pero cuando pasaba por delante de los extensos almacenes de la Mittelrheinische, y veía el cartel odiado de la firma, entonces, por encima de la sucia chusma de pequeños asesinos, se erguía una figura alta y distinguida, la figura de un hombre respetable, una figura que casi no podía considerarse humana, tan grande era y tan distante, pero que, sin embargo, era la imagen del superasesino; inefable y amenazadora se erguía la imagen de Bertrand, el puerco presidente de la compañía, el maricón que había llevado a Martin a la cárcel. Y esta figura aumentada y realmente inefable parecía absorber las de los dos pobres diablos, como si bastara con herir a este Anticristo para aniquilar a todos los insignificantes asesinos del mundo.

Naturalmente, a uno podía importarle un bledo todo esto, pues uno tenía preocupaciones mucho más serias; bastante miseria era el tener que vagar por el puerto sin ninguna compensación económica. El hombre que no tenga una ocupación remunerada merecía ser ajusticiado. Mamá Hentjen lo consideraría también así y resultaba agradable, en realidad, imaginar tal amenaza. Sí, lo más sensato sería que apareciera un superasesino perfecto y lo eliminara a uno limpiamente. Y cuando Esch recorrió otra vez el muelle, y se encontró de nuevo ante el letrero de la compañía naviera Mittelrheinische S. A., dijo en alta voz: «O él o yo».

Esch, de pie cerca del remolcador, observaba la descarga del material escénico. Vio acercarse a Teltscher con el sonrosado Oppenheimer: ambos avanzaban, por así decirlo, a sacudidas; se detenían a cada momento agarrándose por los botones o por los bordes de las chaquetas, y Esch se preguntó qué tendrían que discutir tan acaloradamente los dos. Cuando estuvieron suficientemente cerca, oyó a Teltscher: «Se lo digo yo, Oppenheimer, este negocio no está hecho para mí. Ya lo verá; hago venir a Ilona y que me corten la cabeza si antes de medio año no he presentado el número en Nueva York». Vaya, vaya, o sea que Teltscher no había renunciado todavía a Ilona. Bueno, ya hablaría de otro modo cuando al fin se impusiera un poco de orden. Y Esch perdió las ganas de morirse. Increpó a los dos hombres preguntándoles qué buscaban ellos aquí, acaso creían que él nunca había dirigido una operación de descarga, o pensaban que quería llevarse algo... ¿O tal vez los señores pretendían controlarle? Lo que más lamentaba era haber hecho invertir dinero a otras personas en el negocio, para no mencionar el suyo. Llevaba casi un mes trabajando gratis para esta dudosa empresa, lo había dado todo... ¿Y por qué? Porque un tal señor Teltscher, que por su parte estaba pensando ya en tomar las de Villadiego, le había embarcado. Completamente furioso, empezó a imitar, aunque muy mal, el típico deje judaico del señor Oppenheimer. «Es un antisemita», dijo el señor Oppenheimer, y Teltscher opinó que el humor del señor encargado de los trabajos de expedición mejoraría sin duda al cabo de dos días, en cuanto se hubiera hecho el primer recuento de caja. Y como él sí estaba de buen humor y quería embromar a Esch, dio la vuelta en torno al vehículo donde habían sido cargados los bultos, los contó con minuciosidad y luego se acercó a los caballos para darles un poco de azúcar que tenía en el bolsillo. Esch, que había dado la espalda a los dos judíos, furioso y ofendido, mientras anotaba los cajones, lo vio de reojo y le sorprendió el gesto magnánimo de Teltscher; en realidad se negaba a creerlo y casi esperaba que los animales rechazaran el obsequio. Pero los caballos, precisamente porque así son los caballos, tomaron alegremente con su blando hocico el azúcar de la palma de la mano de Teltscher, y Esch se molestó: también a él se le habría podido ocurrir llevarles al menos un pedazo de pan; evidentemente, al terminar la operación, no quedaba otra opción que propinar una suave palmada a los dos caballos en las ancas. Esch así lo hizo, y después todos, sentados sobre las cajas, regresaron en el carro a la ciudad. Oppenheimer se despidió en el puente del Rin; Teltscher y Esch siguieron adelante, camino de la taberna de mamá Hentjen.

Teltscher había estado alguna vez en la taberna y se comportaba como si fuera un cliente habitual. Esch tenía cierto sentimiento de culpabilidad por haberle llevado a mamá Hentjen un tipo de tal calaña... en lugar de algo mejor. Le hubiera gustado tirar del carro a aquel individuo. Se sentaba en el mismo sitio que Martin, como un judas, y no tenía ni idea de que existieran hombres mucho mejores que él, hombres distinguidos, respetables. Tampoco tenía idea de que Martin había caído a causa de un hombre que no se dignaría ni escupirle a un lanzador de cuchillos. Y ese bribón, ese rufián, adoptaba aires de triunfador, como si le correspondiera ocupar el sitio de Martin. ¡Artimañas de prestidigitador! Hacer juegos malabares con cosas muertas, trabajo estéril lleno de mentiras y engaños.

Habían llegado. Teltscher descendió el primero. Esch le gritó: «¡Muy bonito! ¿Y quién descarga? Controlar, espiar, esas cosas sí le gustan, pero en cuanto hay que trabajar de verdad, se echa usted para atrás». «Tengo hambre», replicó Teltscher con sencillez al tiempo que entraba en el local. No había nada que hacer con aquel judío; Esch le siguió encogiéndose de hombros. Y a fin de patentizar que él eludía toda responsabilidad por esta clase de clientes, dijo en tono de broma: «Le traigo un cliente distinguido, mamá Hentjen; de los mejores». Pero de pronto estuvo de acuerdo con todo: que Teltscher se sentara en el sitio de Martin y Martin en el sitio de Nentwig: uno ignoraba el fondo de la cuestión y en cierto modo las cosas estaban en orden. Hasta cierto punto no importaban ya los hombres, pues todos eran iguales y bien poco importaba que uno se fundiera en otro o que uno ocupara el sitio de otro; no, ya no podía establecerse un orden en el mundo partiendo de la división entre hombres buenos y malos, sino que había que hacerlo según determinadas fuerzas buenas o malas. Observó a Teltscher con mirada venenosa: Teltscher hacía juegos malabares con el cuchillo y el tenedor y anunció que iba a sacar un cuchillo del corpiño de mamá Hentjen. Ella se echó hacia atrás con un grito, pero Teltscher mostraba ya el cuchillo entre el pulgar y el índice: «¡Pero mamá Hentjen, qué cosas lleva usted dentro del corpiño!». Después quiso hipnotizarla, pero ella quedó petrificada de antemano. Lo que es demasiado, es demasiado. Esch se dirigió indignado a Teltscher: «Es a usted a quien habría que meter en la cárcel». «Vaya novedad», respondió Teltscher. «El hipnotismo está prohibido por la ley», rugió Esch. «Un hombre muy interesante», dijo Teltscher, señalando con la barbilla a Esch y solicitando con su gesto que también mamá Hentjen se burlara de aquel hombre interesante. Pero a mamá Hentjen no se le había ido aún el susto del cuerpo y se limitó a retocarse el peinado mirando al vacío. Esch se dio cuenta de que su acción salvadora había tenido éxito y se sintió satisfecho. Sí, había dejado escapar a uno, a Nentwig, pero la segunda vez no sucedería igual: aunque no dependa de la persona, aunque un ser se funda en otro, aunque sea imposible distinguir a un hombre de otro, la injusticia existe, independientemente de quien la cometa, y la injusticia debe ser expiada.

Cuando más tarde fue al Alhambra con Teltscher, estaba de buen humor. Había adquirido un nuevo saber. Y casi le daba pena Teltscher. Y también Bertrand. Incluso Nentwig.

Por fin, a base de incordias a Gernerth, Esch había conseguido que se le garantizara una ganancia de cien marcos al mes por su colaboración —¿de qué debía vivir si no?—, pero la noche del estreno le proporcionó ya una ganancia de siete marcos. De seguir así, duplicaría en un mes su aportación. No hubo forma de convencer a la señora Hentjen de que asistiera a la primera representación, y Esch, a la hora del almuerzo, explicó muy excitado el éxito obtenido el día anterior. Cuando llegó al punto que podría decirse culminante, en que relató cómo Teltscher había hecho cortar y luego coser una de las mallas, a fin de que durante la lucha estallara en el punto más redondeado, y aseguró que dicho incidente se repetiría todas las noches, y se reía tanto al explicarlo que, incapaz de seguir hablando, tuvo que hacer gestos que suplieran las palabras, la señora Hentjen se levantó y dijo que aquello era demasiado. Era inaudito que un hombre al que ella había considerado honorable y que antes había tenido una profesión digna, pudiera caer tan bajo. Y se retiró a la cocina.

Esch, perplejo, se secó los ojos, húmedos todavía por lo mucho que se había reído. En un rincón de su corazón se hospedaba el remordimiento y este rincón le daba la razón a mamá Hentjen; las mallas que estallaban en el escenario tenían una oscura relación con los cuchillos que ya no se podían lanzar en él, pero de esto mamá Hentjen no tenía ni idea, y por eso, en realidad, su ira resultaba incomprensible. Sentía respeto hacia ella, no quería insultarla como al idiota de Lohberg, pero seguro que ella se habría entendido mucho mejor con Lohberg, y evidentemente él no era tan fino como Lohberg. Observó el retrato del señor Hentjen que había en la repisa, para ver si tenía alguna semejanza con Lohberg, y, cuando lo hubo mirado un rato, los rostros del difunto tabernero y del comerciante de tabaco de Mannheim se fundieron en uno. Sí, se mirara como se mirara, resultaba evidente que una persona se fundía en otra y ni siquiera era posible diferenciar a un muerto de un vivo. Nadie es lo que cree ser: uno cree que es un tipo con los pies muy firmes en el suelo, que recoge sus ganancias de siete marcos y que hace lo que quiere, y la realidad es que unas veces está en un sitio y otras en otro y que incluso cuando se sacrifica no es uno mismo quien se ha sacrificado. Le invadió un ansia incontenible de demostrar que no era así, que no podía ser así y, aunque no pudiera demostrárselo a nadie, tenía que hacerle ver al menos a aquella mujer de allá dentro que no debía confundirle a él con el señor Lohberg ni con el señor Hentjen. Sin reflexionarlo más se dirigió a la cocina y le dijo a la señora Hentjen que no olvidara la subasta de vinos de St. Goar el viernes siguiente. «Encontrará usted compañía sin ninguna dificultad», replicó la señora Hentjen de pie frente al fogón. Esta respuesta le molestó. ¿Qué pretendía de él? ¿Acaso debía pronunciar solo las palabras que ella le indicara y que ella quería oír? No pudo evitar el pensar en la pianola de la taberna, que cualquiera podía manejar. Pero a ella no le gustaba aquella máquina. Si la criada no hubiera estado presente, le habría gustado vencerla por la fuerza, allí mismo, tal como estaba, tan tiesa junto al fogón, solo para convencerla de que él existía. Pero se limitó a decir: «Ya lo he arreglado todo: iremos en tren hasta Bacharach y desde allí en barco hasta St. Goar. Llegaremos hacia las once, a tiempo para la subasta. Por la tarde podríamos subir a la Lorelei». A ella le asustó un poco la firmeza de aquella decisión, pero se esforzó en adoptar un tono burlón: «Grandes planes, señor Esch». Esch recobró la seguridad en sí mismo: «Esto es solo el comienzo, mamá Hentjen; la próxima semana habré ganado, en cualquier caso, mis buenos cien marcos». Y salió de la cocina silbando.

Una vez fuera, se entretuvo leyendo los periódicos que había traído y subrayó con lápiz rojo los artículos que comentaban la sesión inaugural. Le molestó no encontrar nada en el *Volkswacht*. Dejar que se pudriera en la cárcel un camarada del partido, un amigo, eso sí podían hacerlo. Pero, en cambio, no podían escribir ni un miserable artículo. También aquí sería necesario imponer orden. Sintió en sus adentros que poseía fuerza suficiente para hacerlo y tuvo la certeza de que lograría atravesar y dominar aquel caos en el que todo estaba oprimido por el sufrimiento, caos en el que amigos y enemigos se mezclaban encarnizadamente pero sin lucha.

Al cruzar la sala durante el descanso, sufrió un gran sobresalto y le vinieron a la memoria las palabras «una espina en el corazón»: había visto a Nentwig. Estaba en una mesa con otras cuatro personas, y una de las luchadoras, con un albornoz encima de la malla, se había sentado entre ellos. El albornoz se abría un poco y Nentwig procuraba abrirlo más con ladinos movimientos de sus manos regordetas. Esch pasó junto a ellos con el rostro vuelto hacia otro lado, pero la muchacha le llamó y tuvo que volverse. «¡Vaya, señor Esch!, ¿qué hace usted aquí?», oyó decir a Nentwig. Esch titubeó; dijo únicamente: «Noches», pero Nentwig no comprendió la repulsa que encerraba su actitud y levantó la copa hacia él; la chica dijo: «Le dejo el sitio, señor Esch; tengo que volver al escenario». Nentwig, que había bebido bastante, retuvo la mano de Esch y, mientras le servía una copa, lo miraba con dulces ojos de borracho: «Vaya, vaya, eso sí que es una sorpresa inesperada». Esch dijo que él también debía ir al escenario, y Nentwig, sin soltarle la mano, rió sonoramente: «¿Al escenario con las mujeres? Yo también voy, yo también voy». Esch intentó hacerle comprender que él estaba allí por razones profesionales. Finalmente Nentwig lo entendió: «¿O sea que está usted empleado aquí? ¿Es un buen empleo?». La dignidad de Esch no le permitía contestar afirmativamente a la pregunta; no, no estaba empleado aquí, tenía parte en el negocio. «¿Sí?», dijo Nentwig sorprendido. «Tiene un negocio, buen negocio, seguro que es un buen negocio», recorrió con la mirada la sala llena de bote en bote, «y se olvida de que existe un viejo amigo llamado Nentwig a quien siempre le ha gustado tomar parte en cosas así.» Recobró totalmente la lucidez: «¿Y cómo va el suministro de vinos, Esch?». Esch le aclaró que él no tenía nada que ver con el bar, que de esto se ocupaba el propietario de la sala. «Bien, bien, pero con todo lo demás», y abarcó con un amplio gesto la sala y el escenario, «sí tiene usted que ver, ¿no? Bueno, beba al menos una copa», y Esch no pudo negarse a chocar su copa con la de Nentwig y tuvo que estrechar la mano a sus acompañantes y beber con ellos. Pese a la trampa en que Nentwig le había atrapado, no podía experimentar hacia aquel hombre el odio a que se sentía obligado. Intentó revivir el delito del apoderado; no lo consiguió; habían sido unas cochinadas en los balances, unas tremendas cochinadas, y Esch se irguió ligeramente para localizar al policía que se encontraba en la sala. Pero todo este asunto se había tornado de pronto tan extrañamente impalpable y borroso que Esch se dio cuenta inmediatamente de cuán absurda era su intención y, algo avergonzado y confuso, cogió su copa con mano temblorosa. Entretanto Nentwig miraba a su antiguo y buen contable con ojos húmedos y a Esch le pareció que mediante esta mirada húmeda pretendía fundir su gordinflona figura y transformarla en algo indiferente e insignificante. Aquel vendedor de vinos le había acusado alevosamente de cometer faltas en la contabilidad; le había querido quitar el pan y la existencia, y siempre seguiría acuchillándole por la espalda. No obstante, era casi imposible continuar odiándole. De la confusa maraña de los acontecimientos surge un brazo, un puño que sostiene un puñal, y, en cuanto uno descubre que se trata del brazo de Nentwig, el hecho se convierte en una tonta y casi mezquina casualidad. La muerte a manos de un Nentwig apenas podría llamarse asesinato, y un juicio contra Nentwig no sería más que una miserable venganza por un error de contabilidad que no era tal error. No, de nada sirve entregar un apoderado a la justicia, pues no se trata de arrancar un brazo, ni aunque este brazo sostenga un puñal amenazador; se trata de herir a todo el conjunto o de cortar al menos una cabeza. Una voz interior le dijo a Esch: «Aquel que se sacrifica es un hombre formal», y decidió no preocuparse más de Nentwig. El pequeño gordinflón había caído de nuevo en la somnolencia y, cuando se oyeron los primeros compases de la marcha de los gladiadores, a cuyos sones subieron las luchadoras al escenario capitaneadas por Teltscher, Nentwig no se dio cuenta de que Esch había desaparecido de su mesa.

Gernerth estaba sentado en el despacho de la dirección frente a un vaso de cerveza y, cuando Esch entró, decía en tono quejumbroso: «¡Qué vida esta, Dios, esto no es vida!». Oppenheimer iba y venía moviendo la cabeza y todo el cuerpo: «Me gustaría saber qué le pone a usted tan nervioso».

Gernerth tenía el bloc de notas abierto ante sí: «Los impuestos le devoran a uno. ¿Para qué nos matamos trabajando? ¡Pues para los impuestos!». Fuera chasqueaban los manotazos sobre los sudorosos cuerpos grasientos de las luchadoras, y a Esch le indignó que aquí dentro alguien hablara de matarse trabajando cuando solo echaba cuentas en un bloc. Gernerth continuó lamentándose: «Ahora los niños tienen que ir de vacaciones; esto cuesta dinero… ¿Y de dónde he de sacarlo?». Oppenheimer se mostró comprensivo sobre este punto: «Los hijos son una bendición, pero los hijos son también un tormento; todo se arreglará, no se preocupe demasiado». Esch sentía compasión por Gernerth, que era un buen tipo, y sin embargo, la marcha del mundo resultaba otra vez confusa si uno pensaba que allá fuera tenía que romperse ahora una malla a fin de que los hijos de Gernerth pudieran ir de vacaciones. En cierto modo mamá Hentjen tenía razón al sentir tanta repugnancia, claro que en un aspecto que ella misma ignoraba. Esch tampoco lo sabía; tal vez era la falta de orden lo que provocaban en él repugnancia e irritación. Salió de la estancia; entre bastidores había algunas luchadoras y olían a sudor; Esch, para abrirse paso, las agarraba desde atrás por los rollizos brazos o los pechos, y las apretaba contra su vientre, y algunas rieron excitadas. Después entró en el escenario y ocupó su puesto de secretario en la mesa del jurado. Teltscher, con el silbato en los labios, estaba casi echado en el suelo y miraba con suma atención por debajo del puente que formaba el cuerpo de una de las luchadoras mientras la otra rodaba sobre ella y se esforzaba, aparentemente, en derrumbar dicho puente; por supuesto solo aparentemente, ya que la que estaba debajo era la alemana, y una de sus obligaciones consistía en liberarse rápidamente con un patriótico empujón de aquel aprieto humillante. Y aunque Esch conocía el truco, no pudo evitar un suspiro de alivio cuando la luchadora que parecía vencida se puso en pie, y sintió profunda e indignada compasión por su adversaria, cuando Irmentraud Kroff se echó sobre ella y la retuvo por los hombros contra la colchoneta, entre el júbilo nacional de la sala.

Cuando la señora Hentjen se levantó, empezaba a amanecer. Abrió la ventana para mirar qué tiempo hacía. El cielo se extendía claro y despejado por encima del patio todavía en sombras, un pequeño cuadrado entre los oscuros muros, en inmóvil silencio frente a ella. Las tinas, por ser día de colada, emitían calladas allá abajo una nota de color. Un aire fresco se introducía por entre los muros y traía el olor a ciudad. Se dirigió a la habitación de la criada arrastrando los pies y llamó a la puerta. No quería irse sin desayunar, solo faltaría eso. Después se arregló cuidadosamente y se puso el traje de seda oscura. Cuando Esch acudió a recogerla, la encontró sentada de mal talante en el salón ante una taza de café. Hoscamente dijo: «Vamos», pero al llegar a la puerta, se le ocurrió que tal vez Esch quisiera también tomar café; se lo sirvieron a toda prisa en la cocina y lo bebió de pie. En la calle lucía ya el sol, pero los claros rayos que se reflejaban sobre el asfalto interrumpiendo las alargadas sombras de las casas no mejoraron el humor de ninguno de los dos. Esch se limitaba a dar algunas escuetas indicaciones: «Yo me ocupo de los billetes», o «Andén número cinco». Se sentaron uno junto a otro en el compartimiento, pero en Bonn Esch asomó la cabeza por la ventanilla, preguntó si había pan recién hecho y le compró un panecillo. Ella lo devoró con aire malhumorado y lleno de reproches. Cerca de Coblenza, cuando la gente se acercó como siempre a las ventanillas para admirar el panorama del Rin, la señora Hentjen sintió el impulso de hacer lo mismo. Esch, en cambio, no se movió de su sitio; conocía de sobras la región; además, tenía la intención de no mostrar la naturaleza a la señora Hentjen hasta que estuvieran en el barco. Le irritó que ella disfrutara ya ahora de la naturaleza y sobre todo que prestara atención a las instructivas aclaraciones de un compañero de viaje. Por eso le resultaron agradables los túneles que impedían disfrutar de la vista y su enfado aumentó hasta tal punto que en Ober-Wesel la llamó sin más para alejarla de la ventanilla: «Estuve en Ober-Wesel, en calidad de...». La señora Hentjen miró hacia fuera; la estación no tenía nada de particular. Dijo cortésmente: «Sí, uno da tantas vueltas...». Esch no había terminado: «Un empleo miserable, pero aguanté, dos meses, a causa de una muchacha del lugar... Huida se llamaba». «Pues podía apearse e ir a visitarla», fue la agria respuesta de la señora Hentjen, por ella no debía privarme de nada. Pero entretanto habían llegado a Bacharach, y Esch, por primera vez en su vida, experimentó el desamparo del que viaja por placer y se encuentra en una estación con una hora de tiempo por delante. De acuerdo con su programa hubieran debido desayunar en el pequeño vapor, y solo por confusión propuso entrar en alguno de los cafés que conocía. Cuando penetraron en las estrechas callejas de la población, silenciosas y familiares bajo el claro sol de la mañana, la señora Hentjen, de pronto, exclamó entusiasmada ante una casa de paredes entramadas: «Aquí sí que me gustaría vivir, sería mi ideal». Tal vez habían despertado en ella tal entusiasmo las flores de las ventanas, tal vez se debía simplemente a la sensación de libertad que con frecuencia se apodera del ser humano cuando se encuentra frente a lo desconocido, o tal vez fuera únicamente que su mal humor se había agotado. Lo cierto es que el mundo les parecía más transparente y empezaron a mirarlo todo en buena armonía, incluso subieron hasta las ruinas de la iglesia, donde, por cierto, se encontraron sin saber qué hacer; se dieron prisa para llegar pronto al embarcadero, a fin de no perder el vapor, y no les importó tener que esperar media hora.

Durante la travesía discutieron más de una vez, pues a la larga el orgullo de la señora Hentjen no podía permitir que fuese únicamente Esch el conocedor de la región. Ella buscaba y rebuscaba en su memoria nombres conocidos, empezó a dar también datos o a lanzar suposiciones con el brazo extendido, y se ofendió cuando la exactitud de él no dejó pasar alguno de los errores. Sin embargo, nada de esto pudo atenuar su renacido buen humor y, cuando llegaron a St. Goar, les dio pena tener que dejar el barco; sí, en el primer momento ni siquiera recordaron para qué estaban allí. La finalidad comercial del viaje les resultaba ahora en cierto modo indiferente y, cuando se enteraron en el local de la subasta de que la venta de los vinos baratos que a ellos les interesaban ya se había celebrado, no lo lamentaron, antes bien les pareció que se les liberaba de una obligación y consideraron mucho más importante tomar la balsa que, guiada por un largo cable tendido entre las orillas, iba hasta el atrayente Goarshausen bañado por el sol. Y cuando Esch, fingiendo el interés de un comerciante consumado, anotó los precios alcanzados en la subasta, «para otra ocasión», según dijo, esta actitud comercial resultó un poco fraudulenta, cosa que le produjo un curioso remordimiento, remordimiento que, por una parte, le obligó a pasar por alto los precios demasiado ventajosos, pero por otra no le dejó tranquilo, de modo que, ya en la balsa, anotó de memoria los precios que había omitido antes y lanzó a la señora Hentjen miradas de disgusto.

La señora Hentjen, sentada en el borde de la balsa calentado por el sol, metía tranquilamente un dedo en el agua, cuidando de que sus mitones de encaje color crema no se mojaran, y, si de ella hubiera dependido, habrían cruzado el Rin varias veces más, porque le gustaba aquella extraña sensación de ligero mareo que producía mirar oblicuamente el agua que corría veloz junto a la balsa. Pero el tiempo transcurría con rapidez y había que reconocer que también se estaba muy bien en la terraza del restaurante bajo la sombra de los árboles. Comieron pescado, bebieron vino, y Esch, en trance de fumarse un cigarro, pensó en la necesidad de iniciar una ofensiva, preguntándose muy en serio si la señora Hentjen, sentada ahí, magnífica en su corpulencia, no estaría esperando que él la iniciara. Desde luego, no era como las demás mujeres, y por eso, precavido, empezó hablando de Lohberg, a quien en realidad tenía que agradecer la idea de esta hermosa excursión, y lo colmó de alabanzas, para, tras esta introducción, abordar el tema de los ideales vegetarianos del verdadero amor, pero la señora Hentjen se dio cuenta de su propósito, reaccionó de inmediato y, aunque ella acusaba también el cansancio y hubiera preferido descansar, le cortó la palabra y le recordó que, de acuerdo con sus planes, ahora tenían que ir a la Lorelei. Esch se puso furioso; se esforzaba en hablar como Lohberg y no hallaba el menor reconocimiento. Por lo visto, él no era todavía lo bastante delicado para ella.

Se levantó y pagó la cuenta. Al atravesar el jardín del restaurante, observó a los clientes veraniegos; había hermosas mujeres y muchachas jóvenes: de repente Esch no comprendió qué pretendía él con aquella mujer ya entrada en años, aunque con su vestido de seda marrón tuviera un porte realmente majestuoso. Las muchachas llevaban vaporosos y claros vestidos de verano, y el traje de seda marrón se ensució pronto con el polvo de las calles y quedó feo. A pesar de todo, a Esch le parecía bien, uno tenía conciencia y si se pensaba en Martin, pudriéndose en una cárcel sin sol por haberse sacrificado sin que nadie se lo agradeciera, se daba uno cuenta de que las cosas le iban todavía demasiado bien. Y mientras pateaba las polvorientas calles del pueblo en compañía de la señora Hentjen, en lugar de estar tendido en la hierba junto a una mujer hermosa, le parecía justo que aquella mujer no supiera agradecerle el sacrificio. Aquel que se sacrifica es un hombre cabal. Reflexionó sobre si podía hacerle ver a ella, delicadamente, su sacrificio, pero se acordó de Lohberg y desistió: un hombre sensible se sacrifica en silencio. Algún día —quizá cuando fuera demasiado tarde— ella comprendería. Sintió una dolorosa emoción y, mientras seguía andando, se quitó la chaqueta y luego el chaleco. La señora Hentjen constató, con asco, que había dos grandes manchas húmedas en la camisa y que esta se le pegaba a los sobacos, y cuando él, al tomar el camino del bosque, se detuvo para esperarla, ella notó el calenturiento olor que desprendía su cuerpo y se echó hacia atrás. Esch dijo en tono complaciente:

—¿Cómo va eso, mamá Hentjen?

—Póngase la chaqueta —suplicó ella ásperamente, pero maternal añadió—: Aquí hace fresco y aunque sea un fresco agradable podría usted enfriarse.

—Al andar se siente el calor —respondió Esch—, sería mejor que se desabrochara usted algún botón del cuello.

Ella movió la cabeza con el sombrerito pasado de moda y bien cepillado: no, de ningún modo ¡qué aspecto tendría! «Pero si aquí no nos ve nadie», dijo Esch, y la comprobación repentina de esta soledad en compañía, en la que uno no debía avergonzarse ante el otro puesto que nadie los veía, turbó a la mujer. De pronto le pareció hasta lógico, por así decirlo, que él desnudara su sudor ante ella con entera confianza; y, aunque todavía sentía repugnancia, ya no la sentía exteriormente, sino por debajo de la piel, de forma apagada y diluida, y ni siquiera tenía miedo ya de la mandíbula de caballo de Esch, sino que la aceptaba como parte integrante de aquella extraña libertad, libertad que se puso nuevamente de manifiesto cuando él volvió a hablar entre risas: «Ánimo, mamá Hentjen, no nos abandonemos a la fatiga». Ella se ofendió porque él, evidentemente, no la creía capaz de mantener su paso, y se puso de nuevo en movimiento un poco sofocada y apoyándose en su frágil sombrilla rosa. Esch caminaba ahora a su lado y cuando el camino se hizo muy empinado intentó ayudarla. Ella le miró primero con desconfianza, temiendo una familiaridad totalmente impropia, pero luego, aunque dudando, se cogió vacilante de su brazo, a pesar de que renunciaba a este apoyo, y lo rechazaba, en cuanto alguien se cruzaba en su camino, incluso si este alguien era solo un niño.

Ascendían con lentitud, y cuando se detuvieron para recobrar aliento empezaron a darse cuenta poco a poco de cuanto les rodeaba: el barro del sendero del bosque que, con el calor, se había agrietado y tornado blanquecino; las plantas, que escondían su verde pálido en el suelo reseco, las raíces, que tendían sus fibras polvorientas sobre el camino; el olor seco y marchito del bosque, que apenas respiraba bajo el calor; los arbustos, entre cuyas hojas se vislumbraban bayas negras y muertas, prontas ya a agostarse en el otoño. Todo lo descubrían, aunque sin ser capaces de expresarlo, pero cuando llegaron al primer banco situado en un mirador, se extendió ante ellos todo el valle y, aunque les faltaba mucho para alcanzar la cima de la roca Lorelei, les pareció, cuando tomaron asiento y se abrió ante ellos toda la amplitud del paisaje, que habían alcanzado ya la meta; y la señora Hentjen alisó con sumo cuidado su vestido de seda marrón por la parte de atrás a fin de que no se arrugara bajo su peso. El silencio era tal que se oían las voces procedentes del embarcadero y de las posadas de St. Goar y hasta el sordo ruido que hacía la balsa al chocar contra el muelle; y lo desacostumbrado de tales impresiones les resultó a los dos desagradable. La señora Hentjen miraba los corazones y las iniciales grabados en el respaldo y en el asiento del banco y con voz opaca le preguntó si él también había inmortalizado aquí su nombre junto al de su Hulda de Ober-Wesel. Cuando él, bromeando, empezó a buscarlos, ella dijo que lo dejara correr: se viera o no, allí donde un hombre llegaba, encontraba siempre la huella de su cochino pasado. Pero Esch, que deseaba proseguir la broma, dijo que tal vez lo que encontraría sería el nombre de ella escrito dentro de un corazón, y esto la enojó de verdad; ¿qué más se permitiría?; su pasado, a Dios gracias, era puro, y en este sentido podía competir con cualquier jovencilla. Claro que esto, desde luego, no podía comprenderlo un hombre que se había pasado la vida persiguiendo a mujerzuelas. Esch, a quien el reproche le llegó al alma, se sintió vil y vulgar por haberla juzgado inferior a las muchachas que había visto en el restaurante, muchas de las cuales, de seguro, no le llegaban a mamá Hentjen ni a la suela del zapato. Además le hacía a él un gran bien tener junto a sí a alguien que se manifestaba con esta claridad y con esta seguridad, alguien que sabía perfectamente dónde tenía la derecha y dónde tenía la izquierda, dónde estaba el bien y dónde estaba el mal. Por unos instantes pensó que ahí estaba la meta anhelada, la cúspide que se erguía clara y firme por encima del desorden, el puntal al que uno podía agarrarse, pero entonces le importunó la imagen del señor Hentjen y su retrato colocado en la taberna y le entró la obsesión de que el corazón de aquel hombre tenía que estar grabado en alguna parte abarcando, en íntima unión, las iniciales de él y de ella. No se atrevió a tocar este tema y preguntó simplemente dónde estaba su casa paterna. Ella respondió con sequedad que había nacido en Westfalia y que, por otra parte, esto no le importaba a nadie. Y, como no podía retocarse el peinado, se afianzó bien el sombrero. No, mamá Hentjen no podía soportar que la gente metiera la nariz en la vida de los demás, y eso era precisamente lo que hacían los hombres como Esch y otros clientes parecidos, los cuales eran incapaces de imaginar que no todo el mundo anda por ahí arrastrando un cochino pasado. Cuando esos tipos no pueden conseguir a una mujer, tratan por lo menos de inventarle una vida amorosa y un pasado. Se apartó un poco de él enojada, y Esch, cuyo pensamiento seguía ocupándose del señor Hentjen, tuvo de pronto la seguridad de que ella había sido muy desgraciada. El rostro de Esch adquirió una expresión de amarga pesadumbre. Era muy posible que la hubieran llevado a ese matrimonio por la fuerza. Esch dijo que no había tenido intención de molestarla. Y, habituado a consolar mediante un contacto físico a las mujeres que lloraban o que le parecían desgraciadas, cogió su mano y la acarició. Tal vez debido a la extraordinaria quietud de la naturaleza, o quizá simplemente por puro cansancio, ella no se defendió. Había manifestado su opinión, pero ya las últimas palabras habían volado de su boca como plumas deshilachadas, y ni ella misma las reconocía, y ahora se sentía completamente vacía, incapaz de sentir aversión o repugnancia. Miró el ancho valle sin verlo; dejó de saber dónde estaba. Todos aquellos años vividos maquinalmente entre el mostrador y un par de calles conocidas se fundían ahora en un pequeño punto y parecía de pronto que hubiera estado fija desde siempre en este punto desconocido. Y el mundo todo le era tan desconocido que era imposible abarcarlo, y ya nada la unía al mundo, como no fuera la delgada rama de hojitas punzantes que colgaba sobre el respaldo del banco y que ella recorría con los dedos de la mano izquierda. Esch se preguntó si debía besarla, pero no le apetecía y, además, le pareció poco delicado.

Así pues siguieron sentados en silencio. El sol se inclinaba hacia el oeste y brillaba en sus rostros, pero mamá Hentjen no notaba el calor ni el ardor de su piel tensa, enrojecida y cubierta de polvo. Casi parecía que hubiera contagiado a Esch su sopor y somnolencia, ya que este, si bien veía cómo se iba alargando y ensanchando la sombra de la montaña que se proyectaba sobre el valle, no se atrevía a cambiar de postura, hasta que finalmente, con gesto indeciso, cogió la chaqueta que tenía junto a sí y consultó su gran reloj de plata. Era hora de volver al tren, y ella, convertida en una mujer sin voluntad, le obedeció. Durante el descenso ella se apoyó con fuerza en su brazo y él se puso sobre el hombro la frágil sombrilla rosa, con la chaqueta y el chaleco colgados en la punta. A fin de facilitarle la marcha, Esch le desabrochó un par de botones del corpiño, abotonado hasta muy arriba, y mamá Hentjen le dejó hacer sin rechistar, y tampoco se apartó de su lado cuando se cruzaron con otros viandantes; ella no los veía. El borde de su traje de seda marrón rozaba el polvo del camino, y cuando Esch, ya en la estación, la dejó sentada en un banco para ir a beber algo, ella permaneció quieta, desamparada y abúlica, esperando que él regresara. Esch le trajo un vaso de cerveza y mamá Hentjen bebió a instancias suyas. En el oscuro compartimiento del tren, él acomodó la cabeza de la mujer en su hombro. No sabía si mamá Hentjen dormía, y tampoco ella lo sabía. Su cabeza rodaba de un lado a otro sobre el hombro duro. El gesto de Esch para atraerla hacia sí provocó una firme resistencia en aquel ancho cuerpo en su coraza de ballenas, y los alfileres del sombrero que se sostenía sobre su vacilante cabeza amenazaban el rostro de Esch, que tomando de pronto una decisión, echó el sombrero para atrás. El pelo desordenado y el sombrero hacia atrás hicieron que la mujer adquiriera aspecto de borracha. La seda del vestido olía a polvo y a calor, solo de vez en cuando se notaba el perfume de lavanda que había quedado aprisionada entre las arrugas. Esch besó la mejilla que se deslizaba junto a su boca, y luego cogió con las manos la cabeza redonda y pesada y la volvió hacia él. Ella devolvió el beso con labios secos y abultados, como un animal que oprime el hocico contra un cristal.

Solo cuando estuvieron en la puerta de su casa, recobró ella la lucidez. Dio a Esch un empujón en el pecho y con pasos todavía inseguros fue a ocupar su puesto detrás del mostrador. Allí se sentó y paseó la mirada por el local que se extendía ante ella como sumergido en espesa niebla. Finalmente reconoció a Wrobek en la primera mesa y le dijo «Buenas noches, señor Wrobek». Pero no vio que Esch la había seguido hasta el interior de la taberna, ni tampoco advirtió que fue uno de los últimos en abandonar el local. Cuando él la saludó para despedirse, contestó en tono indiferente: «Buenas noches, señores». Sin embargo, al salir de la taberna, Esch notaba una sensación extraña y halagadora: la impresión de que era el amante de mamá Hentjen.

Cuando se ha besado una vez a una mujer, todo lo demás sucede de modo necesario e irrevocable. Se puede precipitar o retrasar, pero no se puede abolir una ley de la naturaleza. Esch lo sabía perfectamente. Pero no lograba imaginar cómo continuarían sus relaciones con mamá Hentjen, y por eso le gustó que al día siguiente Teltscher lo acompañara a la taberna; de este modo su reencuentro con mamá Hentjen resultaría más leve y sobre todo más sencillo.

Teltscher había tramado algo nuevo: había que contratar a una negra; esto daría un atractivo especial a las últimas funciones; quería llamarla «Estrella Negra de África», y la luchadora alemana, tras un par de asaltos indecisos, tendría que vencerla. Esch temía que Teltscher expusiera sus proyectos africanos ante mamá Hentjen, y no se equivocó, pues en cuanto entraron Teltscher habló de su nueva ocurrencia: «Señora Hentjen, nuestro Esch va a conseguirnos una negra». Ella, de momento, no comprendió, ni siquiera cuando Esch, fiel a la verdad, aseguró que no sabía dónde encontrar una negra; no, mamá Hentjen se negaba a escuchar y se escudó en una amarga acritud: «Una más o una menos, para él carece de importancia». Teltscher, muy animado, le dio un golpecito a Esch en la rodilla: «Naturalmente con un hombre como él, a quien le llueven las mujeres, no hay quien pueda competir». Esch lanzó una ojeada al retrato del señor Hentjen: ahí había uno que le había ganado la partida. «Sí, así es Esch», insistió Teltscher. Para la señora Hentjen todo esto fue la confirmación de la mala opinión que tenía de Esch e intentó afianzar su alianza con Teltscher; examinó el pelo corto y tieso de Esch, aquel oscuro cepillo bajo el que brillaba la piel de la cabeza, amarillenta, y tuvo la impresión de que ella necesitaba hoy un aliado. Dejó de lado a Esch y alabó a Teltscher; desde luego era muy comprensible que un hombre con sentido de la dignidad no quisiera saber nada de aquellas historias de mujeres y lo dejara todo en manos de Esch. Esch, herido, dijo que muchos se pelearían para poder hacer este trabajo, y que no todo el mundo era capaz de hacerlo. Y despreció a Teltscher, que ni siquiera había sabido conservar a Ilona. Pero ¡ya se vería!, muy pronto no habría nadie que pudiera tener a Ilona. «Bueno, señor Esch», exclamó la señora Hentjen, «¿a qué espera?

La negra está aguardando; póngase inmediatamente a trabajar.» Sí, eso era exactamente lo que iba a hacer, replicó él, y, en cuanto hubo terminado de comer, se levantó y dejó a la un tanto desconcertada señora Hentjen en compañía de Teltscher.

Estuvo vagando por ahí un buen rato. No tenía nada que hacer. Le molestaba haberla dejado sola con Teltscher y finalmente, obedeciendo a su impulso, regresó. No era de suponer que encontrara todavía allí a Teltscher, pero quería cerciorarse. La taberna estaba vacía y tampoco encontró a nadie en la cocina. O sea que Teltscher se había ido y también él hubiera podido marcharse, pero sabía que a esta hora la señora Hentjen solía estar en su habitación y ahora se dio cuenta de que, en realidad, él había vuelto por esto. Dudó un momento y luego subió por la escalera de madera procurando no hacer ruido. Sin llamar a la puerta, entró. La señora Hentjen estaba sentada junto a la ventana y zurcía medias; cuando le vio, emitió un ligero grito y se puso rígida. Él avanzó decidido hacia ella, la apretó contra el respaldo de la silla y la besó en la boca. Ella movió la pesada cabeza a un lado y a otro, en un intento de resistencia, y dijo con voz ronca: «Váyase, aquí no se le ha perdido a usted nada». Mucho más penoso que su violencia le resultaba el pensamiento de que él, saliendo de los brazos de una checa o una negra, estuviera aquí en su habitación, una habitación que nunca había sido hollada por un hombre. Ella luchaba por su habitación. Pero él la retuvo con firmeza, y ella al fin le devolvió los besos con labios secos y abultados, tal vez para incitarle a irse valiéndose de la mansedumbre, pues entre beso y beso iba repitiendo con los dientes apretados: «Aquí no se le ha perdido a usted nada». Por último suplicó: «Aquí no». Esch, cansado de aquella lucha desagradable, recordó que tenía entre sus brazos a una mujer que merecía respeto y consideración. Si ella quería variar el lugar de la función, ¿por qué no complacerla? La soltó y ella lo empujó hacia la puerta. Cuando salieron al pasillo, él dijo con voz ronca: «¿Dónde?». Ella no le comprendió, porque había creído que él, por fin, iba a marcharse. Esch, cerca de su cara, preguntó de nuevo: «¿Dónde?», y como ella permaneció inmóvil y sin pronunciar palabra, la abrazó otra vez, para volver a llevarla a la habitación. Ella sentía como única misión la defensa de aquel cuarto. Miró indefensa a su alrededor, vio la puerta de la alcoba principal, concibió de repente la esperanza de que la elegancia de aquella estancia le haría recobrar el sentido común y las buenas costumbres y señaló hacia allí con la mirada; él la hizo pasar delante, pero la siguió, poniéndole la mano sobre el hombro, como si condujera un prisionero.

En cuanto entraron en la estancia, ella dijo con tono inseguro: «Bueno, confío en que ahora será usted razonable, señor Esch», y quiso acercarse a la ventana para abrir los postigos, pero él la había cogido por detrás y mamá Hentjen no pudo moverse. Intentó desasirse, dieron unos traspiés y fueron a parar sobre las nueces, con lo cual estuvieron a punto de caerse los dos. Las nueces se rompieron bajo sus pies y cuando la señora Hentjen, a fin de salvar sus provisiones, retrocedió hacia la alcoba, pensando que allí recobraría el equilibrio y tendría los pies firmes sobre el suelo, tuvo un instante de reflexión sonámbula: ¿no había sido ella misma la que le había atraído hasta aquí? Pero esta idea no hizo sino acrecentar su amargura y silbó con rabia: «Váyase con su negra... a mí no podrá usted obtenerme como a sus demás mujeres». Buscó refugio en una esquina de la alcoba y aferró la cortina; las anillas de madera que sostenían las cortinas sonaron levemente y por miedo a estropear el hermoso cortinaje ella se soltó, y no pudo evitar ser empujada hacia el oscuro nicho donde se hallaban las camas matrimoniales. Siempre de pie detrás de ella, Esch le cogió ahora las manos, libres ya, y tiró de ellas hacia atrás y hacia sí, con lo que ella tuvo que notar la excitación de su sexo. Fuera por esto, fuera porque la visión de las camas la había sumergido en un estupor indefenso, ella cedió a la imperiosidad jadeante de Esch. Y como él tiraba torpemente de sus ropas y fuera ahora su ropa interior la que estuviera en peligro, ella le ayudó, como un reo que colabora con su verdugo, y él casi experimentó horror al ver cuán fácil y simplemente se desarrollaba todo, y cómo mamá Hentjen, en cuanto cayó sobre la cama, se acostó tranquilamente de espaldas. Y todavía le llenó de más profundo horror el que ella inmóvil y dura, como obedeciendo las reglas de una antigua obligación, como reemprendiendo una vieja y acostumbrada exigencia, se dejara hacer sin decir una palabra, sin un estremecimiento. Solo su redonda cabeza oscilaba sobre la almohada de un lado a otro como en una obstinada negación. Al sentir Esch el calor del cuerpo abierto de ella, él acrecentó su placer para despertarlo en ella y vencerlo. Tomó su cabeza entre las manos y la apretó como si quisiera extraer de ella los pensamientos que ocultaba y que no le pertenecían, y recorrió con sus labios la fea y grasienta superficie de sus gordas mejillas, así como su hundida frente, pero la piel de ella permaneció sorda e inmóvil, tan inmóvil y sorda como la muchedumbre por la que Martin se había sacrificado sin lograr redimirla. Tal vez Ilona sentía también de este modo la gorda pesadez de Korn, y por un instante experimentó una sensación de felicidad al pensar que actuaba como ella, y pensó también que era justo que todo sucediera así, por ella y por la redención que había de conducir a la justicia. Oh, extinguirse, convertirse para siempre en un huérfano, aniquilarse uno mismo con toda la injusticia que se soporta y que se ha acumulado, pero aniquilar también a la mujer cuyos labios se busca, aniquilar el tiempo, tiempo que fue también de ella, tiempo depositado en estas mejillas ajadas, anhelo de exterminar a la mujer que había vivido en el tiempo para hacerla resucitar renovada e intemporal, entregada y dominada en esta íntima unión. Ahora la boca de ella se había unido a la suya, como el hocico de un animal apretado contra un cristal, y Esch se enfureció, porque ella, para evitar que él se la arrebatase, retenía el alma prisionera tras los dientes apretados. Y cuando ella, con un ronco gruñido, abrió finalmente los labios, Esch sintió una felicidad que jamás le había hecho sentir ninguna otra mujer, y fluyó sin fin en ella, anhelando poseer a aquella mujer que había dejado de ser ella misma para convertirse en una vida recibida de nuevo, maternal, arrancada del seno del misterio, aniquiladora del yo, que había roto sus fronteras, sumergida y anegada dentro de su propia libertad. Porque el hombre que quiere el bien y la justicia quiere lo absoluto, y Esch comprendió por primera vez en su vida que esto no depende del placer, sino de una unión que está por encima de cualquier motivación casual, triste o incluso mezquina, y que radica en un extinguirse en común, que, fuera del tiempo, anula el tiempo; comprendió que el renacer del ser humano es algo tan sereno como el todo, el cual, sin embargo, es capaz de empequeñecerse y ceñirse al hombre, cuando lo exige la voluntad en éxtasis, a fin de que sea para él lo que únicamente a él le corresponde: la redención.

¡Qué significaba ya ser el amante de mamá Hentjen! Muchos hombres opinan que el punto culminante de la vida se encuentra en la existencia de una mujer determinada. Esch había sabido liberarse hacía mucho tiempo de tales prejuicios. No, por más que de vez en cuando la señora Hentjen se antepusiera a todo en su mente. Eso no. Él tenía en su vida otras miras más elevadas y más grandes.

Se detuvo frente a una librería cerca del Mercado Nuevo. Se fijó en una reproducción de la estatua de la libertad, estampada en oro sobre tela verde; debajo se leía «América hoy y mañana». No había comprado muchos libros durante su vida y a él mismo le sorprendió verse ahora entrando en una librería, que, con sus mostradores lisos y brillantes, con sus libros de formas regulares colocados en perfecto orden, recordaba lejanamente una tienda de tabaco. Le habría gustado quedarse un rato charlando con alguien, pero, como nadie le prestó atención, pagó el libro y se encontró con un paquete en las manos sin saber qué hacer con él. ¿Un regalo para la señora Hentjen? Seguro que no le interesaría lo más mínimo, pero, no obstante, había algo que de modo inexplicable la relacionaba con esta compra. Lleno de dudas, se detuvo de nuevo frente al escaparate. Detrás del cristal, colgados de un cordón, pendían los libritos para aprender idiomas, de diferentes colores y con las banderas de la nación correspondiente en cada lomo, como una alegre incitación a quien deseara aprender. Esch se dirigió a la taberna para almorzar.

Cuando una persona lleva debajo del brazo un regalo inadecuado, le entra temor de mostrarse, y Esch llevó su libro junto a la ventana; en este sitio solía él sentarse para leer el periódico después de comer, ¿por qué no podía hacer lo mismo con el libro? Poco después mamá Hentjen le gritó a través del local vacío: «Bueno, señor Esch, parece que tiene usted tiempo hasta para leer libros en pleno día». «Sí», respondió él animándose, «se lo voy a enseñar.» Se levantó y llevó el libro al mostrador. «¿Qué se hace con eso?», preguntó ella, cuando le tendió el libro; él le indicó con un gesto que le echara un vistazo; ella lo hojeó un poco, miró algunas ilustraciones con algo más de atención y se lo devolvió diciendo simplemente: «Está bien». Esch sufrió una decepción, aunque ya había imaginado que a ella no le interesaría el libro, ¡qué sabía una mujer así de grandes y elevados proyectos! A pesar de todo, siguió allí de pie esperando que ocurriera algo..., pero lo único que ocurrió fue que mamá Hentjen dijo: «Usted piensa seguramente pasarse toda la tarde sentado allí con ese chisme». Esch contestó: «Yo no pienso nada», y, sintiéndose ofendido, llevó el libro a su casa para leerlo a solas. Y se propuso emigrar solo. Completamente solo. Y sin embargo no podía dejar de pensar, una y otra vez, que estaba estudiando la obra americana no solo para sí mismo sino también para mamá Hentjen.

Cada día leía un poco. Al principio se limitó a contemplar las ilustraciones, y ahora, cuando pensaba en América, tenía la impresión de que allí los árboles ya no eran verdes, ni las praderas multicolores, ni el cielo azul, sino que allí la vida se desarrollaba bajo las mismas sombras rutilantes y matizadas que reflejaban las fotografías en tonos grises amarronados o los dibujos a pluma finamente esgrafiados. Luego se concentró en el texto. Los infinitos números de las estadísticas le aburrían, pero era demasiado concienzudo para saltárselos y logró retener muchos en la memoria. Despertaron en él gran interés las organizaciones policial y judicial americana, las cuales, según afirmaba el libro, estaban puestas al servicio de la libertad democrática, de modo que, para cualquiera que supiera leer un libro, estaba muy claro que allá no se solía meter en la cárcel a un inválido al conjuro de navieros depravados; Martin, por tanto, debía irse con él. Esch daba vuelta a la página y, cosa sumamente extraña, en la fotografía que mostraba al gigante del océano anclado en el puerto de Nueva York se veía a mamá Hentjen apoyada en la borda, vestida con su traje de seda marrón, la frágil sombrilla de color rosa entre las manos y mirando hacia el torbellino de los que se acercaban, mientras que Martin estaba sentado con sus muletas sobre un cajón, y alrededor se oía hablar inglés por todas partes.

Y como Esch era muy concienzudo, decidió, tras algunas vacilaciones, volver a aquella librería cuya distribución lo había cautivado. Sin tener en cuenta el gasto, adquirió el manual de inglés que ostentaba la alegre y atrayente bandera de la Unión y se dispuso de inmediato a aprender los vocablos ingleses, y detrás de cada palabra estaba la palabra «Libertad», en los tonos suavemente grises, y elegantes de la fotografía satinada, como si con esta palabra debiera relegarse al olvido y hacerse desaparecer todo cuanto hubiera existido o se hubiera expresado en el antiguo idioma. Decidió que incluso entre ellos hablarían inglés, y que para ello había que enseñarle inglés a mamá Hentjen. Pero con su sano desprecio por lo quimérico, no permitió que todo quedara en deseos vacíos: sus ganancias aumentaban y, pese a que en los últimos días había disminuido mucho la afluencia de público, le quedaban todavía doscientos marcos de beneficio procedentes de este negocio y los destinó desde ahora a fondo básico para los gastos del viaje; con esto se podía negociar, se podía ayudar a alguien a escapar de la cárcel, se podía empezar una vida nueva. Actualmente sus pasos le llevaban con frecuencia a la catedral. Cuando desde la escalinata contemplaba la plaza y aparecían algunas personas hablando inglés, sentía un aire de libertad que le acariciaba la frente, y se quitaba el sombrero bajo el suave viento del verano. Incluso las calles de Colonia empezaron a adquirir otro aspecto, un aspecto que casi podría calificarse de inocente, y Esch las contemplaba con benevolencia y con cierta alegría maliciosa. Bastaba con estar allá, al otro lado del charco, para que aquí todo cambiase. Y si uno regresaba alguna vez, podría visitar la catedral acompañado de un guía que hablase inglés.

Después del espectáculo, esperó a Teltscher; anduvieron en la noche envueltos en un aire delicioso y húmedo. Esch se detuvo: «Bien, Teltscher, usted está siempre presumiendo de sus contratos en América: ha llegado la hora de hablar en serio de esto». A Teltscher le encantaba hablar del destino:

—Sí, allí me darán todos los contratos que quiera, basta con que yo quiera.

Esch le interrumpió para oponerse:

—Bueno, ya... con lo de tirar cuchillos... Pero ¿no cree usted que se podría hacer también allí un espectáculo de lucha o algo parecido?

Teltscher rió despectivamente:

—¿Acaso pretende usted irse allá con nuestras mujeres?

—¿Y por qué no?, en definitiva.

—Está usted chiflado, Esch. ¿Con ese material quiere irse? Si al menos... Pero no, allá quieren deporte de veras, y lo que hacen nuestras mujeres... —volvió a reír.

—Tal vez podría conseguirse —insistió Esch.

—¡Es una locura! Como si allí nos esperasen precisamente

a nosotros... Y además, ¿dónde conseguiría encontrar usted aquí a gente entrenada? —Teltscher reflexionaba—: Si al menos estas vacas tuvieran apariencia de tales, podríamos quizá hacer algo. Claro que únicamente en México o en América del Sur.

Esch no comprendía y a Teltscher le irritó su desconcierto.

—Bah, con la necesidad de carne que allí tienen... Si las luchas no dieran resultado, tendríamos al menos el establo preparado para las vacas, y los gastos del viaje más algunas comisiones en el bolsillo.

Esto estaba más claro. Y la imagen fotográfica de color marrón o gris que Esch tenía en la mente se convirtió en una imagen sureña de colores vivos y fantásticos. Sí, era convincente. Teltscher dijo:

—Usted ha cumplido hasta ahora su tarea a la perfección, Esch. Pues a ver si consigue reedificar nuestro circo con mujeres que tengan apariencia. Conozco a un par de personas que nos arreglarían allá este asunto. Y luego nos vamos con el cargamento.

Esch sabía que todo esto olía diabólicamente a trata de blancas. Pero él no tenía por qué enterarse; las luchas eran un negocio legal y, si acaso adquirían un aire sospechoso, no importaba demasiado: con ello quedaría un poco equilibrada la cuenta pendiente con una policía que metía en la cárcel a los inocentes. Una policía que está al servicio de la libertad y que no acepta dinero de los armadores no va a estar a la espera de este tipo de modificaciones. Ciertamente la trata de blancas no era un negocio elegante, pero en definitiva también mamá Hentjen regenta su taberna sin ninguna convicción. Tampoco a Lohberg le gusta su tienda. Y siempre es mejor llevarse a Teltscher a América con el circo que dejarle aquí lanzando cuchillos. Pasaron junto a un policía que hacía su ronda de vigilancia nocturna con aire aburrido, y a Esch le hubiera gustado asegurarle que, a pesar de todo, la policía no podría tener queja: ¡todavía les entregaría a Nentwig!; un Esch mantiene el orden y cumple con su obligación, aunque su socio sea un cerdo. «Cerraos policías» refunfuñó. El asfalto mojado brillaba como el papel de las fotografías, gris a la luz de las luces amarillas, y Esch vio ante sí la estatua de la libertad, cuya antorcha quema y redime cuanto ha quedado en el pasado, todo lo que ha sido, todo lo muerto que se echa al fuego; y si esto es asesinato, es un asesinato sobre el cual la policía no tiene ningún poder; cometido en pro de la redención. Había tomado una decisión y, cuando Teltscher al despedirse le gritó «Y no lo olvide: allí las quieren rubias, siempre rubias», Esch supo perfectamente que buscaría y traería chicas rubias. Pondría en claro sus antiguas cuentas y luego partiría con su rubio cargamento. Desde la elevada cubierta del gigante del océano contemplarían el enjambre de pequeñas embarcaciones abajo. Se despedirían del viejo mundo con un adiós para siempre. Tal vez las muchachas rubias entonarían en el barco canciones de despedida, cantarían a coro, y cuando el barco, arrastrado por los tensos cables, se deslizara a lo largo de las orillas, tal vez entonces Ilona, rubia ella también, pasearía por la costa y saludaría con la mano, una Ilona libre ya de todo peligro, y la superficie del agua sería cada vez más amplia.

En realidad tenía que reconocer que su amante era una compañera de su misma condición: una vez consumido el amor, ella no quería saber nada más. En esto mamá Hentjen se parecía a él, aunque a ella la impulsaban otras razones. Para mamá Hentjen el amor era algo tan profundamente secreto que apenas se atrevía a pronunciar la palabra. Una y otra vez olvidaba la existencia del amante, que ahora tenía finalmente y al que no podía impedir que se deslizara hasta su cuarto a la hora de la siesta o después de que se hubieran ido los últimos clientes, y su proximidad provocaba siempre en ella un helado estupor que no empezaba a desaparecer hasta que penetraban en el cuarto a media luz y en la alcoba: entonces esta sensación se convertía en un sentimiento de soledad irresponsable, y la oscura alcoba donde estaba acostada viendo el techo empezaba a oscilar y pronto dejaba de parecer una parte de la casa familiar para semejar un vehículo que colgaba libremente en el espacio de algún lugar de las tinieblas y del infinito. Solo entonces comprendía que había alguien allí, alguien que se tumbaba a su lado y se ocupaba de ella, pero no era Esch, ni siquiera nadie que ella conociera, era un ser que se había introducido extraña y brutalmente en su soledad, un ser a quien, no obstante, era imposible reprocharle su brutalidad, puesto que este ser formaba parte de la soledad, y no se le podía encontrar más que en esta soledad, un ser silencioso, amenazador y jadeante, que exigía que se mitigara su brutalidad: por eso había que jugar con él los juegos que él quisiera, y aunque fuera un juego algo forzado, resultaba extrañamente permitido, porque la soledad lo rodeaba e incluso Dios cerraba los ojos. Pero el hombre con quien compartía el lecho intuía apenas esta soledad, y ella intentó por todos los medios que él no destrozara la soledad. A él le rodea un profundo mutismo y ella no permite que se rompa este mutismo, aunque él pueda tomar este torpe silencio como estupidez o insensibilidad. En el mutismo se esfuma el pudor, pues solo la palabra ha creado la vergüenza. La sensación de ella no es de placer, sino de liberación de la vergüenza: hay tanta soledad en torno a ella que, como si estuviera sola para toda la eternidad, ya no se avergüenza de ninguna parte de su cuerpo. Él no comprende su silencio y está anonadado por ese callar impúdico, que se ofrece y lo incita en una inmovilidad animal. Ella apenas le entrega ni un suspiro, y todo él es una torturada espera y esperanza de que al fin su voz estalle en un grito libre y ronco de placer. Con frecuencia, con mucha frecuencia, él espera en vano, y entonces odia el gesto tranquilizador con que ella le invita a dormirse contra su hombro inmóvil y carnoso. Pero cada vez ella rechaza de pronto con violencia lejos de sí al amante, como si quisiera hacerle desaparecer de repente, a él y a su complicidad: ella le empuja hacia la puerta y, mientras él desciende la escalera, siente sobre su espalda la animadversión de ella. Intuye entonces que acaba de estar en el más forastero de los países y, con todo, saber esto es precisamente lo que le hace volver a ella una y otra vez, torturado y con más deseo que antes. Pues hundirse en la dicha, entregarse mudo y en silencio al impudor del sexo, despierta un anhelo invencible de obligar a la mujer a que le reconozca, de hacer que se inflame en ella el instante presente como una antorcha y extinga todo lo demás, que en el incendio alumbrador ella le entregue su intimidad y que en el silencio de la noche, que todo lo abarca, surja la voz ronca de ella diciéndole a él, el único entre todos, la palabra *tú*, como la diría a un hijo. Él ya no sabe qué aspecto tiene ella, está más allá de la hermosura y de la fealdad, de la juventud y de la vejez; constituye para él únicamente la misión silenciosa de redimirla conquistándola.

Aunque él no podía desear otra cosa en muchos sentidos, e incluso tenía que reconocer que en cierto modo aquel hechizo en que se encontraba era un amor magistral, un amor que superaba las normas vulgares, sin embargo Esch se sentía cada vez humillado cuando, al entrar en el local, mamá Hentjen, por temor a que los demás clientes notaran algo, le hacía tan poco caso que precisamente llamaba la atención y el resultado era contraproducente. Si él no hubiera querido evitar mayores conjeturas y murmuraciones, o no hubieran estado en juego los abundantes y baratos almuerzos, se habría abstenido de acudir a la taberna. Por eso se esforzaba en ser condescendiente y en hallar un justo término medio respecto a su presencia en el local; pero no lo conseguía; no acertaba a complacer a mamá Hentjen. Si aparecía, ella ponía mala cara y a todas luces deseaba que se marchara; si no aparecía, ella le preguntaba después venenosa y sibilante si se había escondido en casa de su negra.

Teltscher era de la opinión de que, por simple sentido de la decencia, tenían que ofrecerle a Gernerth la posibilidad de participar en el proyecto sudamericano. Con ello, a los ojos de Esch, el proyecto adquiría solidez. Pero Gernerth rehusó, aludiendo a su familia, que en otoño, en cuanto dispusiera de alojamiento, quería traerse consigo. O sea que solo quedaba como socio aquel cabeza vacía de Teltscher. Con él, desde luego, no se podían esperar grandes cosas, pero tampoco era cuestión de aplazar el asunto; Esch se puso inmediatamente a la tarea de re-clutamiento y empezó a buscar luchadoras aptas para ser exportadas. Tal vez en semejante ocasión se podría contratar realmente a la negra de que habían hablado; ello constituiría, naturalmente, una diversión extra.

Visitó de nuevo los burdeles y las tabernas, y si a veces sentía un ligero remordimiento, se debía únicamente a que, caso de enterarse la señora Hentjen, no admitiría jamás que él se dedicaba a semejantes tareas por razones comerciales. Como prueba, por así decirlo, de su indiferencia erótica, y en cierto modo como una coartada moral, aunque insensata, llevó sus pesquisas comerciales hasta los locales del amor homosexual, locales que hasta entonces había rehuido temerosamente. No obstante, tenía la sensación de que quizá le llevaba a estos locales otro motivo. Cuanto allí sucedía debía en pura lógica haberle dejado indiferente, y en cambio era curioso el horror que experimentaba al ver bailar juntos a dos hombres mejilla con mejilla. No podía evitar recordar siempre la primera vez que estuvo en uno de esos antros inmundos, y cómo él, un muchacho a quien habían echado a rodar por el mundo sin que apenas hubiera conocido a su madre, sintió terribles deseos de huir y refugiarse junto a ella cuando vio por vez primera a un invertido, vestido con traje largo de seda y corpiño, que cantaba con voz de falsete canciones obscenas. Cuando ahora volvía a ver semejante porquería y se tragaba las náuseas que le provocaba la visión de estos homosexuales, pensaba que mamá Hentjen, aquella zorra, podría realmente comprender cuán poca diversión le proporcionaban sus gestiones comerciales. Dios sabía que él hubiera preferido mil veces refugiarse junto a ella, antes de andar por ahí teniendo que buscar algo parecido a la inocencia perdida. Era totalmente ridículo imaginar que uno pudiera encontrar en esa sociedad al presidente de una compañía naviera, teniendo en cuenta que tales maricones no son en manera alguna mercancía apta para todo un presidente. De todos modos, en esta cofradía uno tiene que estar preparado para cualquier sorpresa. Y como el ser humano en situaciones atrevidas tiene necesidad de un absoluto dominio de sí mismo, Esch se guardaba mucho de romperles el hocico pintarrajeado a aquellos hombrecillos cuando le dirigían la palabra; por el contrario, se mostraba amable, les ofrecía licores dulces, preguntaba cómo les iba todo y —caso de hacerle ellos confidencias— se interesaba por sus fuentes de ingresos y por los padrinos que pagaban. Ciertamente a menudo se sorprendía de encontrarse escuchando aquellas absurdas charlas, pero acechaba el momento en que surgía el nombre del presidente Bertrand. Entonces la imagen que tenía de aquel hombre elegante, de contornos finamente dibujados, imagen casi inasequible y sobrenatural, adquiría lentamente matices de color, una tonalidad curiosamente suave y se empequeñecía ligeramente al hacerse más intensa y más concreta: aquel hombre recorría el Rin en un yate con motor, y tenía los marineros más hermosos; todo era blanco y celeste en aquel barco de ensueño; en cierta ocasión llegó a Colonia y el pequeño Harry tuvo la suerte de poder echarse en sus brazos; navegaron hasta Amberes en el yate encantado y en Ostende vivieron como dioses; mas por lo general no presta atención a gente como nosotros; su castillo se yergue en un enorme parque cerca de Badenweiler; en sus praderas pacen los ciervos y las flores más exóticas exhalan su perfume; allí reside él, cuando no se encuentra en un país lejano; no recibe a nadie y sus amigos son ingleses o indios indescriptiblemente ricos; posee un automóvil tan grande que puede usarlo para dormir durante la noche. Es más rico que el káiser.

Poco faltó para que Esch olvidara sus gestiones, tanto le obsesionaba el deseo de encontrar a Harry Köhler; y cuando lo consiguió, el corazón le latió apresuradamente y se comportó con él con absoluto respeto, como si no supiera que el chico no era más que un degenerado. Olvidó su odio, olvidó que Martin tenía que sufrir penalidades para que aquellos muchachitos pudieran darse buena vida; sí, casi se sintió celoso por no poder ofrecer al muchacho algo semejante a aquello a lo que sus finas y ricas relaciones le tenían acostumbrado; únicamente tenía una entrada para las luchas e invitó con toda amabilidad al señor Harry. Pero este no se dejó impresionar, con cara de asco e indiferencia se limitó a decir: «Puah», y Esch se sintió avergonzado por haber propuesto algo fuera de tono, pero como al propio tiempo se sintió molesto dijo rudamente: «Claro, yo no puedo invitarle a usted a mi yate». «¿Qué se figura usted?», fue el comentario del otro, dicho en un tono de desconfianza, pero con dulzura. Alfons, el músico gordo y rubio que estaba sentado a la mesa, sin chaqueta y con una camisa floreada de seda, mostrando unas redondeces que daban la impresión de ser pechos de mujer, rió enseñando sus blancos dientes: «Se figura la verdad, Harry». Harry puso cara contrita: «Confío en que su intención, señor mío, no sea la de ofender». «Ni mucho menos», manifestó Esch, batiéndose en retirada; únicamente se había lamentado porque sabía que el señor estaba acostumbrado a cosas más finas. Harry, con una débil sonrisa de resignación, hizo un gesto con la mano: «Está olvidado». Alfons le acarició el brazo: «No te atormentes, pequeño, ¡hay tantos que quisieran consolarte!». Harry movió la cabeza en un ademán de dulce melancolía: «Solo se ama una vez en la vida». Este habla como Lolhberg, pensó Esch, y dijo: «Es verdad». Pues aunque el idiota de Mannheim pocas veces tenía razón, en este caso sí podía estar en lo cierto, y Esch repitió: «Sí, es verdad».

Harry, ostensiblemente satisfecho de hallar aprobación, miró agradecido a Esch, pero Alfons, que no quería oír aquello, se ofendió: «¿Y la amistad que se te brinda, Harry, no significa nada para ti?». Harry movió la cabeza: «¿Qué es esa pobre intimidad que vosotros llamáis amistad? ¡Como si el amor tuviera algo que ver con vuestra amistad y con esa intimidad!». «Vaya, pequeño, tú tienes una visión muy personal del amor», dijo Alfons con ternura. Harry, como bajo el influjo de un recuerdo, añadió: «El amor es una gran extrañeza». Esch no pudo evitar acordarse del silencio de la señora Hentjen, mientras Alfons decía: «Para un pobre músico esto es demasiado elevado, pequeño mío». La orquesta hacía mucho ruido y Harry, que se había inclinado sobre la mesa para no tener que hablar a gritos, dijo en voz baja y confidencial: «El amor es una gran extrañeza: lo forman dos seres y cada uno se halla en un astro distinto y ninguno de los dos puede saber nunca nada del otro. Y de pronto ya no hay distancia ni tampoco existe el tiempo y los dos se han fundido el uno en el otro, de modo que ya no saben nada ni de sí mismos ni del otro. Esto es el amor». Esch pensó en Badenweiler: un amor oculto en un oculto castillo; algo destinado, desde luego, a Ilona. Pero mientras reflexionaba sobre ello, sintió un dolor lacerante: nunca lograría averiguar si el señor y la señora Hentjen se habían amado y encontrado el uno al otro dentro de esta elevada modalidad del amor o en otra distinta. Harry prosiguió y era como si estuviera recitando un pasaje bíblico: «Solo en la más terrible sublimación de la extrañeza, cuando esta es llevada, por así decirlo, al infinito, puede florecer lo que puede considerarse como la meta inaccesible del amor y que, de suyo, lo constituye: el misterio de la unidad... Sí, eso es». «¡Salud!», dijo Alfons en tono triste, pero a Esch le pareció como si el muchacho hubiera recibido sabiduría de lo alto, y concibió la esperanza de que esta sabiduría que albergaba el muchacho contuviera también la respuesta a sus propias preguntas. Y, aunque sus ideas no coincidían con las de Harry, dijo lo que ya en una ocasión había dicho a Lohberg: «Pero entonces nadie tiene derecho a sobrevivir», y al decirlo tenía la seguridad, en parte satisfactoria y en parte amarga, de que la viuda Hentjen, precisamente por estar todavía viva, no podía haber amado a su marido. Alfons le susurró a Esch: «¡Por todos los santos del cielo!, no diga usted tales cosas delante del pequeño», pero ya no sirvió para nada; Harry le miraba horrorizado, y con voz opaca, algo más oscura de lo normal, dijo: «De todos modos, yo no vivo ya». Alfons le tendió el vaso lleno hasta arriba de licor: «Pobre muchacho, desde aquella historia siempre dice cosas así... Lo echó a perder completamente». Esch se sintió devuelto bruscamente a la realidad; fingió no saber nada: «¿Quién?». Alfons se encogió de hombros: «Pues quién va a ser, el gran dios, el ángel blanco...». «¡Calla la boca o te arranco los ojos!», rugió Harry. Esch, a quien el muchacho inspiraba lástima, dijo autoritariamente a Alfons: «¡Déjale en paz!». Harry se echó de pronto a llorar histéricamente: «Yo no vivo ya, yo no vivo ya...». Esch no sabía qué hacer, puesto que no podía emplear los mismos recursos que solía usar con las chicas que lloraban. O sea que aquel hombre había destruido también la vida de este chico; quería hacer algo por Harry y por eso dijo: «Mataremos a tiros a ese Bertrand». Harry dio un grito: «¡No harás eso!». «¿Por qué no? Debería alegrarte, bien merecido lo tiene.» «Tú, tú no harás eso...», el pequeño chillaba con los ojos desorbitados, «... tú no puedes tocarlo siquiera...» A Esch le molestó que el muchacho fuera tan tonto y que no se diera cuenta de su buena intención. «Un cerdo de tal calaña merece ser degollado», insistió. «No es un cerdo», dijo Harry en tono suplicante, «es lo más noble, lo más sublime, lo más hermoso que existe sobre la tierra.» En cierto sentido, el muchacho tenía razón: uno no podía hacerle nada a aquel hombre. Esch estuvo a punto de prometérselo. «No tiene cura», dijo Alfons melancólico apurando su licor. Harry, con el rostro entre los puños, empezó a reír balanceándose como una pagoda: «Él y un cerdo, él y un cerdo»; después su risa se transformó de nuevo en sollozos. Cuando Alfons quiso atraerlo sobre su gordo pecho cubierto de seda, Esch tuvo que intervenir para evitar un escándalo. Ordenó a Alfons que se largara con viento fresco, y dijo a Harry: «Nos vamos. ¿Dónde vives?». El muchacho, convertido ahora en un ser carente de voluntad, le dio obediente la dirección. Ya en la calle, Esch le cogió del brazo, como lo hubiera hecho con una mujer, y, ofreciendo protección uno y recibiéndola otro, ambos se sintieron felices. El viento soplaba suavemente procedente del Rin. Frente a la puerta de su casa, Harry se estrechó contra Esch y dio la impresión de que iba a ofrecer su rostro al hombre para que lo besara. Esch le empujó hacia dentro. Pero Harry salió de nuevo y le susurró: «Tú no le harás nada», y antes de que Esch tuviera tiempo de reaccionar, el muchacho le abrazó, le besó torpemente la manga y desapareció dentro de la casa.

La afluencia de público a las luchas disminuía notablemente y era necesario activar la propaganda. Sin consultar a los otros, Esch decidió pedir que apareciera un comentario del espectáculo en el *Volkswacht*. Pero cuando se encontró ante la sucia puerta blanca de la redacción, descubrió claramente que le había traído hasta aquí otro motivo distinto. De suyo, esta visita era inútil y tonta: todo el asunto de los combates femeninos le importaba ya muy poco, pues ni siquiera servía de nada a Ilona, también para Ilona debía ocurrir algo más importante, más definitivo, y comprendía también que *Volkswacht* no publicaría ninguna reseña, si hasta ahora no lo había hecho debido a algún prejuicio proletario. En el fondo, la actitud del periódico socialista era loable; por lo menos allí existía una derecha y una izquierda, existía una separación nítida entre la visión burguesa del mundo y la proletaria. En realidad habría que hacerle ver a mamá Hentjen que tal fuerza de carácter existía de verdad: entonces ella dejaría de despreciar a estas gentes que eran socialistas convencidos pero condenaban como ella los combates, y tendría que dejar de mirar por encima del hombro al socialista Martin. Esch, al pensar en Martin, se desconcertó; ¡solo el diablo podía saber qué buscaba hoy él, August Esch, en esta redacción!; era evidente que no era nada relacionado con los combates. Al entrar todavía daba vueltas en su mente a estos pensamientos, y hasta que el redactor, de forma sumamente molesta, demostró no acordarse de él y Esch tuvo que refrescarle la pésima memoria aludiendo al asunto de la huelga, no se dio perfecta cuenta de que el motivo de su visita era Martin. Esch estalló:

—Tengo una noticia muy importante para usted.

—¡Ah, la huelga! —y el redactor quiso restar importancia al asunto con un gesto displicente—. Hace ya mucho de eso.

—Desde luego —repuso Esch irritado—, pero Geyring sigue en la cárcel.

—Bien, ¿y qué? Le salieron tres meses.

—Pero es necesario hacer algo —se oyó Esch decir a sí mismo en un tono de voz mucho más alto del que tenía intención de usar.

—Bueno, a mí no me grite. No fui yo quien le metió en la cárcel.

Esch no era hombre que cediera fácilmente:

—Hay que hacer algo —repitió impaciente y testarudo—. Conozco a los muchachos con los que trata nuestro inmaculado Bertrand... ¡Están en Colonia, no en Italia! —concluyó con tono de triunfo.

—Los conocemos desde hace muchos años, querido amigo y camarada. ¿Es esta la novedad que quiere anunciarnos?

Esch comprendió que perdía terreno:

—Entonces, ¿por qué no actúan ustedes? Martin se sacrificó.

—Querido camarada —dijo el otro—, me parece que tiene usted unas ideas algo infantiles. Por otra parte debería usted saber que vivimos en un estado de derecho.

Esperaba que ahora Esch se marcharía, pero Esch no se movió, y los dos hombres estuvieron sentados un rato el uno frente al otro, sin saber qué hacer ni qué decirse, sin comprenderse, contemplando tan solo su mutua desnudez y fealdad. En las mejillas de Esch aparecieron rojas manchas de indignación y se fueron extendiendo por la piel oscura. El redactor, con su chaqueta de pana marrón y aquella cara un poco llena con un bigote castaño y caído, era, como la pana de su chaqueta, blando y fuerte al mismo tiempo. En esta concordancia había cierta coquetería y Esch recordó la amanerada forma de vestir de los chicos de los locales masculinos. Se sintió agresivo:

—¿O sea que ustedes protegen a ese maricón? Y el otro, entretanto, puede pudrirse en la cárcel —torció la boca con cara de asco y mostró su dentadura de caballo.

El redactor perdió la paciencia:

—Dígame, querido señor, ¿y a usted qué le importa todo esto?

Esch perdió los estribos:

—Ustedes evitan adrede todo aquello que podría salvarle... No publicaron el artículo y protegen al tipo ese, a ese Bertrand que le llevó a la cárcel... ¡Y pretenden pasar por defensores de la libertad! —rió con amargura—. ¡Pues sí que está en buenas manos la libertad!

Evidentemente es un loco, pensó el redactor, y por eso respondió con calma:

—Oiga, periodísticamente no es posible que publiquemos como una noticia lo que usted nos comunica con semanas o meses de retraso: esto...

Esch se levantó de un salto:

—¡Ya tendrán ustedes noticias frescas mías! —gritó, y salió cerrando de un golpe tras sí la sucia puerta blanca, que no encajó bien y se quedó oscilando y dando golpes.

En la calle se detuvo perplejo. ¿Por qué se había comportado así? ¿Acaso podía él evitar que aquellos socialistas fuesen unos cerdos? De nuevo había que reconocer que mamá Hentjen tenía toda la razón al sentir desprecio por aquella chusma. «Prensa vendida», dijo para sí. Y sin embargo había ido allí con las mejores intenciones, había querido brindarles la oportunidad de justificarse ante la señora Hentjen. De nuevo las cosas y los criterios habían empezado a dislocarse y a mezclarse de forma sumamente irritante. Un hecho estaba claro: el redactor se había comportado como un cerdo, en primer lugar porque eso era y en segundo lugar porque pretendía proteger al presidente Bertrand con todos los medios de una prensa vendida, sí, una prensa vendida. Y aquel señor presidente era un auténtico cerdo, por más que el pequeño se negara a admitirlo y por muy intocable que fuera aquel presidente-cerdo. En contrapartida, lo que el pequeño había dicho acerca del amor era muy exacto. ¡Qué confusión! A lo sumo una sola cosa estaba clara: la señora Hentjen no podía haber amado a su marido; la habían obligado a casarse con aquel cerdo. Y como Esch odiaba cada vez más el mundo que le rodeaba, y odiaba a los cerdos, a los que habría que degollar tal y como se merecen los cerdos, odiaba también cada vez más declaradamente al presidente Bertrand, lo odiaba tanto por sus vicios como por su crimen. Intentó imaginárselo sumergido en su opulencia, con un grueso puro en la mano, sentado a la mesa en un sillón tapizado en su castillo, y cuando esta imagen elegante surgió por fin de la niebla del tabaco, fue una imagen parecida a la de un sastre presumido, una imagen muy semejante al retrato del señor Hentjen que colgaba sobre la cornisa de la taberna.

Para la fiesta de cumpleaños de mamá Hentjen, que todos los años era debidamente festejada por los clientes habituales de la taberna, Esch había adquirido una pequeña estatua de la libertad en bronce, y este regalo le parecía muy significativo, no solo porque aludía al futuro en América, sino porque formaría una magnífica pareja con la figura de Schiller con la que había conseguido tanto éxito. Al mediodía se presentó con la estatuilla.

Desgraciadamente fue un fracaso. Si él le hubiera entregado el regalo a solas, ella habría estado con certeza en disposición de poder ver la belleza de la figura; pero el pánico que la invadía ante cualquier acercamiento en público o cualquier familiaridad, la dejó tan ciega que no demostró ninguna alegría, ni tampoco mostró el más mínimo entusiasmo cuando él, como disculpándose, observó que la estatuilla tal vez quedaría muy bien junto a la reproducción del monumento a Schiller. «Sí, como a usted le parezca…», dijo ella indiferente, y esto fue todo. Naturalmente ella hubiera podido llevarse el regalo a su habitación como adorno; pero para que él no imaginara que todo cuanto traía merecía un sitio de honor y para que comprendiera de una vez por todas que ella quería defender todavía la pureza de su habitación, subió a buscar el monumento a Schiller y lo colocó en la repisa junto a la nueva estatua de la libertad, al lado de la torre Eiffel. Ahora estaban allá juntos el cantor de la libertad, la estatua americana y la torre francesa como símbolo de unas convicciones que la señora Hentjen no compartía, y la estatua levantaba el brazo y alargaba su antorcha en dirección al señor Hentjen. Esch sintió su regalo profanado por la mirada del señor Hentjen y le hubiera gustado exigir que, al menos, se pusiera el retrato un poco más lejos; pero, de todos modos, ¿de qué hubiera servido? El local que el señor Hentjen había marcado con su personalidad seguiría siendo el mismo, y casi prefería que todo continuara en su sitio, clara y honestamente. ¿Para qué pretender mantener en secreto innoblemente algo que era imposible ocultar? Esch descubrió que no le atraía allí solamente la baratura de la comida, que recibía en abundancia bajo la mirada del señor Hentjen, sino que también necesitaba aquel rostro para alguna cosa secreta, como si fuera un condimento especial y amargo de aquella comida: era la misma amargura inevitable con que él se dejaba humillar por el malhumorado comportamiento de mamá Hentjen, y se sintió irremediablemente vencido por ella cuando la mujer le murmuró hoscamente que podía ir a verla aquella noche.

Pasó toda la tarde pensando lúbricamente en los realistas ritos amorosos de mamá Hentjen. Y de nuevo le torturó aquel realismo, que formaba un cruel contraste con las reticencias habituales en ella. ¿En qué noches había adquirido ella tales hábitos? Una esperanza, en la que ni él mismo creía, empezó a nacer en su espíritu: todo esto desaparecería en cuanto estuvieran en América, pero la dulzura de esta esperanza se esfumó ante la excitación que le produjo notar en el bolsillo la llave de la puerta de ella. Sacó la llave, la puso en la palma de la mano y sintió el suave contacto del hierro. Ella se había negado a aprender el idioma inglés, pero el aliento del futuro soplaba de nuevo por las callejas. La llave de la libertad, pensó Esch. La catedral se erguía gris en el atardecer, sus torres se destacaban con su color gris acero, rodeadas por el hálito de lo nuevo y lo inusitado. Esch contó las horas que faltaban para la noche. Más importante que el Alhambra era encontrar muchachas para Sudamérica. Cinco horas, y después abriría la puerta de la casa. Esch se imaginó la alcoba, la vio a ella tendida en la cama: pensar que se deslizaría junto a ella, que ella se estremecería al contacto de su piel y de su ardor, le dejaba sin aliento y con la boca reseca. Porque todavía la semana anterior, y todas las semanas anteriores, ella le había acogido con sorda inmovilidad, y aunque aquel breve y estático estremecimiento fuera casi imperceptible, no obstante la masa de lo habitual se había abierto por algún sitio, por algún sitio insignificante pero virginal, y había sido como una señal de futuro y de esperanza. A Esch le pareció impropio entrar hoy, día del cumpleaños de mamá Hentjen, en locales de prostitutas, y se dirigió al Alhambra.

Cuando más tarde llegó a la taberna, observó ya desde lejos el resplandor amarillo que se proyectaba sobre el pavimento. Los postigos acristalados de las ventanas estaban abiertos, y dentro se veía a la homenajeada, rígida en su traje de seda, rodeada de clientes bullangueros; sobre la mesa había una ponchera. Esch se detuvo en la oscuridad; le repugnaba entrar. Dio media vuelta y se alejó, no para ir en busca de locales nocturnos donde cumplir con su trabajo de reclutamiento, sino para correr furioso por las calles. En el puente sobre el Rin se apoyó en la baranda de hierro, contempló el agua negra y los hangares de la otra orilla. Las rodillas apenas le sostenían, tanto deseaba hacer saltar el rígido corsé dentro del que se ocultaba la mujer; las ballenas estallarían en la salvaje lucha que forzosamente se produciría. Con el rostro vacío de expresión, regresó pesadamente a la ciudad, deslizando la mano por los barrotes de la baranda del puente.

La casa estaba a oscuras. Mamá Hentjen, con una palmatoria en la mano, le esperaba en lo alto de la escalera. Él apagó sencillamente la vela y abrazó a la mujer. Pero ella ya se había quitado el corsé, y no solo no ofreció resistencia, sino que le dio un beso suave. Y aunque este saludo le sorprendió y era tal vez tan extraño como aquel estremecimiento que él aguardaba con impaciencia, el beso, no obstante, le hizo ver con claridad, de modo terrible e indudable, que formaba también parte de sus antiguas costumbres el terminar la celebración del día de su cumpleaños con una noche de amor; y cuando llegó el ansiado momento en que un estremecimiento de felicidad recorrió el cuerpo de la mujer, Esch experimentó un dolor furioso al pensar que la piel del señor Hentjen y su cuerpo, que prefería no imaginarse en semejante postura, habían provocado en ella idéntico estremecimiento: el fantasma que él se figuraba desterrado para siempre aparecía de nuevo, más sarcástico, más invencible que nunca, y para vencerlo, para demostrar también a la mujer que allí solo existía él, se echó con furia sobre ella y le clavó su dentadura caballuna en el hombro carnoso. Tuvo que dolerle, pero ella soportó el dolor en silencio, si bien con una expresión como si fuera ella quien estuviera mordiendo algo, un limón tal vez, y cuando él, extenuado, se apartó un poco, ella le rodeó con su pesado y torpe brazo, con agradecimiento, pero tan fuertemente que él apenas podía respirar e intentó liberarse encolerizado. Más ella no aflojó su abrazo y le habló —era la primera vez que ella le hablaba en esta alcoba—, le habló con su habitual tono opaco y comercial, en el cual, de haber sido Esch más sensible, habría notado algo parecido al miedo: «¿Por qué has venido tan tarde...? ¿Porque soy un año más vieja?». Esch quedó tan perplejo al oírla hablar que no comprendió el sentido de sus palabras, ni lo intentó siquiera: el imprevisto sonido de su voz fue para él como una conclusión, como un rayo de luz en medio de una hilera interminable y dolorosa de ideas, como una prueba de que todo podía cambiar. Esch dijo: «Estoy harto. Hay que terminar». A la señora Hentjen se le heló la sangre en las venas; casi no podía mover el brazo, que seguía rodeando los hombros de Esch, porque se había quedado rígida, fría, con el cuerpo inerte; el brazo resbaló sin fuerza. Solo comprendía que no debía mostrar su consternación a un hombre, que debía darle ella el pasaporte antes de que él se fuera, y con un gran esfuerzo logró decir en voz baja: «... yo no me he de oponer». Esch pasó por alto estas palabras y añadió: «La semana que viene me iré a Baden». ¿Por qué tenía que comunicárselo a ella? En cierto modo se sintió halagada, ya que la resolución de terminar, por lo que parecía, le turbaba tanto que le impulsaba a poner tierra de por medio. Pero, si realmente quería terminar, no era lógico que volviera a oprimir la boca contra su hombro. ¿O quería simplemente saciar su placer hasta el último instante? ¡De los hombres puede esperarse todo! Sin embargo ella concibió nuevas esperanzas y, aunque le resultaba tremendamente difícil hablar, preguntó: «¿Por qué? ¿Hay allá también una muchacha como la de Ober-Wesel?». Esch rió: «Sí, chicas así también las hay, claro». La señora Hentjen se indignó al ver que, por si fuera poco, él se burlaba de ella: «No tiene ningún mérito hacer escarnio de una débil mujer». Esch seguía pensando en la mujer de Badenweiler y eso aumentó su risa: «Oh, no, no es tan débil esa». La desconfianza de la señora Hentjen aumentó: «¿Quién es?». «Misterio.» Ella guardó silencio, resentida, y soportó inmóvil sus nuevas caricias. Y entre ellas preguntó: «¿Para qué necesitas otra?». Él se resistía a reconocer que esta mujer, con su forma de entregarse, realista, casi oficinesca, y sin embargo tan extrañamente reticente y casta, le proporcionaba mucho más placer y despertaba más agudamente su deseo que cualquier otra, y que en realidad no necesitaba otra mujer. Ella repitió: «¿Para qué necesitas otra mujer? Basta con que lo digas, si es que no soy lo suficiente joven para ti». Esch no respondió, porque de repente le emocionó y llenó de dicha que ella hablase, ella que, hasta ahora, había yacido siempre muda entre sus brazos, moviendo la cabeza, tan muda, tan inmutablemente muda como si aquel silencio hubiera sido una herencia de la época del señor Hentjen. Ella notó su embeleso, y añadió con orgullo: «No necesitas a una joven; puedo competir con cualquier muchacha…». Esto es una locura, pensó Esch dolorosamente, o miente. Y se acordó también con dolor de Harry; lo dijo: «Solo se ama una vez», y como la señora Hentjen dijera simplemente «sí», como si quisiera dar a entender que era a él a quien amaba, se evidenció que realmente mentía: pretendía sentir asco de los hombres, y se sentaba a beber con ellos y permitía que festejaran su cumpleaños; ahora pretendía amarle únicamente a él, cuando en realidad era fría y mecánica. Pero tal vez nada fuera cierto; ella no tenía hijos. De nuevo su deseo de claridad y de absoluto chocó contra un muro infranqueable. ¡Si al menos todo hubiera pasado ya, si hubiera concluido! El viaje a Badenweiler le pareció en este momento un preludio necesario, un indispensable ejercicio previo al viaje a América. Ella, evidentemente, se dio cuenta de que él pensaba en los viajes, pues preguntó:

—¿Qué aspecto tiene?

—¿Quién?

—Bah, la muchacha de Baden.

¿Y Bertrand, qué aspecto tenía? Y más agudamente que nunca reconoció que solo podía imaginar a Bertrand con la imagen de Hentjen. Y dijo bruscamente:

—La foto se tiene que quitar.

—¿Qué foto? —dijo ella sin comprender.

—La de allá abajo —Esch no se atrevió a pronunciar el nombre—, la que está sobre la torre Eiffel.

Ella empezó a comprender, pero se opuso por principio, porque él quería meterse en sus cosas:

—Nunca había molestado a nadie.

—Precisamente por eso —insistió él testarudo, y mientras veía cada vez con mayor claridad que debía ajustar cuentas con Bertrand para liquidar su asunto con Hentjen, continuó con su idea—: Hay que terminar en todos los sentidos.

—Bien... —dijo ella indecisa, y luego, ofuscada su capacidad de comprensión por la rebeldía, agregó—: ¿Terminar con qué?

—Nos vamos a América.

—Sí —dijo ella—, ya lo sé.

Esch se había levantado. Le hubiera gustado pasear por el cuarto, como solía hacer cuando algo le preocupaba, pero en la alcoba no había espacio y en la sala estaban las nueces. Por tanto, se sentó en el borde de la cama. Y aunque quería repetir tan solo las palabras de Harry, las palabras sufrieron una modificación en sus labios:

—El amor solo es posible en el extranjero. Si uno quiere amar de verdad, tiene que empezar una nueva vida y destruir todo lo viejo. Solo en una vida nueva, totalmente extraña, en la que todo el pasado esté tan muerto que ni necesite ser olvidado, pueden dos seres unirse hasta tal punto que para ellos deje de existir el tiempo pasado y deje de existir el mismo tiempo en sí.

—Yo no tengo pasado —dijo mamá Hentjen ofendida.

—Solo entonces —dijo Esch con una mueca perversa muy propia de él y que la señora Hentjen afortunadamente no vio en la oscuridad—, solo entonces ya no habrá que renegar de nada, porque existirá la verdad y la verdad es intemporal.

—Yo nunca he renegado de nada —se defendió mamá Hentjen.

Esch no se dejó confundir:

—La verdad no tiene nada que ver con el mundo, no tiene nada que ver con Mannheim —casi gritaba—, no tiene nada que ver con este viejo mundo.

Mamá Hentjen suspiró. Esch la miró intensamente:

—No hay por qué suspirar; es necesario liberarse del viejo mundo, para ser uno mismo liberado.

Mamá Hentjen volvió a suspirar y, en tono preocupado, dijo:

—¿Y qué va a ser del café? ¿Lo venderemos?

—Hay que hacer algún sacrificio —repuso Esch con firmeza—, pues sin sacrificio no existe redención.

—Si nos vamos de aquí, tendremos que casarnos... —y la voz de mamá Hentjen volvió a reflejar cierto miedo—. ¿Soy demasiado vieja para ti, para que te cases conmigo?

Esch, sentado en el borde de la cama, la contempló a la oscilante luz de la vela. Dibujó con el dedo el número 37 sobre la colcha. Le habría podido dedicar una tarta con treinta y siete velitas; pero era mejor así, ella ocultaba su verdadera edad, solo habría conseguido enfadarla. Esch observó sus rasgos pesados e inertes y de pronto deseó verla aún más vieja. Le parecía más seguro, aunque no sabía por qué. Si ella, de golpe, recobrara la juventud y estuviera ahí tendida con el vestido dorado de la adolescencia, el sacrificio se estropearía. Y tenía que haber sacrificio, el sacrificio tenía que ser cada vez mayor con su entrega a esta mujer que envejecía, a fin de que se estableciera el orden en el mundo e Ilona estuviera a salvo de los cuchillos, a fin de que el estado de inocencia pudiera ser devuelto a todos los vivientes, a fin de que nunca más tuviera que pudrirse un alma en la cárcel. Bueno, en verdad era absolutamente seguro que mamá Hentjen se volvería vieja y fea. El mundo se le aparecía como un corredor liso, pulido e infinito. Pensativo, dijo:

—Habría que recubrir el local con linóleo marrón. Quedaría bonito.

Mamá Hentjen sintió revivir sus esperanzas:

—Sí, y también pintarlo; toda la casa está ya en mal estado. Todos estos años no se ha hecho nada... Pero si tú quieres irte a América...

—Todos estos años... —repitió Esch.

Mamá Hentjen se creyó obligada a justificarse:

—Hay que ahorrar y se va dejando de un año para otro... Y así pasa el tiempo... —Y tras una pausa añadió—: Y uno se hace viejo.

—Cuando no se tienen hijos es ridículo ahorrar —dijo Esch enojado—. Para mí no ha ahorrado nadie.

Pero mamá Hentjen no le escuchaba. Solo le interesaba una cosa: si merecía la pena hacer pintar la taberna.

—¿Me llevarás contigo a América? —le preguntó—. ¿O te llevarás a una joven?

—¿Qué demonios significa ese eterno hablar de juventud y de vejez? Ya no habrá jóvenes ni viejos... Ni siquiera existirá ya el tiempo.

Se quedó cortado. Los viejos no pueden tener hijos. Tal vez esto formaba parte del sacrificio. Pero en estado de inocencia nadie concibe tampoco hijos. Las vírgenes no tienen hijos. Y mientras se deslizaba de nuevo en la cama concluyó:

—Entonces todo será sólido y seguro. Y lo que uno haya dejado tras de sí ya no podrá causarle ningún daño.

Colocó la sábana debidamente y, con mucho cuidado, cubrió también los hombros de mamá Hentjen. Luego cogió el apagavelas de bronce que colgaba de la palmatoria, y que el señor Hentjen habría usado también en semejantes ocasiones, y lo encasquetó sobre la vacilante llama de la vela.

III

Mannheim está en el camino hacia Baden. Y Esch recordó que existen deberes de amistad. Había algo que desde hacía tiempo le preocupaba y ahora sabía lo que era: en un negocio con tantos altibajos, uno no podía descuidar las inversiones de los amigos. Hasta ahora se habían podido obtener unos beneficios de más del cincuenta por ciento y esto estaba muy bien, pero había llegado el momento de poner a salvo lo ganado. Fuera del negocio. Sus trescientos marcos eran otra cosa. Caso de que se perdieran, sería simplemente justo. Porque ganar un cincuenta por ciento y además vivir dos meses y no vivir mal... ¿Dónde quedaba el sacrificio con que uno pretendía liberar a Ilona? ¡Y costear la huida hacia la libertad, hacia América, con dinero pecaminoso era evidentemente una cuenta falsa! Había llegado, pues, la hora de enviar al infierno los combates junto con el dinero. Mamá Hentjen llevaba sobrada razón con su profecía de que tanto él como ese tinglado de teatro femenino acabarían en la vergüenza y en la infamia.

Pero ahora se trataba del dinero de Lohberg y de Erna. Tratar el asunto con Gernerth no resultaba fácil: por las noches el señor director se deshacía en lamentaciones sobre la sala vacía y durante el día era ilocalizable; nunca estaba en el Alhambra, no aparecía por su alojamiento, y en las oficinas de Oppenheimer había dos sucias habitaciones sin nadie en ellas.

Si se le preguntaba dónde comía, respondía: «Bah, yo me conformo con un bocadillo; un padre de familia no puede permitirse lujos», lo cual, por supuesto, no respondía a la realidad, pues aquella vez en que un grupo de turistas ingleses se dirigía de la catedral al hotel de enfrente, ¿quién salió del vestíbulo marmóreo del Hotel de la Catedral? El señor Gernerth en persona, ahíto y con un grueso cigarro en la boca. «Visitas de prestigio, querido amigo», había dicho, y se marchó enseguida, como si uno fuera incapaz de comprender que viviera en el Hotel de la Catedral, aun con toda su familia. Pero hoy las cosas habían cambiado: ¡el señor director no podría escapar!

Aquella noche abrió Esch la puerta de la dirección, la cerró tras sí con una sonrisa, se metió la llave en el bolsillo del pantalón y, con la misma sonrisa, presentó al atrapado Gernerth una impecable «Nota de liquidación de beneficios a favor del señor Fritz Lohberg y de la señorita Erna Korn», que demostraba que los susodichos, por su aportación de capital por valor de dos mil marcos, debían percibir una ganancia de mil ciento veintitrés marcos, suma total tres mil ciento veintitrés marcos, y al pie se leía «lo firma por poderes August Esch». Además él también quería su dinero. Gernerth puso el grito en el cielo. En primer lugar Esch carecía de poderes legalizados y en segundo lugar los combates no habían terminado todavía y no se suele hacer reembolso de capital ni reparto de beneficios en un negocio que aún está en marcha. Discutieron durante un buen rato, y finalmente Gernerth, entre profundas lamentaciones, se avino a pagar a Esch la mitad de la suma solicitada para Lohberg y Erna, mientras que la otra mitad continuaba invertida en el negocio y les daba derecho a los futuros beneficios posibles. Para sí mismo, Esch no logró sacar más que cincuenta marcos para el viaje. Tal vez había sido demasiado condescendiente. No obstante, tenía suficiente para el viaje.

La señora Hentjen había acudido a la estación vestida con

su traje de seda marrón, y miraba continuamente a su alrededor para ver si había algún conocido que pudiera hacerla objeto de habladurías. Porque, pese a lo temprano de la hora, había mucha gente. En el otro andén se estaba formando un tren que saldría en dirección contraria y al que habían añadido algunos vagones para emigrantes, checos o húngaros, y en torno a los emigrantes se afanaban algunos miembros del Ejército de Salvación. Estaba muy bien que mamá Hentjen le hubiera acompañado; ya iba siendo hora de que ella prescindiera de aquellos absurdos ocultamientos. Pero ante los emigrantes y ante los miembros del Ejército de Salvación, Esch sintió remordimientos. «Cofradías de idiotas», refunfuñó. Dios sabía por qué se alteraba tanto. Cuando una de las chicas salvacionistas pasó cerca de ellos, Esch miró hacia otra parte. La señora Hentjen se dio cuenta: «¿Te da vergüenza que yo esté aquí? ¿Acaso va contigo tu amiga?». Esch le rogó, con bastante grosería por cierto, que no dijera estupideces. Solo le faltaba esto a mamá Hentjen: «Es lo que se logra al comprometerse por un hombre… El que se acuesta con perros, con pulgas se levanta». Esch se preguntó una vez más qué era lo que le mantenía unido a aquella mujer. Al verla ahora frente a él a la luz del día, se esfumaban las imágenes de su disposición sexual y de la oscura alcoba, imágenes que le perseguían en cuanto se separaba de ella, pero ahora estas imágenes se hundían en la nada, como si nunca hubieran existido. En este mismo tren habían ido juntos a Bacharach; entonces empezó todo —tal vez hoy llegaba a su fin—. Ella debió de notar su distanciamiento, pues dijo de pronto: «Si me eres infiel, verás lo que…». Halagado, él quiso hacerle decir más y sintió al mismo tiempo la tentación de herirla: «Bien, pongamos que hoy mismo huyo de ti… ¿Qué es lo que veré?». Ella se quedó rígida y no contestó. A Esch le dio pena y le cogió la mano, que permaneció inerte y pesada entre las suyas: «Bueno, di, ¿qué pasará?». Ella, con la mirada en el vacío, dijo: «Te mataré». Era como una promesa y una esperanza de redención; sin embargo, Esch se esforzó en reír. Pero ella no permitió que él la desviara de su idea: «¿Qué otra cosa podría yo hacer?». Y tras una pausa: «¿Vas tal vez a Ober-Wesel...? ¿A ver a aquella persona?». Esch se impacientó: «Tonterías. Te he dicho cien veces que he de liquidar unos negocios en Mannheim con Lohberg... Nos queremos ir a América, ¿no?». La señora Hentjen no estaba convencida: «Sé franco». Esch esperaba con ansiedad la señal de salida; de ningún modo quería delatarse y dejar entrever que iba en busca de Bertrand: «¿Acaso no te invité a acompañarme?». «No lo decías en serio.» Ahora, instantes antes de partir, le pareció que en efecto se lo había propuesto en serio y, al cogerla por el brazo rollizo, sintió deseos de besarla; ella le apartó: «¡Estate quieto! ¡Aquí, delante de tanta gente!». Pero Esch tuvo que subir al tren.

En realidad tenía la intención de ir directamente a Badenweiler, y solo al ver el letrero indicador de la estación de St. Goar decidió hacer un alto en Mannheim. Sí, y desde Mannheim escribiría a mamá Hentjen; esto la tranquilizaría. Y Esch sonrió con ternura al pensar que ella quería matarlo; en realidad podía uno arriesgarse. Además, la visita a Badenweiler constituía ya en cierto modo un peligro, como si uno se jugara el todo por el todo, y era un precepto de honradez restituir antes el dinero ajeno. Le vino a la memoria la frase «No se juega con la vida de los seres humanos», entremezclada con el ritmo de las ruedas del tren. Vio a mamá Hentjen levantar un pequeño revólver y oyó de nuevo la voz de Harry que decía: «Tú no le harás nada». Y ahora se alinearon ante él Lohberg, Ilona, la señorita Erna y Balthasar Korn, y se asombró del tiempo que hacía que no los veía; tal vez en el ínterin no habían existido siquiera. Levantaban los brazos rítmicamente al compás para saludarle, y parecía moverlos un eminente e invisible titiritero que tirase de unos hilos aparecidos de repente. Un vagón de tercera clase es como la celda de una cárcel, y allá arriba, en la parte izquierda del escenario, allá donde al hombre le suele faltar un diente, había aparecido un telón gris, un telón de cartón, tras el cual no hay más que los polvorientos y grises muros del escenario. Pero sobre el telón estaba escrita la palabra «cárcel» y, aunque uno sabía que detrás no había nada, sabía también que en la cárcel había alguien, alguien que no existe y que, sin embargo, es el protagonista. Pero el escenario sobre el cual cuelga como si fuera un diente el telón de la cárcel tiene al fondo un enorme panel sobre el cual está pintado un hermoso parque. Los ciervos pacen por entre poderosos árboles y una muchacha con un traje en el que brillan innumerables lentejuelas recoge flores. El jardinero, con un sombrero de paja de anchas alas, las tijeras en la mano y acompañado de un perrito, está de pie junto al estanque, cuyo surtidor lanza al aire un penacho blanco que parece un látigo resplandeciente y refrescante. Muy a lo lejos se vislumbran las luces y los adornos de un suntuoso castillo, en cuyas almenas ondea la bandera negra-blanca-roja. Y esto lo llenaba a uno nuevamente de inseguridad.

A medida que se iba acercando a Mannheim, se le ocurrió que Erna, probablemente, se acostaba con el casto José. En realidad no cabía la menor duda, era tan obvio que uno no necesitaba planteárselo, tan obvio como la nariz que uno tiene en la cara o los pies con los que anda. Nada ni nadie le habría podido hacer cambiar de parecer. ¿Qué podían, sino, hacer aquellos dos? No obstante, se equivocaba. Pues, aunque los contenidos de la vida son mezquinos y no hace falta que exista acuerdo entre dos personas de diferente sexo, muchas cosas son bastante menos obvias de lo que se cree. Aquel que, como Esch, vive cotidianamente lo prosaico de la vida o se ha elevado muy poco por encima de ella, olvida fácilmente que existe un reino de la redención, cuya existencia llena de inseguridad todo lo terreno, hasta tal punto que, en un momento dado, resulta muy poco claro si uno anda o no sobre sus pies, y por tanto todavía es menos claro si dos personas se acuestan juntas o no. En el presente caso, además, ocurría lo siguiente: Lohberg, por una parte, debido a su timidez, no se había atrevido a cruzar la frontera de una noble e íntima amistad, y por otra parte le frenaba también su eterna y susceptible desconfianza frente al sexo femenino, en especial desde que, tras una horrible experiencia, había aprendido a temer el veneno de las enfermedades venéreas, y sobre todo, al pensar que Erna había estado expuesta, puerta con puerta, a todas las insinuaciones de un libertino. Así era Lohberg. Con la señorita Erna Korn no hacía otra cosa que pasear, beber café en su compañía, y consideraba todo esto como un período de purificación y penitencia, el cual no terminaría hasta que le fuese enviada desde lo alto una señal, la señal, por así decirlo, de la auténtica gracia redentora.

Esch conocía la virtud del idiota, pero no podía imaginar la magnitud de tal virtud, y todavía sospechaba menos que él, Esch, no había dejado de inquietar a la señorita Erna, la cual, si no le conservaba en el corazón, sí le llevaba al menos todavía en la sangre y, tal vez por esta razón, ella no se daba ninguna prisa en darle a Lohberg la señal de la gracia redentora, antes al contrario quizá la demoraba intencionadamente porque veía en este aplazamiento un auténtico preámbulo del matrimonio. Esch, en efecto, no podía suponer nada de todo esto y muchísimo menos aún que ambos disfrutasen ocupándose en descubrir rasgos contradictorios de su carácter y que, debido al temperamento algo soñador de ambos, creyeran poseer en este interés común una buena base para su futura unión.

Esch, que ignoraba tal estado de cosas, había contado con un recibimiento caluroso. En lugar de eso, la señorita Erna se quedó de piedra al verle aparecer. «Ah», dijo, pero recobró de inmediato el dominio de sí misma: era muy agradable que el señor Esch se dejara ver de nuevo por allí, era realmente muy amable por su parte el que se dignara, en su bondad, recordarles afectuosamente, pese a que ni siquiera en una ocasión se había tomado la molestia de enviarles una tarjeta postal. Y añadió: «Sí, alabar a aquel cuyo pan comemos...», y otras chanzas parecidas, de modo que Esch no tuvo siquiera ocasión de entrar en el vestíbulo. Pero Korn, que había oído las voces, salió de la sala de estar en mangas de camisa y, como su sensibilidad era mucho más ruda que la de su hermana y durante aquellos dos meses no había pensado ni una vez en Esch y por esta razón no podía tomar a mal su silencio sino que lo que realmente le habría sorprendido habría sido que a Esch se le hubiera ocurrido escribirle, Korn, pues, se sintió muy complacido, no solo porque guardaba apego a cuanto conocía, sino porque veía en el retorno de Esch una fuente de iniciativas y un plausible ingreso de dinero por la habitación desocupada. Y él necesitaba dinero para Ilona. En consecuencia estrechó la mano del recién llegado entre cordiales muestras de alegría y le invitó de inmediato a ocupar su antigua habitación, la cual, manifestó, le había estado esperando. Tal cordialidad hace mucho bien a un hombre desalentado, y Esch se dispuso a llevar sus pertenencias a la habitación que únicamente le estaba esperando a él, pero la señorita Erna le detuvo, se volvió hacia su hermano ligeramente y le dijo que no sabía si aquello sería posible. «Pero bueno», rugió Korn, «¿por qué no va a ser posible? ¡Si yo digo que es posible, lo es!» Indudablemente Esch, de haber sido un hombre de tacto, habría tenido que retirarse con unas palabras de disculpa, pero aunque hubiera sido un hombre de tacto, y no lo era, estaba demasiado ligado a la familia para subordinar la curiosidad a una cuestión de tacto. ¿Qué había ocurrido allí? Se quedó sencillamente en pie, asombrado. Pero la señorita Erna, que no estaba acostumbrada a callarse, satisfizo muy pronto su curiosidad, pues dijo con voz sibilina a su hermano que a ella, en vísperas de un matrimonio honorable, no se la podía obligar a compartir el techo con un extraño; bastante vergüenza tenía que soportar ya en aquella casa y, desde luego, si su futuro no fuera un hombre de corazón tan magnánimo, ella tendría que correr tras él. A todo esto Korn respondió en su jerga peculiar: «Basta, cierra el pico. Esch se queda aquí». Esch, pasando por alto los comentarios de la señorita Erna, exclamó: «¡Vaya una sorpresa! Mi más cordial enhorabuena. ¿Y quién es el afortunado?». Entonces la señorita Erna no pudo hacer otra cosa que aceptar la felicitación y decirle que pronto se uniría en matrimonio al señor Lohberg. Se cogió de su brazo y lo condujo a la sala de estar. Sí, y su prometido estaba a punto de llegar. Hablando de Lohberg, a Korn se le ocurrió la genial idea de colocar a Esch en un rincón oscuro, a fin de que el señor novio, ignorándolo, se asustara cuando Esch, de repente, interviniera en la conversación como un fantasma.

Cuando sonó la campanilla y Erna se levantó para ir a abrir, Esch, obediente, se colocó en el rincón oscuro. Korn, que había quedado cerca de la mesa, le hacía señas perentorias para que se arrimara todavía más a la pared. Porque Korn era un hombre que concedía enorme valor a la perfección técnica y se enfurecía si algo fallaba en la ejecución. Pero si Esch se quedó quieto en el rincón, no fue porque temiera la ira de Korn, ¡qué va!, él no era un hombre a quien sin más ni más se pudiera esconder en un rincón, y no estaba en un lugar de castigo o humillación; se acercó más a la pared por propia iniciativa, por su voluntad, sin importarle rozar con la manga la pintura, pues en aquel rincón sumido en sombras se despertó en él, súbita e inesperadamente, el deseo de que fuera cada vez mayor la distancia que le separaba a él de los de la mesa. Los escasos minutos que transcurrieron hasta que entró Lohberg no bastaron para aclarar sus ideas, aunque le pareció que se sumergía de nuevo en aquella curiosa soledad que, de un modo u otro, iba unida a Mannheim y que le impedía ligarse a los demás aquí, una acuciante soledad que, sin embargo, le era tan grata que no le parecía lo bastante solitaria, y si él se hundiera simplemente más y más en su rincón se convertiría en un eremita excelso y redimido, encerrado en su celda y de espaldas al mundo, todo él espíritu, por encima de los seres atados a la carne que rodeaban la mesa. Desde luego, esta situación no podía durar mucho tiempo, porque estos pensamientos solo surgen cuando uno no tiene tiempo de pensarlos hasta el final o de ponerlos en práctica, y también Esch había olvidado todas estas ideas cuando Lohberg, de acuerdo con el plan previsto, entró en la habitación. Lohberg quedó tan sorprendido que incluso se alegró de la presencia de Esch. Ciertamente Esch no formaba parte de su mundo, como tampoco Ilona, pero, cuando se sentaron todos juntos en torno a la mesa, eran casi como una familia e intercambiaron preguntas sobre infinidad de cosas. Y dado que estas preguntas recayeron pronto sobre el bienestar de cada uno de ellos, Esch sacó orgullosamente la cartera y el portamonedas y contó 1.561 marcos y 50 pfennigs sobre la mesa. La señorita Erna alargó con alegría la mano para cogerlos, pues creyó que eran el capital aportado más los intereses, pero cuando Esch le explicó que, si bien le correspondía a ella verdaderamente tal cantidad, de momento debía repartirla con Lohberg, puesto que la otra mitad seguía invertida en el negocio, Erna gritó que, en resumidas cuentas, aquello suponía una pérdida y no una ganancia. Y aunque él quiso explicárselo, ella no entró en razón sino que puso el grito en el cielo diciendo que no se dejaría engañar, que ella sabía contar perfectamente: veamos —y fue a buscar un lápiz y una hoja de papel— dos-cien-tos-die-ci-nue-ve marcos y veinticinco pfennigs es lo que ella perdía, ahí estaba, claro como el agua, y continuó refunfuñando al tiempo que agitaba el papel ante las contristadas narices de Esch. Lohberg no despegó los labios; era hombre de negocios y debía de haber entendido muy bien las cuentas. Lo que ocurría es que aquel cobarde idiota no quería enemistarse con su señora novia. Esch dijo en tono insolente: «Uno tiene su honestidad, mucho más que alguno que está aquí y se calla». Y cogió con fuerza el brazo de Erna, no por cariño sino porque estaba furioso, y con muy poca dulzura volvió a poner sobre la mesa el brazo de ella con el papel. Tal vez, en el fondo, ella había comprendido, o simplemente se debió a la presión de la mano de Esch, la cuestión es que la señorita Erna enmudeció. Korn, que hasta ahora había permanecido al margen, dijo solamente que Teltscher, aquel judío, era un truhán. Bueno, pues solo hacía falta presentar la denuncia, respondió Esch, hay que denunciar a los truhanes en lugar de permitir que se encarcele a los inocentes. Y como la actitud cobarde de Lohberg estaba pidiendo una repulsa, le humilló con estas palabras: «Los inocentes son olvidados. Por ejemplo, ¿ha visitado ya el señor Lohberg al pobre Martin?». Erna, que seguía todavía abochornada y llena de exasperación, replicó con aspereza que ella conocía a otras personas que olvidaban a los amigos y que, por si fuera poco, les causaban perjuicios, y que, desde luego, era asunto del señor Esch el preocuparse por el señor Geyring. «Precisamente por eso he venido», dijo Esch. «Vaya», dijo la señorita Erna, «de lo contrario no le habríamos vuelto a ver el pelo al señor Esch», y vacilando, con timidez casi, pero sintiéndose en cierto modo obligada a no ceder del todo en su lucha denodada, añadió: «Ni tampoco habríamos visto nuestro dinero». Pero Korn, que pensaba con lentitud, dijo: «Haga usted encarcelar a este judío».

Evidentemente era una solución digna de ser tenida en cuenta, y aunque el mismo Esch ya había pensado en ella, le gustó replicar que era solo una mezquina solución parcial, frente a otra mucho mejor, más radical, espiritual, por así decirlo, cuya proximidad él intuía. ¿De qué serviría meter en la cárcel a Teltscher durante un par de meses, si Ilona debía ser expuesta de nuevo a los cuchillos? Y solo ahora se le ocurrió que Ilona, que en realidad pertenecía a todo aquello, no se hallaba presente; casi parecía que debiera evitarse que él la viera antes de haber llevado a cabo su misión. Sea como fuere, que si esta misión, que si la otra... uno piensa en el gran sacrificio que tiene delante ¡y al mismo tiempo promete obtener más beneficios! Si realmente había que imponer orden, el espectáculo de la lucha femenina debía saltar por los aires. Y como suponía que la gruñona Erna seguía invirtiendo su dinero solamente por él, le entró una especie de sentimiento de culpabilidad, el cual, en el fondo, no resultaba desagradable; pero como este no afectaba a los demás, Esch empezó a gritar: este era el agradecimiento, y, desde luego, solo lamentaba haberse molestado en traer el dinero, para que luego le recibieran sí; por lo demás, escribiría a Gernerth respecto a la cantidad pendiente. Podía hacer lo que le diera la gana, dijo la señorita Erna con voz aguda. Pues lo mejor sería que ella misma escribiera, ya que él, explícitamente, había declinado toda responsabilidad. Ella no haría eso. Muy bien, entonces lo haría él, puesto que era un hombre formal. «¿Sí?», dijo simplemente la señorita Erna. Y entonces pidió Esch tinta y papel y se retiró a su cuarto, sin prestar más atención a los presentes.

Ya en su habitación, empezó a pasearse a grandes pasos de un lado a otro, como solía hacer cuando estaba irritado. Luego silbó una cancioncilla, a fin de que los de allá no imaginaran que estaba enfadado, o tal vez silbaba también porque se sentía solo. Al poco rato oyó a Erna y a Lohberg en el vestíbulo. Hablaban en voz baja; evidentemente Lohberg, con lo cobarde que era, temía todavía su furia y, en su desvalimiento, movería sus blancos ojos despavorido. Como en muchas ocasiones, la imagen de Lohberg se fundió con la de mamá Hentjen. Ahora ella también estaba desvalida; no podía evitar el curso de las cosas, la pobre. Aguzó el oído para enterarse de si Erna y Lohberg le criticaban. En bonita situación le había metido mamá Hentjen con sus celos absurdos; nada de eso era necesario; podía haber estado en Badenweiler desde hacía tiempo. En el vestíbulo reinaba el silencio; Lohberg se había ido. Esch tomó asiento y escribió con su pulcra letra de contable: «Señor Alfred Gernerth, director teatral. Dirección actual: Colonia, Teatro Alhambra. Le ruego me transfiera el saldo a mi favor de

780,75 marcos y al mismo tiempo la liquidación definitiva. Atentamente...». Con la cuartilla en una mano, tintero y pluma en la otra, se dirigió sin vacilar al cuarto de Erna.

Erna, calzada con zapatillas de fieltro, estaba precisamente descubriendo la cama, y a Esch le sorprendió la rapidez con que había cambiado de calzado. Ella se disponía ya a enfurecerse por su intromisión, cuando advirtió lo que él traía en la mano: «¿Qué quiere usted con este papelucho?». Él dictó casi una orden: «¡Que me lo firme!». «A usted no le firmo yo nada más...» Pero entretanto había leído la carta y se acercó a la mesa: «Por mí...»; no serviría de nada; el dinero se había esfumado, despilfarrado, había que hacerse a esta idea, si bien a un tal señor Esch le importaba un comino. Ante sus reproches Esch experimentó de nuevo aquella sensación de culpabilidad que a veces notaba frente a ella; nada de eso, ya se ocuparía él de que ella recobrase su dinero, y le cogió la mano para indicarle dónde debía firmar. Cuando ella hizo un gesto brusco para soltarse, él sintió cólera otra vez; retuvo su mano con firmeza, la condujo sin suavidad, y entonces, por segunda vez, la señorita Erna quedó muda y sumisa. De momento él no se dio cuenta y le condujo simplemente la mano al lugar de la firma, pero luego se encontró con su mirada oblicua de lagartija que le observaba desde abajo como con provocación. Y cuando la abrazó, ella apretó la mejilla contra su pecho. No le planteó ningún dilema ni le inquietó lo más mínimo que ella actuara de este modo; era simplemente una reminiscencia del antiguo amor que había sentido por él, o tal vez deseaba vengarse de la falta de hombría de Lohberg, o quizá —y esta idea debía de ser la primera que se le había ocurrido a Esch— ella permitía sencillamente que ocurriera porque él estaba allí, porque así tenía que suceder, porque ya no era necesario seguir luchando por el matrimonio. Las cosas se habían clarificado: para Erna existía un libertador, y él se iría a América con mamá Hentjen; incluso la rabia que sentía por Lohberg se apaciguó, casi experimentó un poco de ternura por aquel pobre idiota que en tantas cosas se parecía a mamá Hentjen, y como la señorita Erna, debido al trato íntimo con su prometido, había adoptado muchas de sus características, daba la impresión, aunque muy lejana, de que estuviera abrazando en Erna un fragmento de mamá Hentjen, y ya no resultaba, por tanto, una infidelidad. No obstante, el recuerdo de sus viejas querellas no se había borrado del todo; permanecieron un momento indecisos, fue como un instante de hostil castidad, y Esch estuvo a punto, como aquella vez, de volver a su cuarto sin llegar a nada. Entonces ella le hizo de repente señas de que no armara ruido y se apartó de él: fuera había chirriado la puerta del vestíbulo, y Esch comprendió que había llegado Ilona. Se quedaron de pie sin decir nada. Pero cuando se apagaron los pasos y se cerró la puerta en la sala que llevaba a la habitación de Korn, también ellos cayeron uno en brazos del otro.

Cuando más tarde se metió en su cama, Esch no pudo evitar acordarse de mamá Hentjen y pensar que únicamente se había detenido en Mannheim para calmar las celosas sospechas de ella. Y eso es lo que había logrado con sus absurdos celos. Desde luego la había amenazado en broma con serle infiel aquel mismo día. Y así acababa de ocurrir ahora, sin que él tuviera la culpa. Por otra parte, en realidad ni siquiera se trataba de una auténtica infidelidad; no es fácil serle infiel a una mujer como ella. Sin embargo era una marranada. ¿Y por qué? Pues porque debía poner las cuentas en claro sin dilación, porque uno, honestamente, debería estar ya en Badenweiler, en lugar de prestar atención a unos celos tan absurdos. Y esto era lo que se había conseguido. ¡Maldita la gracia que le hacía! Pero ya nada se podía cambiar. Esch se volvió hacia la pared.

Al abrir los ojos reconoció su antigua habitación. A través de las cortinas se filtraba el claro sol de la mañana y lo atravesó como un lanzazo: ¿no tenía que ir al almacén? Entonces recordó que ya nada tenía que ver con la Mittelrheinische y le invadió una agradable sensación de libertad y de vacaciones. Nadie podía ya despertarle para pedirle cuentas. Permaneció en la cama, pese a que ya no le proporcionaba ningún placer, pero podía seguir acostado todo el tiempo que le diera la gana. Era muy probable que ahora mamá Hentjen le matase, pues ella jamás comprendería que él, a pesar de todo, le había seguido siendo fiel; ella querría matarle, y también esto entrañaba una buena y libre seguridad. Aquel que se halla frente a la muerte es libre, y aquel que ha escogido el camino de la libertad ha aceptado la muerte. Vio ante él las almenas de un castillo en las que ondeaba silenciosa la bandera negra, pero podía tratarse de la torre Eiffel, pues ¡quién es capaz de distinguir el futuro del pasado! En el parque hay una tumba, la tumba de una muchacha, la tumba de una muchacha apuñalada. Sí, ante la muerte al hombre le está permitido todo, todo se vuelve libre, gratis por así decirlo y extrañamente desvinculado de cualquier obligación. Estaba permitido acercarse en la calle a cualquier mujer e invitarla a acostarse con uno, y esto no encerraría ningún compromiso, igual que la posesión de Erna, a la que él hoy o mañana abandonará para salir de viaje hacia las tinieblas. La oía fuera, ocupada, moviéndose de un lado a otro, esa pequeña cabra huesuda, y esperaba que entrase como antes, pues uno tiene que aprovecharse mientras todavía ve el sol. Ciertamente mamá Hentjen no era la clase de persona capaz de comprender que el permiso para ser infiel solo se puede comprar mediante una infidelidad, ni tampoco que uno, a pesar de todo, desee ser asesinado por ello; qué sabía ella de una contabilidad tan complicada, cómo hubiera podido descubrir estos errores de contabilidad que se deslizan en el mundo con tanta malicia que únicamente alguien capaz de contar con absoluta exactitud puede morir con la muerte del redentor. Pero el menor descuido podía hacer tambalear el edificio de la libertad. Ahora oyó la voz de la señorita Erna desde la cocina: «¿Se puede llevar ya el café al distinguido señor?». «No», grito Esch, «enseguida voy.» Saltó de la cama, se vistió en un santiamén, tomó el café y se plantó en la parada del tranvía, sorprendido él mismo de la rapidez con que se había desarrollado todo. Solo cuando el tranvía que llevaba a la cárcel se demoró mucho, pensó si le habría sacado tan rápidamente de la cama la idea de visitar la cárcel o la voz de Erna; desde luego no era una voz bonita, especialmente cuando gritaba como la noche anterior. Todavía nadie había hecho huir a Esch a base de gruñidos. O sea, que no había sido la voz; además, en este caso, la voz le habría hecho huir de la casa mucho antes, como por ejemplo aquella vez en que ella le llamó a la cocina para que viera a Ilona durmiendo. Además ya no necesitaba ver a Ilona, ni allí ni en ninguna parte. Lo mejor era mantenerse apartado de estas cosas, no saber nada, ignorar que probablemente se trataba de una huida de Erna y de sus malos deseos, huida de este placer desligado de todo compromiso, y en el que probablemente todo debía ocurrir, pero que temía la luz del día, porque solamente la noche es el tiempo de la libertad.

En la cárcel le dijeron que únicamente estaban permitidas las visitas tres días por semana; tendría que volver mañana. Esch reflexionó. ¿Qué hacer? ¿Seguir viaje a Badenweiler? Empezó a soltar imprecaciones, porque le habían coartado la libertad de sus actos. Finalmente dijo: «Está bien, última prórroga», y la expresión «última prórroga» se le quedó en la mente, arrellanada en sus oídos, e incluso llegó a producirle cierta sensación de camaradería, un orgulloso sentimiento de compañerismo con un hombre tan poderoso como el presidente Bertrand, ya que esta «última prórroga» le había sido concedida tanto a él como a dicho hombre. No, no podía marcharse, no podía partir hacia la oscuridad sin haber visto antes a Martin y, además, habría sido ridículo, indigno, que esta breve estancia en Mannheim solo hubiera servido para acostarse una noche con Erna. Cuando uno emprende un largo viaje, no deja nada en desorden tras de sí; había que saludar a la gente y despedirse. Así pues se encaminó al puerto, a fin de ver si encontraba a sus conocidos en los almacenes o en la cantina. Se sentía casi como un pariente que regresa del lejano continente americano en busca de los seres queridos, y al que turba un poco la posibilidad de no ser reconocido con la barba crecida. Era muy posible que los vigilantes de la entrada no le permitieran pasar. Pero todo se desarrolló de modo sumamente agradable, en especial porque todos aquellos con quienes se encontró sabían muy bien que él allí no significaba ya nada; los aduaneros le saludaron inmediatamente con vacilante cordialidad y entabló con ellos una breve conversación. Le dijeron riendo que él, puesto que ya no trabajaba en la compañía naviera, nada tenía que hacer allí, y Esch les respondió que ya verían lo que tenía que hacer, y como no hicieron el menor movimiento para detenerle siguió adelante. Nadie le impidió contemplar a plena satisfacción las dársenas y las grúas, los almacenes y los vagones de mercancías, y cuando saludó a gritos a los que estaban en los almacenes, se acercaron los contramaestres y los empleados a saludarle y le rodearon como hermanos. Pero no sintió ningún remordimiento por haber abandonado todo aquello, simplemente iba grabando en su mente todos los detalles y de vez en cuando pasaba la mano por algún vagón o por alguna rampa de carga, y la sensación de la madera reseca se le quedaba en la palma de la mano. Solo en la cantina tuvo una decepción: buscó a Korn con la mirada y Korn no estaba allí; Korn era tonto y tenía miedo, y Esch no pudo contener la risa, pues él ya no le guardaba ningún rencor por lo de Ilona; de todos modos Ilona sería arrebatada del mundo y desaparecería en un castillo inasequible. Bebió, pues, simplemente una copa en compañía del policía y luego tomó el camino acostumbrado, que ya no lo era casi, pero que sin embargo se le ofrecía ahora más familiar que nunca. Llegó a la esquina donde se encontraba el estanco, que parecía mirarle y estarle esperando, como si el propio Lohberg le estuviera aguardando, lleno de nostalgia, para charlar con él.

Efectivamente ahí estaba Lohberg, sentado tras la caja registradora y sosteniendo en la mano el gran cortacigarros, y cuando Esch entró, dejó a un lado el instrumento con amabilidad, pues debía disculparse de muchas cosas ante Esch, pero ninguno de los dos dijo nada al respecto, porque Esch estaba predispuesto a perdonar y no quería que Lohberg llorase. Tal vez iba en contra de lo tácitamente convenido el que Lohberg empezara a hablar de Erna, pero fue un detalle tan nimio que Esch apenas le concedió importancia. ¿Quién podría despertarle antes de que él lo permitiera? ¡Era libre! «Es una magnífica compañera», dijo Lohberg, «y tenemos mucho en común.» Y como Esch era libre para decir lo que le viniera en gana, dijo: «Sí, ella no le matará a usted»; y observó la raquítica figura de Lohberg, al que mamá Hentjen podría aplastar con un pulgar, y sintió pena hacia Erna porque ni siquiera era capaz de hacer eso. Lohberg sonrió con temor, sentía un poco de miedo a las bromas macabras y se fue empobreciendo y empequeñeciendo bajo la mirada de su feroz visitante. No, no era un contrincante con quien Esch quisiera medir sus fuerzas; solo los muertos son fuertes, por más que en vida tuvieran un raquítico aspecto de aprendices de sastre. Esch se paseó por la tienda como un espíritu, olió el aire, abriendo ahora un cajón, ahora otro, pasó la mano por encima del pulido mostrador. Dijo: «Si usted está muerto, será más fuerte que yo... Pero a usted no se le puede matar», añadió despectivamente, pues se le ocurrió que ni siquiera un Lohberg muerto tendría importancia alguna; le conocía muy bien, ese sería eternamente un idiota, y solo aquellos a los que nunca se ha conocido, aquellos que nunca han vivido, son los más fuertes. Pero Lohberg, desconfiado cuando se trataba de mujeres, dijo: «¿Qué quiere usted decir con eso? ¿Se refiere a la pensión de viudedad? Yo me he hecho un seguro de vida». «Esa sí sería una buena razón para envenenar a un hombre», dijo Esch, y le entró tal ataque de risa que la garganta se le agarrotó. Mamá Hentjen, ¡esa sí era una mujer! Ella no empleaba veneno; a un hombre como Lohberg lo ensartaría sencillamente con una aguja como si fuera un escarabajo. Ante ella había que tener respeto y admiración, y a Esch le extrañó que se le hubiera podido ocurrir compararla con Lohberg. Y le emocionó un poco pensar que ella, además, aparentaba ser una débil mujer, y era muy posible que eso fuera en realidad. A Lohberg se le puso la piel de gallina, sus ojos saltones daban vueltas: «Veneno», dijo, como si oyera esta palabra, que precisamente usaba con tanta frecuencia, por primera vez en su vida, o al menos la oyera por primera vez en su versión definitiva. La risa de Esch se tornó más suave y un poco despectiva:

—Ella no le envenenará. Erna no es capaz de una cosa así.

—No —dijo Lohberg—, tiene un corazón de oro; ni siquiera es capaz de hacer daño a una mosca...

—Ni de atravesar un escarabajo con un alfiler.

—Qué va, seguro que no —dijo Lohberg.

—Pero si usted le llega a ser infiel, ella le matará a pesar de todo —le amenazó Esch.

—Yo nunca seré infiel a mi esposa —especificó aquel idiota.

Ahora Esch, repentinamente, supo por qué —y fue una revelación muy clara y agradable— había podido comparar a mamá Hentjen con Lohberg: Lohberg, en realidad, solo era una criada, una especie de travesti, y por eso carecía de importancia que se acostara con Erna; también Ilona se había acostado en la cama de Erna. Esch se puso en pie, firme y robusto sobre sus piernas, y extendió los brazos como alguien que acaba de despertar o como un crucificado. Se sentía fuerte, duro, bien plantado, un tipo al que merecía la pena matar. «O él o yo», dijo, y sintió que el mundo le pertenecía. «O él o yo», repitió, mientras medía a grandes zancadas el local. «¿Qué quiere usted decir?», preguntó Lohberg. «No me refiero a usted», respondió Esch, mostrándole su dentadura de caballo: «Usted..., usted tendrá a Erna», y era justo que así fuese: aquel hombre tenía una hermosa y pulida tienda, así como un seguro de vida; recibiría a la pequeña Erna y podría vivir sin sufrimientos y sin devanarse los sesos; él, en cambio, no podía dormir en paz y había tomado sobre sus hombros una misión. Y como Lohberg continuó ensalzando a Erna en términos apasionados, Esch dijo lo que Lohberg quería oír, lo que esperaba desde hacía mucho tiempo como una señal de lo alto: «Bah, usted con sus tonterías del Ejército de Salvación… Como siga mucho tiempo cruzado de brazos, esta chica se le escapará de las manos. Ya sería hora de que se decidiera. Usted, paladín de la limonada». «Sí», dijo Lohberg, «sí, creo que se ha cumplido el tiempo de la purificación.» A la luz de aquel día de verano un tanto gris la tienda aparecía clara y agradable; sus amarillentos muebles de encina producían impresión de seguridad y solidez, y junto a la caja registradora había un libro con columnas de cifras sin tachaduras. Esch tomó asiento en el escritorio de Lohberg y escribió a mamá Hentjen que había llegado bien y que estaba en vías de solucionar sus asuntos.

Consideró que pasar esta segunda noche de nuevo con Erna era una formalidad a la que un hombre libre tenía perfecto derecho. Habían hablado amistosamente de la boda con Lohberg e hicieron el amor casi con ternura y melancolía, como si nunca se hubieran peleado. Y tras esta larga noche en vela, Esch se levantó de la cama con la agradable sensación de haber contribuido a la felicidad de Erna y de Lohberg. El ser humano lleva en sí infinitas posibilidades y, según sea la cadena lógica con que enlace las cosas, puede probarse a sí mismo que son buenas o malas.

Inmediatamente después de comer se puso en camino hacia la cárcel. En la tienda de Lohberg compró unos cigarrillos que pensaba llevar a Martin; no se le ocurría otra cosa. Hacía un calor agobiante y Esch no pudo evitar acordarse de aquella tarde en Goarshausen en que había sentido compasión de Martin a consecuencia del calor. En la cárcel, fue llevado al locutorio, cuyas ventanas enrejadas daban al desnudo patio interior. Las edificaciones pintadas de amarillo proyectaban sombras de ángulos agudos sobre el patio vacío. Sin duda en el centro de aquel patio podía levantarse el patíbulo, en el cual debe arrodillarse el delincuente, para esperar el filo del hacha que caerá sobre su nuca y le cortará la cabeza. En cuanto Esch pensó esto, no quiso seguir mirando el patio y se apartó de la ventana. Observó la estancia. En medio había una mesa pintada de amarillo; las manchas de tinta denotaban que había sido traída de cualquier oficina; había también algunas sillas. El cuarto ardía pese a estar en sombras, porque el sol del mediodía había entrado en él con sus ardientes rayos y las ventanas estaban cerradas. Esch sintió sueño; estaba solo y se sentó; le dejaron allí, esperando.

Finalmente oyó pasos en el pasillo enlosado y el ruido de las muletas de Martin. Esch se puso de pie como para recibir a un superior. Pero Martin entró en la habitación de la misma manera que entraba en la taberna de mamá Hentjen. Si hubiera habido allí una pianola, se habría acercado a ella y la habría puesto en marcha. Recorrió la habitación con la mirada y pareció satisfecho al comprobar que Esch estaba solo; se dirigió hacia él y le dio la mano: «Hola, Esch, me gusta que hayas venido a verme». Apoyó las muletas en la mesa, como lo había hecho siempre en la taberna de mamá Hentjen, y se dejó caer en una silla: «Bueno, siéntate tú también, Esch». El vigilante que le acompañaba se parecía a Korn debido al uniforme; siguiendo las normas del centro, se quedó de pie junto a la puerta. «¿No quiere sentarse usted también, señor inspector? No vendrá nadie más y puede usted estar seguro de que no me escaparé.» El hombre murmuró algo respecto al reglamento, pero se acercó a la mesa y depositó encima su enorme manojo de llaves. «Así», dijo Martin, «ahora estamos mejor», y los tres hombres permanecieron en silencio, sentados en torno a la mesa, contemplando las muescas de la madera. Martin estaba más amarillo que nunca; Esch no se atrevía a preguntarle cómo se encontraba. Fue Martin quien, ante el embarazoso silencio, dijo: «Bueno, ¿qué hay de nuevo por Colonia? ¿Cómo están mamá Hentjen y los demás?».

Esch, pese a que ya tenía las mejillas encendidas por el calor, sintió que enrojecía, pues de pronto tuvo la impresión de haber aprovechado la reclusión del detenido para robarle los amigos. Y tampoco sabía si podía mencionarlos en presencia del guardián. En definitiva a nadie le gusta que se hable de sus relaciones con un delincuente en el locutorio de una penitenciaría. Dijo simplemente:

—Todos están bien.

Martin debió de comprender sus escrúpulos puesto que no exigió una respuesta más explícita, sino que preguntó:

—¿Y tú?

—Voy a Badenweiler.

—¿Para un tratamiento?

A Esch le pareció que Martin no tenía por qué bromear a su costa.

—Para ver a Bertrand —respondió secamente.

—¡Caray, eso sí que es un progreso! Un hombre muy distinguido ese Bertrand.

Esch no vio muy claro si Martin seguía guaseándose de él o si, como solía hacer, hablaba irónicamente. Un maricón muy distinguido el tal Bertrand, ciertamente. Pero no podía decir una cosa así en presencia del guardián. Gruñó:

—Bueno, si fuera un hombre tan distinguido, tú no estarías aquí.

—¿...?

—Tú eres inocente.

—¿Yo? Pero si tengo pruebas convincentes, judiciales incluso, de que he perdido mi inocencia en más de una ocasión.

—Deja de una vez esas bromas estúpidas. Si Bertrand es

realmente un hombre distinguido hay que contarle lo que sucedió entonces. Y él se ocupará de que salgas de aquí.

—¿Y con eso quieres molestarlo? ¿Para eso vas a Badenweiler? —Martin se rió y le tendió la mano por encima de la mesa—: Pero August ¡qué te pasa! Por suerte este hombre no estará allí...

—¿Dónde está? —preguntó Esch rápidamente.

—Oh, está siempre de viaje, por América o por cualquier otro sitio.

Esch quedó perplejo: ¡o sea que Bertrand estaba en América! Le había tomado la delantera, había llegado antes que él a la más radiante libertad. Y aunque desde siempre había presentido que la grandeza y la libertad de aquel lejano país tenían que estar en relación significativa, aunque no completamente comprensible, con la grandeza y la libertad de aquel hombre inasequible, le pareció ahora a Esch que sus propios proyectos de emigración quedaban destruidos para siempre a causa de un viaje a América del presidente. Y por ser esto así, por ser todo tan lejano e inasequible, se enfureció contra Martin:

—Un presidente puede irse con facilidad a América... Pero también podría ser Italia.

Martin dijo conciliador:

—Por mí, como quieras, que sea Italia.

Esch reflexionó sobre si debía informarse en la oficina central de la Mittelrheinische acerca de dónde se encontraba Bertrand. Pero de pronto lo consideró inútil y dijo:

—Está en Badenweiler.

Martin rió:

—Bueno, puede que tengas razón; de todos modos no te dejarán llegar hasta él... ¿Hay alguna muchacha detrás de este viaje, verdad?

—Encontraré el medio de que me reciba —dijo Esch amenazador.

Martin barruntó algo:

—No hagas tonterías, August. No molestes a ese hombre; es un tipo decente al que hay que respetar.

Evidentemente no tenía ni idea de todo lo que se ocultaba detrás de Bertrand, pensó Esch, pero no podía decir nada, así que se limitó a decir:

—Decentes lo son todos, incluso Nentwig —calló unos instantes y luego añadió—: También los muertos eran decentes, desde luego, pero solo se puede ver de qué decencia se trata constatando la herencia que le han dejado a uno.

—¿Qué quieres decir con eso?

Esch se encogió de hombros:

—Nada, solo quería decir que... Bueno, que en definitiva tanto da una persona decente o no; siempre lo es únicamente en parte; no importa nada la persona, lo único que vale es lo que ha hecho. —Y concluyó furioso—: De lo contrario, no hay forma de distinguirse de los demás.

Martin movió la cabeza entre divertido y preocupado:

—August, tú tienes aquí en Mannheim un amigo que continuamente desbarra acerca de venenos. Tengo la impresión de que te ha envenenado.

Pero Esch, sin dejarse inmutar, prosiguió:

—Ya no se sabe lo que es blanco y lo que es negro. Todo está revuelto. No sabes siquiera lo que ha sucedido ni lo que sucede...

Martin rió otra vez:

—Y mucho menos sé todavía lo que sucederá.

—Tómate las cosas en serio de una vez. Tú te sacrificas por el futuro; tú mismo lo has dicho... Esto es lo único que perdura: sacrificarse por el futuro y expiar por el pasado. Un hombre cabal se sacrifica, porque de lo contrario no existe el orden.

El guardián escuchaba con desconfianza:

—No se pueden mantener conversaciones revolucionarias.

—No es un revolucionario, señor guardián —dijo Martin—, antes lo sería usted.

Esch quedó estupefacto al ver cómo era interpretada su manera de pensar. ¡O sea que él ahora era un socialdemócrata! ¡Muy bien! Y prosiguió tercamente:

—Por mí, pongamos que eso sea revolucionario. Por lo demás, tú siempre has predicado que no importa el que un capitalista sea o no un hombre de bien, ya que se le debe combatir como capitalista y no como hombre.

—¿Ve usted, señor inspector? —dijo Martin—. ¿Vale la pena recibir visitas? Este hombre acabará por envenenarme el alma con sus palabras. Ahora que precisamente me estaba purificando. —Y volviéndose a Esch, añadió—: Sigues siendo el iluso de siempre, querido August.

—El servicio es el servicio —dijo el guardián, y como además hacía demasiado calor, miró el reloj y anunció que la hora de visita había terminado. Martin cogió las muletas:

—Bueno, se me llevan otra vez. —Le dio la mano a Esch—. Y permíteme que te lo repita, August, ¡no hagas ninguna tontería! Y muchas gracias por todo.

Esch no estaba preparado para una partida tan brusca. Retuvo la mano de Martin en la suya y se preguntó si también debía estrechar la del guardián enemigo. Se la tendió, porque se habían sentado juntos a la misma mesa, y Martin lo aprobó con un gesto. Luego Martin se fue, y a Esch le sorprendió de nuevo el que Martin saliera del mismo modo en que salía del local de mamá Hentjen. ¡Y lo llevaban a la celda de la cárcel! Realmente parecía que todo cuanto ocurriera en el mundo careciera de importancia. Y sin embargo todas las cosas tenían su importancia: lo que había que hacer era simplemente conquistarlas.

Esch respiró hondo al llegar a la puerta de la cárcel; se palpó el cuerpo como para cerciorarse de su propia presencia y al hacerlo se encontró con los cigarrillos destinados a Martin, que se le habían quedado en el bolsillo, y de nuevo sintió aquella maldita e inexplicable ira y otra vez se le llenó la boca de palabras insultantes. Incluso llamó a Martin ridículo orador popular, demagogo, según suele decirse, aunque en el fondo no podía reprocharle nada, a lo sumo que actuara como si fuera el personaje fundamental, cuando, en este caso, estaba verdaderamente en juego algo más importante. Pero así son precisamente los demagogos.

Esch regresó a la ciudad, se irritó porque el cobrador del tranvía vestía uniforme y fue a recoger sus cosas a casa de la señorita Erna. Ella le recibió con vivas muestras de afecto. Dada su cólera contra el laberinto inextricable que era el mundo, Esch la dejó hacer, por desprecio. Se despidió inmediatamente y se dirigió a toda prisa a la estación, para alcanzar el tren nocturno a Müllheim.

> Cuando los deseos y objetivos toman cuerpo, cuando el sueño avanza hasta los radicales cambios y conmociones de la vida, el camino se va estrechando en oscuras galerías y el sueño que precede a la muerte se cierne sobre aquel que había estado caminando en sueños: todo lo pasado, los deseos, los objetivos, se deslizan de nuevo frente a él como ante la mirada del moribundo y casi puede considerarse un azar que todo ello no desemboque en la muerte.

El hombre que, estando muy lejos, siente añoranza de su mujer o de la patria de su infancia, se encuentra al comienzo del sonambulismo.

Tal vez se estaban preparando en él muchas cosas, pero no se había dado cuenta. Así por ejemplo cuando, camino de la estación, advierte que las casas constan de ladrillos colocados unos sobre otros, las puertas de tablas serradas y las ventanas de cristales cuadrados. O cuando se acuerda de los periodistas y demagogos que actúan como si supieran dónde está la derecha y dónde está la izquierda, cuando esto lo saben únicamente las mujeres, y ni siquiera todas ellas. Pero no siempre se puede estar pensando en estas cosas y, con el espíritu tranquilo, él bebe una cerveza en la estación.

Pero cuando ve acercarse chirriando el tren que lo conducirá a Müllheim, ese largo y enorme gusano tan certeramente disparado hacia la meta, le asalta repentinamente un temor, una duda sobre la seguridad de la locomotora, la cual tal vez puede errar el camino; tiene miedo a que él, que a todas luces ha de cumplir importantes obligaciones terrenales, pueda ser apartado de dichas obligaciones e incluso ser llevado finalmente por la fuerza a América.

Sumido en dudas, habría preferido, como lo hace un viajero inexperto, acercarse a preguntar a un empleado de uniforme, pero el andén es tan vasto, tan inconmensurablemente largo y desolado, que uno debe considerarse afortunado si alcanza felizmente, aunque sin resuello, ese tren, vaya a donde vaya. Naturalmente uno se esfuerza en descifrar los letreros de los vagones que indican el destino del viaje, pero comprende muy pronto que es inútil, pues los letreros muestran únicamente palabras. Y el viajero se queda de pie ante el vagón, dudando.

La indecisión y la falta de aliento son con seguridad suficientes para obligar a un hombre de temperamento colérico a deshacerse en improperios y, con mayor razón, si, acosado por la señal de salida del tren, trepa apresuradamente por los incómodos peldaños del coche y se da con el estribo un fuerte golpe en la espinilla. Maldice, maldice los estribos del tren, maldice su absurda construcción, maldice el destino. No obstante, detrás de esta vulgaridad se oculta un conocimiento exacto, un conocimiento excitante incluso, y si el hombre tuviera una visión clara de las cosas podría manifestarlo perfectamente: todo esto es simplemente obra del ser humano; oh sí, esos escalones adaptados a la flexión y extensión de la rodilla humana, ese inconmensurable y largo andén, esos letreros con palabras escritas, el silbato de la locomotora, los raíles de acero brillante, son una plenitud de obras humanas, hijas todas ellas de la esterilidad.

El viajero adivina, oscuramente, que estas reflexiones lo elevan por encima de lo cotidiano y le gustaría grabárselas en la mente para toda su vida. Porque, si tales consideraciones merecen ser calificadas de humanas en términos generales, los viajeros están más predispuestos a ellas (especialmente aquellos de temperamento violento) que los hombres sedentarios, que nunca piensan nada, por más que suban y bajen varias veces al día las escaleras de su casa. El hombre sedentario no se da cuenta de que se halla rodeado de obras humanas, ni tampoco de que sus pensamientos son también únicamente meras obras humanas. El hombre sedentario lanza sus pensamientos al mundo como si fueran viajantes seguros y hábiles en los negocios, y cree poder constreñir de esta manera el mundo a las dimensiones de su propia habitación y de su propio negocio.

Pero el hombre que en vez de enviar de viaje sus pensamientos se envía a sí mismo, ha perdido esta precipitada seguridad; su ira se ensaña contra cuanto sea obra humana, contra los ingenieros que construyen los peldaños así y no de otro modo, contra los demagogos que despotrican sobre justicia, orden y libertad como si pudieran edificar un mundo acorde con sus propias ideas; contra aquellos que todo lo saben se dirige también la ira de este hombre en quien alborea el saber de la ignorancia.

Una dolorosa libertad se anuncia proclamando que todo podría ser distinto. Las palabras con que se revisten las cosas pasan inadvertidas y se deslizan en la incertidumbre; se diría que las palabras son huérfanas. El viajero avanza inseguro por el largo corredor del vagón, un tanto extrañado de que haya ventanillas con cristales como en las casas, y pasa la mano por su fría superficie. Y de este modo el hombre que va de viaje cae fácilmente en un estado de falta de responsabilidad sin compromisos. Y cuando el tren, ya en plena marcha, parece perseguir implacable su objetivo, parece tender hacia la irresponsabilidad, y su marcha desenfrenada solo podría ser detenida a lo sumo mediante el freno de emergencia, cuando el viajero es arrastrado velozmente por debajo de sus pies, él, que no ha perdido su conciencia bajo la dolorosa libertad de la luz del día, intenta caminar en dirección contraria. Pero no puede llegar a ninguna parte, pues aquí todo es futuro.

Unas ruedas de acero le separan de la espléndida tierra firme, y el viajero, de pie en el pasillo, piensa en barcos con largos corredores donde se alinean camarote tras camarote, flotando sobre una montaña de agua, muy por encima del fondo del mar, que es la tierra. ¡Dulce esperanza nunca cumplida! De qué sirve arrastrarse dentro de la panza de un barco, si únicamente puede proporcionar libertad el homicidio... Ah, el barco nunca arribará al castillo donde vive la amada. El viajero deja de caminar por el pasillo y, mientras finge contemplar el paisaje y los lejanos villorrios, aplasta la nariz contra el cristal de la ventanilla como lo hacía de niño. ¡Libertad y homicidio, tan estrechamente emparentados como procreación y muerte! Y aquel que es arrojado al seno de la libertad está tan huérfano como el asesino que, camino del patíbulo, llama a su madre a gritos. En el tren que se precipita rugiendo hacia la lejanía todo es futuro, porque a cada segundo corresponde ya otro lugar, y las gentes de los vagones están contentas, como si supieran que escaparán a la expiación. Aquellos que se han quedado en el andén hicieron un último intento, gritando y agitando pañuelos, para conmover las conciencias de los que huyen y hacerlos regresar a sus obligaciones, pero los viajeros ya no renuncian a la responsabilidad, cierran la ventanilla alegando que temen coger tortícolis por la corriente de aire, y sacan las provisiones que ya no necesitan compartir con nadie.

Muchos de ellos han metido el billete en el sombrero, a fin de que su inocencia sea reconocible desde lejos, pero la mayoría busca el billete con nerviosa angustia, cuando suena la voz de la conciencia y aparece el empleado uniformado. Aquel que piensa en el asesinato es descubierto rápidamente y de nada le sirve comer, a tontas y a locas como un niño, toda clase de alimentos y dulces; sigue siendo la última comida del condenado a muerte.

Están sentados en bancos, cuyos constructores, sin sentido del pudor y de modo tal vez precipitado, los han adaptado a la forma dividida en dos del cuerpo sentado; están sentados ahí, alineados de ocho en ocho, apretados unos contra otros en su cárcel de tablas; sus cabezas oscilan y oyen los crujidos de la madera y el suave chirriar de la estructura sobre las ruedas que giran en los raíles. Los que están sentados en la dirección de la marcha desprecian a los demás que miran hacia el pasado; todos temen las corrientes de aire y, cuando la puerta se abre de repente, tienen miedo del hombre que podría llegar y retorcerles el pescuezo. Pues aquel a quien esto ocurre ya no sabe nada acerca de la justicia que existe entre la culpa y la expiación; duda de que dos y dos sean cuatro, duda de ser hijo de su propia madre o de si es tal vez un engendro. Por eso las puntas de sus pies están orientadas cuidadosamente hacia delante e indican los negocios que se deben realizar. Pues en los negocios que realizan está su comunidad. Una comunidad que carece de fuerza, y está llena de inseguridad y mala voluntad.

Solamente la madre puede tranquilizar al hijo y asegurarle que no es un engendro. Los viajeros y los huérfanos, en cambio, todos aquellos que queman los puentes tras de sí, ignoran lo que será de ellos. Arrojados al seno de la libertad, han de edificar de nuevo el orden y la justicia; no quieren seguir dejándose engañar por los ingenieros y los demagogos, odian la obra del hombre en todas sus manifestaciones estatales y técnicas, pero no se atreven a rebelarse contra ese malentendido milenario ni a provocar la terrible revolución del conocimiento que llevaría a reconocer que dos y dos ya no pueden sumarse. Pues no existe nadie que les pueda garantizar la inocencia perdida y recobrada, nadie en cuyo regazo puedan descansar la cabeza, para escapar en el olvido a la libertad del día.

La ira aguza los sentidos. Los viajeros han ordenado sus equipajes en las redes con sumo cuidado, mantienen conversaciones críticas y enfurecidas sobre las instituciones políticas del Reich, sobre el orden público y sobre las leyes; critican cosas e instituciones con agudeza, aunque con palabras en cuya exactitud ellos, en justicia, ya no pueden creer. Y con el remordimiento de la libertad en sus conciencias, temen el trágico accidente de tren en el que la estructura de acero, aguda y punzante, les atravesaría el cuerpo. Cosas así se leen con frecuencia en los periódicos.

Pero ellos son como personas a las que se hubiese despertado excesivamente pronto del sueño, llamándolas a la libertad, para que alcanzaran puntuales al tren. Por eso sus palabras son cada vez más inseguras y soñolientas, hasta terminar en un confuso murmullo. Uno u otro añade aún que prefiere cerrar los ojos a contemplar la vida a una velocidad tan delirante, pero los compañeros de viaje, refugiándose en el sueño, ya no le escuchan. Se duermen con los puños cerrados y el abrigo sobre la cara, y sus sueños están llenos de odio contra ingenieros y demagogos que, con la sabiduría de los impíos, llaman a las cosas con nombres falsos, y son tan desvergonzados en su falsedad que el sueño encolerizado tiene que imponer a las cosas nombres nuevos, nombres vacilantes, pero llenos del anhelo de que la madre les dé los nombres justos y de que el mundo sea seguro como una patria estable.

Las cosas están demasiado cerca y demasiado lejos, como para un niño, y el viajero que ha subido al tren y desde lejos siente añoranza de su mujer o de su país natal es como alguien que empezara a perder la visión y sintiera de pronto el sordo temor a quedarse ciego. Muchas cosas a su alrededor se han tornado confusas, al menos eso cree él en cuanto se cubre el rostro con el abrigo, y sin embargo se inicia en él un conocimiento que tal vez poseía ya, pero al que no había prestado atención. Se encuentra en el umbral del sonambulismo. Continúa aún por la vía que han preparado los ingenieros, pero ahora camina solamente por el borde, con peligro de precipitarse al vacío. Oye todavía la voz de los demagogos, pero para él ya no es un lenguaje. Extiende los brazos a los lados y hacia delante, igual al triste funámbulo que sabe sostenerse mejor cuanto más lejos está de la hermosa tierra. Paralizada y dominada, flota el alma prisionera en el vacío, y el durmiente se desliza hacia arriba, donde las alas de los amantes rozan su aliento como la pelusilla que se coloca en los labios de los muertos, y él desea, como si fuera un niño, que le pregunten su nombre, a fin de sumergirse sin soñar en los brazos de la mujer, mientras aspira el aire de la patria. Todavía no se ha elevado del todo, pero se encuentra ya en un pequeño primer peldaño de la nostalgia, pues ha dejado de saber cuál es su propio nombre.

> Que venga Aquel que toma sobre sí la muerte en holocausto y redime el mundo para conducirlo al estado de una nueva inocencia: eterno deseo del hombre que se eleva hasta llegar al homicidio, eterno sueño que se eleva hasta la clarividencia. Todo el saber oscila entre el deseo soñado y el sueño presentido, es la sabiduría del sacrificio y del reino de la redención.

Había pasado la noche en Müllheim. Cuando subió al pequeño tren que había de conducirle a Badenweiler, las verdes montañas de la Selva Negra yacían bajo el fresco aire mañanero y estival. El mundo aparecía claro y cercano como un juguete peligroso. La locomotora resollaba tanto que uno gustosamente le habría desabrochado algunos botones del cuello, pero no se sabía si realmente arrastraba el tren deprisa o despacio. No obstante, uno podía confiar en ella con absoluta despreocupación. Cuando se detuvo la locomotora, los árboles saludaron con más alegría que nunca, y, rodeado de suaves perfumes, se levantaba, junto al edificio de la estación, un quiosco con un gran surtido de hermosas tarjetas postales. Todas ellas habrían encajado en la colección de mamá Hentjen, y Esch escogió una muy bonita en la que se veía el Schlossberg, se la puso en el bolsillo y buscó un banco a la sombra donde sentarse para escribir en paz. Pero no escribió. Se quedó sentado muy tranquilo, como quien no tiene que atender ya a nada, y sus manos descansaron apaciblemente sobre sus rodillas. Estuvo así mucho tiempo, contempló con los ojos entornados el verdor de los árboles; estuvo sentado así tanto rato que, con extrañeza, vio que ya no sabía cómo había llegado hasta allí, cuando se encontró andando por las calles sosegadas en las que respiraban los seres humanos. Frente a una casa había un automóvil amenazador y Esch lo observó, considerando si sería adecuado para pasar noches en él. Relajado, observó también otras cosas, pues se habían apoderado de él la seguridad y la soltura del jinete que ha alcanzado la meta, se vuelve hacia atrás sin desmontar y contempla a los demás, que están todavía muy lejos; desaparece de él toda tensión y cómodamente, casi vacilando, recorre el último trecho, pues anhela vivamente que se le presente otro obstáculo especialmente alto y difícil antes de alcanzar la meta y apoderarse de la segura victoria. Por eso resultaba casi doloroso que él, en un día tan hermoso y tan poco propicio a cualquier dolor, se dirigiera a la casa de Bertrand con tanta seguridad: sin detenerse y sin preguntar, sabía adónde tenía que ir. Ascendió por el camino del parque, suavemente serpenteante; el hálito del bosque le envolvió, le rozó la frente, le rozó la piel del cuello y en las bocamangas y, para recibirlo plenamente, se quitó el sombrero y se desabrochó la chaqueta. Finalmente llegó a una verja del parque; apenas le sorprendió que la finca no poseyera aquel carácter suntuoso con que aparecía en sus ensueños. Y aunque no se viera en ninguna ventana a Ilona con su traje de lentejuelas, como un hermoso reflejo del bello paisaje, ella asimismo en la meta, apoyada en el alféizar de la ventana, ay, por mucho que se la echara de menos, no obstante, el castillo del sueño permanecía indeleble, indeleble la imagen de sus sueños, y era como si lo que él ahora veía materializado ante sí fuera simplemente una representación alegórica, dispuesta para un uso momentáneo y práctico, un sueño dentro del sueño. Por encima de la suave ladera de un verde profundo, envuelta en sombras, se erguía el edificio, una quinta de sólida construcción y, como si el frescor fino y juguetón de la mañana y el simbolismo todo tuvieran que cobrar asimismo vida alegórica de nuevo, se destacaba al final de la ladera un surtidor casi silencioso, y era como una bebida reflejante que se goza solo por la transparencia del agua. De la casa del portero, situada detrás de la verja y rodeada de madreselvas, surgió un hombre vestido de gris y le preguntó qué deseaba. Los botones de su chaqueta no eran el distintivo de un uniforme ni de una librea, sino que brillaban con suavidad y frescor deslumbrantes, como si alguien los hubiera cosido exclusivamente para que hicieran juego con aquella mañana rutilante. Si la víspera había tenido un momento de desconfianza en sí mismo, un desfallecimiento momentáneo ante la duda de poder encontrar al señor presidente, ahora esta duda había desaparecido y Esch casi habría asegurado que él formaba parte de aquellos que podían entrar y salir de allí sin que nadie les preguntara nada. Así pues no se sorprendió de que el portero pasara por alto el escribir su nombre y la finalidad de la visita en un bloc, ni se le ocurrió que tal vez hubiera sido más conveniente esperar en la entrada, sino que se colocó junto a aquel hombre y caminó a su lado, y el otro le dejó hacer en silencio. Entraron en un fresco vestíbulo que estaba en semipenumbra y, mientras el hombre desaparecía por una de las muchas puertas lacadas de blanco, que se abrió y cerró suavemente tras él, Esch sintió cómo cedía la mullida alfombra bajo la presión de la suela de sus zapatos, y esperó expectante al mensajero, que al regresar le condujo a través de una serie de aposentos hasta otra puerta, frente a la cual dejó al visitante con una reverencia. Y el visitante, privado de guía repentinamente, piensa que hubiera sido más conveniente e incluso más deseable que la huida de salones hubiera proseguido, prolongándose tal vez hasta la eternidad, hasta una eternidad inasequible, precediendo al santuario más recóndito, antesala, por así decirlo, de la sala del trono, y casi está por creer que ha recorrido la inacabable serie de infinitos aposentos con excesiva rapidez y de forma indecorosa e imperceptible, puesto que se encuentra ya frente a aquel que le tiende la mano. Y aunque Esch sabía que era Bertrand, y no existía ya ninguna duda, ni aquí ni en ninguna otra parte, le pareció que este era simplemente la imagen simbólica de otro, reflejo de alguien más real y tal vez más importante, que permanecía oculto; tan simple, tan fácil, tan suavemente se había desarrollado todo. Lo miró: limpio de barba como un actor, no era actor; su rostro era juvenil y su pelo rizado y blanco. En el cuarto había muchos libros, y Esch se sentó junto al escritorio, como si estuviera en casa del médico. Le oyó hablar y su voz era amistosa como la de un médico:

—¿Qué le trae a usted aquí?

Y el soñador oyó su propia voz diciendo en voz baja:

—Lo entregaré a la policía.

—¡Oh, qué lástima! —fue la queda respuesta.

Tan queda que tampoco Esch se atrevió a levantar la voz, sino que casi para sí mismo repitió:

—Lo entregaré a la policía.

—¿Me odia usted, pues?

—Sí —mintió Esch, y se avergonzó de su mentira.

—Esto no es cierto, amigo mío, usted me aprecia.

—Un inocente está en la cárcel en lugar de usted.

Esch notó que el otro sonreía, y vio a Martin ante sí, hablando y sonriendo también. Y esta sonrisa estaba asimismo en la voz de Bertrand:

—Pero hijo, me habría tenido usted que denunciar hace mucho tiempo.

No se le podía hacer daño.

—Yo no asesino —dijo Esch torvamente.

Ahora Bertrand incluso se rió, una risa leve e inaudible, y como la mañana era tan plácida, sí, como la mañana difundía placidez, Esch fue incapaz de enfadarse, como se enfada uno, lógicamente, cuando otro se ríe de él, y olvidó que precisamente acababa de hablar de asesinato y, si el decoro lo hubiera permitido, habría coreado gustoso la leve risa de Bertrand. Se esforzó en adoptar una actitud digna, y aunque las dos ideas ya no encajaban bien entre sí o tal vez solo dentro de otra coherencia más difícil de comprender, insistió:

—No, yo no asesino, pero usted debe liberar a Martin.

Pero Bertrand, que evidentemente lo comprendía todo, pareció comprender también esto; su voz ahora más seria seguía colmada de una suave alegría, una alegría tranquilizadora:

—Pero Esch, ¿cómo se puede ser tan cobarde? ¿Acaso se necesita pretexto para cometer un asesinato?

De nuevo aparecía la palabra, aunque solo como el ligero soplo de una oscura y silenciosa mariposa. Y Esch pensó que en realidad Bertrand no debía morir, puesto que Hentjen, de todos modos, había muerto ya. Pero se produjo luego como una clara y dulce revelación: un hombre podía morir dos veces. Y Esch, extrañado de que esta idea no se le hubiera ocurrido antes, dijo:

—Pero es usted libre de huir —y propuso tentador—: A América.

Y fue como si Bertrand no le hablase a él:

—Tú sabes muy bien, querido, que yo no huyo. Hace ya mucho tiempo que esperaba este momento.

Esch experimentó repentinamente un profundo amor hacia aquel que, estando en un nivel muy superior al suyo, dialogaba con él, un simple empleado de su empresa y huérfano además, sobre la muerte como lo haría con un amigo. Esch se alegró de haber llevado bien los libros del almacén y de haber efectuado su trabajo honesta y fielmente. Y no se atrevió a decir que sabía todo cuanto se relacionaba con Bertrand ni se atrevió a pedir que Bertrand le matase, sino que se limitó a asentir comprensivamente con la cabeza. Bertrand dijo:

—Nadie está tan alto que pueda permitirse juzgar a otro, ni nadie está tan depravado que su alma inmortal no merezca respeto.

En aquel instante Esch comprendió la situación mejor que nunca, comprendió también que se había engañado a sí mismo y había engañado al mundo, pues le pareció como si cuanto Bertrand sabía de él refluyera de nuevo hacia él: nunca había creído que aquel hombre libertaría a Martin. Pero Bertrand, que conocía y era conocido, dijo, mientras hacía un ligero gesto despectivo con la mano:

—Y si yo hiciera realidad su tremenda esperanza y su irrealizable condición, Esch, ¿no tendríamos que avergonzarnos ambos? Usted, porque sería un banal e insignificante chantajista; yo, por haber sucumbido a semejante chantaje.

Aunque a Esch, siempre soñador despierto, no se le escapó nada, ni el gesto despectivo de la mano, ni el rasgo de ironía dibujado en la sonrisa y en la boca de Bertrand, no perdió la esperanza de que Bertrand, a pesar de todo, cumpliría la condición o al menos huiría: Esch confiaba en que así fuera, porque de pronto apareció el temor de que, con la segunda muerte del señor Hentjen, pudiera morir también el deseo por mamá Hentjen. Pero esta era una cuestión de su vida privada, y hacer depender de ella el destino de Bertrand no le parecía menos indigno que si le hubiera extorsionado dinero, y además tampoco encajaba con la pureza de la mañana. Por eso dijo:

—No hay otra salida... Yo tengo que denunciarle a usted.

—Todo el mundo ha de realizar sus sueños, tanto el perverso como el santo —respondió Bertrand—. De no hacerlo, no se puede participar en la libertad.

Esch no le comprendió del todo y para asegurarse dijo:

—Tengo que denunciarle. Si no lo hago, cada vez será peor.

—Sí, querido, si no lo hace cada vez será peor, y queremos intentar evitarlo. Yo tengo, de los dos, la parte más fácil; me basta con huir. El forastero nunca sufre, está desligado; solo sufre aquel que permanece atado.

Esch creyó ver de nuevo el gesto irónico en la boca de

Bertrand: envuelto en esa fría maraña de lejanía corruptora, Harry Köhler tenía que hundirse dolorosamente y, sin embargo, Esch no podía enfadarse con el causante de tal desdicha. Hubiera preferido dar por terminada la cuestión, haciendo él también un gesto despectivo con la mano, pero, casi como una continuación de las palabras de Bertrand, dijo:

—Si no hubiera expiación, no existirían ni el ayer, ni el hoy, ni el mañana.

—Oh, Esch, haces que se me oprima el corazón. Esperas demasiado. Todavía no ha sido calculado el tiempo posterior a la muerte: en su comienzo siempre estuvo el nacimiento.

Esch tenía también el corazón oprimido. Esperaba que aquel hombre diera la orden de izar bandera negra en las almenas y pensó: Tiene que dejar sitio para aquel después del cual se contará el tiempo. Pero Bertrand no parecía entristecerse por todo aquello, pues dijo en tono superficial, igual que si hiciera una observación al margen:

—Son muchos los que han de morir, muchos han de ser sacrificados, a fin de dejar sitio al redentor, al conocedor de todo, el portador del amor. Y solo su muerte en sacrificio liberará al mundo retornándolo al estado de la nueva inocencia. Pero antes tiene que venir el Anticristo, el insensato, el sin sueños. Primero hay que dejar el mundo sin aire, vaciarlo como si se pusiera bajo una campana neumática… la nada.

Esto era evidente, como todo lo que Bertrand decía, tan evidente y familiar que la osadía de imitar su irónica expresión se convertía casi en una obligación, casi en una muestra de acuerdo:

—Sí, hay que imponer el orden, a fin de poder comenzar desde el principio.

En cuanto lo hubo dicho, sintió vergüenza; se avergonzó del tono en que había hablado y de la expresión sarcástica de su rostro; temía que Bertrand se riera otra vez de él, pues ante Bertrand se sentía totalmente desnudo, y le agradeció mucho que se limitara a puntualizar en voz baja:

—Asesinato y contraasesinato es lo que constituye este orden, Esch... El orden de la máquina.

Esch pensó: Si él me retuviera aquí, eso sería orden; todo se olvidaría y los días transcurrirían en paz y armonía; pero él me rechaza. Y él tenía que irse si Ilona iba a venir. Por eso dijo:

—Martin se ha sacrificado y nadie le ha liberado.

La mano de Bertrand se movió en un ligero gesto de desprecio y desesperanza.

—Nadie ve al otro en la oscuridad, Esch, y la claridad que fluye y refluye es solo un sueño. Tú sabes que yo no puedo retenerte conmigo, por más que temas la soledad. También yo me he de limitar a proseguir mis negocios.

Era lógico que a Esch esto le apesadumbrase, y dijo:

—Clavado en la cruz.

Entonces Bertrand volvió a sonreír, y Esch se sintió tan rechazado por él que casi le hubiera deseado la muerte, si aquella sonrisa no hubiera sido tan amistosa, amistosa y callada como el discurso que todo lo revelaba:

—Sí, Esch, clavado en la cruz. Y atravesado por una lanza en la última soledad y confortado con vinagre. Solo entonces pueden penetrar las tinieblas en las que el mundo debe sumergirse para que renazcan la luz y la inocencia, aquellas tinieblas en las que ningún ser humano halla el camino del otro... Y aunque caminemos juntos, no nos oímos y nos olvidamos los unos de los otros, como tú también, mi querido y último amigo, olvidarás lo que te estoy diciendo, lo olvidarás como se olvida un sueño.

Pulsó un botón y dio algunas órdenes. Luego fueron al hermoso jardín que se extendía hasta el infinito, y Bertrand le enseñó sus flores y sus caballos. Por entre las flores revoloteaban calladas mariposas oscuras y los caballos no relinchaban. Bertrand andaba con paso elástico, puesto que caminaba a través de sus dominios, aunque Esch tenía de vez en cuando la impresión de que aquel hombre de pies ligeros andaba con muletas, pues en lo alto del cielo había un eclipse solar. Al cabo de un rato se sentaron juntos a la mesa, engalanada con objetos de plata, con vino y frutas, y eran como dos amigos que lo saben todo el uno del otro. En cuanto terminaron de comer, Esch supo que se acercaba el momento de la despedida, puesto que la noche podía llegar de improviso. Bertrand le acompañó hasta los escalones que descendían al jardín, y allí estaba esperando el gran automóvil rojo con los cojines de cuero también rojo, todavía calientes del sol del mediodía. Y cuando se rozaron sus dedos en la despedida, Esch experimentó un fuerte impulso de inclinarse y besar la mano de Bertrand. Pero el conductor del automóvil tocó el claxon con violencia y el visitante tuvo que subir rápidamente al vehículo. Apenas se puso este en movimiento, se levantó un viento tan fuerte y cálido que pareció borrar la casa y el jardín, y el viento no cesó hasta Müllheim, donde un tren iluminado esperaba resoplando al viajero. Era el primer viaje que Esch hacía en automóvil y resultó muy agradable.

> Grande es la angustia de aquel que despierta. Regresa con justificaciones mínimas y teme la fuerza de su sueño, sueño que no se ha convertido tal vez en acción, pero sí en un nuevo saber. El expulsado del sueño vaga en el sueño. Y de nada le sirve llevar una postal en el bolsillo para poder contemplarla cuando quiera; ante el tribunal sigue siendo un testigo falso.

El ser humano, con frecuencia, no se da cuenta de que su añoranza ha cambiado de fisonomía en el curso de unas horas. Tal vez lo que el viajero común pase por alto sean simplemente diferencias sutiles, meros matices, mientras la añoranza de la patria se ha ido transformando para él sin que lo advirtiera en nostalgia de la tierra prometida y, aunque en su corazón reine una confusa zozobra, por temor a la noche de la patria que espera, sus ojos están llenos de una claridad invisible, una claridad que proviene de alguna parte, no se sabe de cuál, si bien se presiente que es la claridad del otro lado del Océano, del país donde las oscuras brumas se disipan: pero en cuanto se levanta la niebla, se hacen visibles las extendidas y despejadas hileras de los campos, así como las praderas verdes cubiertas suavemente de arbustos, un país que encubre arropada una mañana tan eterna que el angustiado empieza a olvidarse de las mujeres. Es un país casi despoblado y los escasos colonos que lo habitan son extranjeros. No mantienen ningún tipo de relación entre sí, cada uno vive solitario en su castillo. Se ocupan de sus negocios, cultivan los campos, siembran y escardan. El brazo de la justicia no puede alcanzarles, porque no necesitan ni derecho ni leyes. Viajan en sus automóviles por las estepas y por zonas vírgenes que aún no han sido jamás cruzadas por carreteras, y su única guía es su irrealizable añoranza. Incluso cuando los colonos se han establecido, se sienten extranjeros; su añoranza es un dolor de lejanía, de una lejanía cuya luminosidad va aumentando sin llegar a ser jamás alcanzable. Y lo más sorprendente es que son hombres occidentales, es decir, unos hombres cuya mirada está vuelta hacia el ocaso, como si allá no se irguiera la noche sino la puerta de la luz. No se sabe si buscan esa luminosidad con tanto afán porque piensan con agudeza y realismo o porque temen la oscuridad. Solo se sabe que se instalan en los lugares donde hay poco bosque o que lo talan para convertirlo en un parque rebosante de luz; pues, aunque les gusta el frescor de la fronda, dicen que deben preservar a sus hijos de su terrible oscuridad. Sea esto cierto o no, indica al menos que los colonos no poseen aquel temperamento arisco con que uno se imagina a los colonos y pioneros, sino que se parecen a las mujeres, y su nostalgia corresponde a la nostalgia que experimentan las mujeres, nostalgia que aparentemente se refiere al hombre amado, pero que en realidad afecta a la tierra prometida adonde él debe conducirlas sacándolas de las tinieblas. Pero uno ha de ser precavido con tales manifestaciones, porque los colonos se ofenden con facilidad y entonces se encierran aún más en su soledad. En cambio en las estepas, en los campos cubiertos de hierba, coronados por infinitas colinas y regados por frescos ríos, zonas que ellos prefieren, están alegres, si bien son demasiado tímidos como para ponerse a cantar. Así es la vida de los colonos, vuelta de espaldas al dolor, vida que buscan al otro lado del océano. Mueren fácilmente, juvenilmente, aunque sus cabellos ya sean grises, pues su nostalgia es una constante despedida. Son orgullosos como lo era Moisés a la vista de la tierra prometida, él solo dentro de la añoranza de Dios, él solo excluido. Y con frecuencia se observa en sus manos el mismo gesto de desesperanza, teñido de cierto desprecio, que hiciera Moisés en la montaña. Pues la patria del pueblo se extiende irrecuperable detrás de ellos, frente a ellos la lejanía inalcanzable, y el hombre, cuya nostalgia ha cambiado sin que él mismo lo sepa, se siente a veces como quien ha aturdido sus males, pero sin poder nunca olvidarlos del todo. Esperanza inútil. Pues ¿quién podría diferenciar el extravío del huérfano del avance hacia delante por los campos dichosos? Aunque disminuya el dolor por lo irreparable, al introducirse más y más en la tierra prometida, aunque muchas cosas se disuelvan y se pierdan en la luminosidad creciente, y el dolor esté cada vez más desligado de todo, sea más luminoso, incluso tal vez invisible, a pesar de ello no desaparece por completo, como no desaparece la nostalgia del hombre, en cuyo sonambulismo expira el mundo, desmoronándose en el recuerdo de la noche de su mujer, nostálgica y maternal, para ser al fin solo un aliento doloroso del pasado. Vana esperanza, altanería que con frecuencia carece de fundamento. Por eso muchos colonos, aunque parezcan alegres y serenos, tienen remordimientos y están más dispuestos a la expiación que muchos otros hombres más pecadores que ellos. Ciertamente no resulta increíble que incluso haya algunos que no puedan seguir soportando la claridad y la armonía a las que se han entregado y, aun pudiendo uno creer que su incoercible dolor de lejanía ha aumentado tanto que necesariamente tendrá que volver al polo opuesto o quizá al origen, por eso precisamente no es menos increíble que uno pueda ver colonos que sollozan tapándose la cara con las manos, como si sufrieran añoranza de la patria.

Así pues, Esch, a medida que se acercaba a la ciudad de Mannheim en aquella mañana gris y neblinosa, iba sumergiéndose en una angustia más y más dolorosa, y apenas sabía ya si el tren le llevaba directamente a la taberna de Colonia o si mamá Hentjen, a fin de concebir un hijo de él, le esperaría con impaciencia en Mannheim. Le decepcionó encontrar simplemente una carta, carta que él había esperado, pero que hubiera preferido no leer. Y más todavía al pensar que la cochina carta había sido escrita debajo del retrato del señor Hentjen. Tal vez por esta razón, o debido quizá también a su angustia, la mano de Esch temblaba cuando, pese a todo, abrió la carta.

Apenas se había fijado en Erna, ni tampoco había concedido ninguna atención a su expresión ofendida; se fue inmediatamente a la ciudad, pues sabía que debía presentar denuncia en la jefatura de policía. Pero, por una extraña casualidad, se encontró primero frente al comercio de Lohberg; le saludó, y ahora se planteó la cuestión de si debía regresar al puerto. Pero no le apetecía, y hubiera preferido dirigirse a la cárcel, aunque sabía perfectamente que no dejaban entrar más que por las tardes. Remotamente empezó a aparecer la soledad y acabó por hallarse ante el monumento dedicado a Schiller, y habría estado contento si hubiera encontrado junto a él la torre Eiffel y la estatua de la libertad. Tal vez era simplemente la consecuencia de la diferencia de dimensiones: el monumento, en su tamaño natural, no le decía nada, ahora era completamente incapaz de imaginar siquiera el local de mamá Hentjen. De este modo dejó pasar ocioso la mañana, luchando con su memoria; efectivamente él quería presentar una denuncia en la policía, pero no sabía cómo formular el contenido. Por fin, con una sensación de inmenso alivio, abandonó el proyecto, cuando se le ocurrió que la policía de Mannheim, que había metido en la cárcel a Martin, no era digna de recibir tal denuncia, mientras que él, de todos modos, seguía debiendo a Colonia un sustituto por Nentwig. Se enfureció: podía habérsele ocurrido antes, pero ahora todo estaba claro, y almorzó con buen apetito en compañía de Lohberg.

Después se dirigió a la penitenciaría. De nuevo el día volvía a ser caluroso, de nuevo se encontró sentado en el locutorio —¿había salido uno nunca de él?—, todo permanecía exactamente igual y nada mediaba entre las dos visitas: de nuevo entró Martin acompañado del carcelero, de nuevo sintió Esch el torturante vacío en su cabeza, de nuevo resultó inexplicable el porqué estaba él sentado en aquella sala de un edificio estatal, inexplicable, pese a que ocurría para un determinado y largamente premeditado fin. Por suerte notó en el bolsillo los cigarrillos que esta vez, desde luego, entregaría con disimulo a Martin, para que al menos la visita saldara una vieja cuenta pendiente. Pero esto era un pretexto, sí, un pretexto, pensó Esch, y luego pensó: quien no tiene cabeza ha de tener pies. Todo resultaba molesto, y cuando estuvieron sentados los tres en torno a la mesa, le irritó especialmente la irónica amabilidad de Martin... le advertía de algo que él se negaba a admitir.

—¿Ya estás de vuelta de la cura, August? Tienes realmente muy buen aspecto. ¿Has visto a todos tus antiguos conocidos?

Esch no mintió al decir:

—No he visto a nadie.

—¡Vaya! ¿No estuviste, pues, en Badenweiler?

Esch no pudo responder.

—Esch, ¿has cometido alguna tontería?

Esch continuó callado y Martin se puso serio:

—Si has hecho algo, tú y yo hemos terminado.

Esch dijo:

—Todo es muy extraño. ¿Qué podía hacer yo?

A lo que Martin respondió:

—¡Pues hay algo que no marcha! ¿Tienes la conciencia tranquila?

—Sí, tengo la conciencia tranquila.

Martin le seguía observando inquisitivamente, y Esch se acordó forzosamente de aquel día en que Martin le siguió por la calle como si quisiera agredirle por la espalda con su muleta. Pero Martin recobró su amabilidad y preguntó:

—¿Y qué haces todavía en Mannheim?

—Lohberg se va a casar con Erna Korn.

—Ah, Lohberg... Me acuerdo de él, el comerciante de tabacos. ¿Y por eso te quedas aquí?

La mirada de Martin volvía a ser desconfiada.

—De todos modos me marcharé hoy... A lo más tardar, mañana.

—¿Y qué piensas hacer?

Esch hubiera querido estar lo más lejos posible.

—Me iré a América —dijo.

Martin sonrió con aquella expresión de niño envejecido:

—Sí, sí, tienes esta idea desde hace tiempo... ¿O es que ahora hay algún motivo especial que te impulse a irte?

No, simplemente ahora creía tener allí buenas perspectivas.

—Bueno, Esch, espero volver a verte antes. Es preferible tener allí buenas perspectivas a que algo te obligara a irte de aquí... Pero si fuera por alguna otra razón ¡no me verías nunca más, Esch!

Estas últimas palabras sonaron como una amenaza, y en la calurosa y poco ventilada sala cayó de nuevo el silencio sobre los tres hombres sentados en torno a la mesa manchada de tinta. Esch se puso de pie y dijo que debía darse prisa si quería alcanzar el tren, y cuando Martin, al despedirse, le miró nuevamente inquisidor y desconfiado, Esch le deslizó los cigarrillos en la mano, mientras el guardián uniformado fingía no verlo, o realmente no lo veía. Después Martin se hizo conducir otra vez hacia su celda.

Camino de la ciudad, Esch sentía resonar en sus oídos la amenaza de Martin, y tal vez dicha amenaza se acababa ya de realizar, puesto que de repente no pudo continuar imaginándose a Martin, ni su forma de cojear, ni su sonrisa, ni que el lisiado pudiera entrar nunca más en la taberna. Se había convertido en un extraño. Esch caminaba a grandes e irregulares pasos, como si tuviera que agrandar lo más rápidamente posible la distancia entre él y la cárcel, la distancia existente entre él y todo cuanto quedaba a sus espaldas. No, aquel tipo no le seguiría nunca más para clavarle la muleta por la espalda; ni el uno perseguirá al otro ni él podría alejarlo de sí; cada cual está condenado a seguir su propio camino solitario, ajeno a toda comunicación con los demás: se trata de desligarse de la enmarañada red del pasado para evitar el sufrimiento. Solo es necesario caminar lo suficientemente aprisa. La amenaza de Martin iba perdiendo curiosamente consistencia, era como una humilde copia terrenal de un estado de cosas más elevado en el que uno tomaba parte desde hacía mucho tiempo. Y aunque uno dejase atrás a Martin, aunque uno, por así decirlo, sacrificara a Martin, esto era también una reproducción terrenal de un holocausto más elevado, reproducción necesaria para abolir definitivamente el pasado. Ciertamente las calles de Mannheim continuaban siendo familiares, pero conducían a lo desconocido, a la libertad; se avanzaba a un nivel superior y, cuando llegara al día siguiente a Colonia, ya no estaría sometido a la ciudad ni a su imagen, la encontraría dócil y humilde, obediente a todos los cambios. Esch hizo un gesto despectivo con la mano y logró al mismo tiempo esbozar una mueca de ironía.

Estaba tan absorto en sus pensamientos que cruzó la puerta de la vivienda de Korn sin darse cuenta; hasta que llegó a la puerta de la buhardilla, no notó que había subido demasiado y tuvo que descender un piso. Y se asustó cuando le abrió la señorita Erna. Se había olvidado completamente de ella y ahora ella estaba allí, miraba por la puerta entreabierta, lucía su sonrisa amarilla y reclamaba su parte. Era como la encarnación del demonio del pasado que bloqueaba el portal de la nostalgia, careta de lo terrenal, más invencible y sarcástica que nunca, exigiendo que uno descendiera eternamente hasta la maraña de lo que había sido. Y no representaba ninguna ayuda el tener la conciencia tranquila, no servía de nada ser libre de, en todo momento, proseguir el viaje hacia Colonia y hacia América; durante un instante, lo que dura un latido de corazón, pareció incluso como si Martin le hubiera atrapado, como si fuera la venganza de Martin la que le rebajase y le empujase hacia la señorita Erna. La señorita Erna, en cambio, parecía saber que no había escapatoria para él, pues sonreía con el mismo aire de suficiencia con que sonreía Martin, como si poseyera un conocimiento secreto de una atadura terrenal confusa todavía, pero amenazadora e inevitable, y de máxima importancia. Él observó inquisitivamente el rostro de la señorita Erna: era el rostro marchito de un Anticristo y no contenía respuesta alguna. «¿Cuándo va a venir Lohberg?» Esch formuló la pregunta sin ningún preámbulo, como con la vaga esperanza de hallar en ello una solución; y cuando la señorita Erna dio a entender con astucia que intencionadamente no había avisado a su prometido, esto le pareció a Esch un privilegio excitante, pero, al mismo tiempo, molesto. Sin mirar siquiera la expresión de enfado de la señorita Erna, salió de la casa y se fue a ver a Lohberg para invitarle a cenar.

Y fue realmente tranquilizador encontrarse con aquel idiota, tan tranquilizador que Esch se lo llevó enseguida y no solo compró toda clase de manjares, sino también dos ramos de flores, y le puso a Lohberg uno en la mano. No es de extrañar que la señorita Erna, al verlos, juntara las manos y exclamara: «¡Eso sí que son dos caballeros!». Esch repuso muy ufano: «La fiesta de despedida», y, mientras ella preparaba la mesa, se sentó en el sofá junto a su amigo Lohberg y cantó

«Tengo que dejar la pequeña ciudad», lo que le valió por parte de la señorita Erna una serie de miradas tristes y desaprobadoras. Sí, tal vez fuera realmente una fiesta de despedida, una fiesta de ruptura con aquella comunidad terrenal, y le hubiera gustado prohibir a Erna que colocara en la mesa un cubierto para Ilona. Pues Ilona debería ser igualmente liberada y encontrarse ya en la meta. Y este deseo era tan poderoso que Esch esperó con absoluta seriedad que Ilona no aparecería, que no aparecería nunca más. Y por añadidura le producía cierto regocijo la decepción de Korn.

Korn, en efecto, se sintió decepcionado; su decepción se manifestaba sin más en obscenas imprecaciones contra el prototipo de mujer húngara, así como en la apremiante impaciencia con que exigía la comida. Al propio tiempo movía su ancha mole con extraña agilidad por toda la habitación; se volvía hacia la botella de licor, se volvía hacia la mesa de la que cogía con sus gordos dedos algún trozo de salchicha, y como Erna se lo prohibiera, se volvió hacia Lohberg y lo amenazó con el puño para que se levantara del sofá, que reclamaba para sí como su sitio habitual. El ruido que causaba aquel hombre era extraordinario; su cuerpo y su voz llenaban la estancia cada vez más, la llenaban hasta los bordes; todo lo terrenal y lo carnal de la conducta de Korn, hambrienta y desmesurada, fluía por la habitación y salía incluso fuera de ella amenazando con llenar el mundo; brotaban lo pasado y lo inmutable empujando a un lado todo lo demás y ahogando la esperanza; la oscuridad empezaba a reinar en el elevado e iluminado escenario; tal vez ni siquiera existía. «Y bien, Lohberg, ¿dónde está ahora vuestro reino de la redención?», gritó Esch, como si con ello pudiera acallar su espanto, y gritó de rabia, porque ni Lohberg ni nadie podía darle una respuesta: ¿por qué debía descender Ilona hasta entrar en contacto con lo terrenal y muerto? Pero Korn, sentado sobre sus anchas posaderas, ordenó con voz estentórea: «¡Traed comida!». «¡No!», protestó Esch a gritos, «¡hay que esperar a que llegue Ilona!» Pues, aunque casi tenía miedo de volver a ver a Ilona, ahora todo estaba en entredicho y de repente Esch deseó con impaciencia que Ilona llegara, en cierto modo como piedra de toque de la verdad.

Ilona entró. Apenas se fijó en los presentes, sino que, obedeciendo a una seña de Korn, que masticaba en silencio, se sentó a su lado en el sofá y, cumpliendo también una silenciosa orden, le pasó con desgana su suave brazo por encima del hombro. Por lo demás, se dedicó a mirar los sabrosos manjares que le darían de comer. Erna, que lo veía todo, dijo: «Si yo fuera tú, Ilona, apartaría la mano de Balthasar mientras estuviéramos comiendo». Sus palabras cayeron en el vacío, pues Ilona, evidentemente, aún no comprendía bien el alemán y, además, desconocía los sacrificios que por ella se habían hecho. Desposeída de todo idioma, apenas si podía llamársela comensal en la mesa de los atados a la carne, antes bien una visitante en la cárcel de lo terrenal o una prisionera voluntaria. Y Erna, que hoy parecía saber muchas cosas, no siguió mencionando asuntos terrenales, y fue como un testimonio de una comprensión remota el que tomara el ramo de flores de la mesa y lo sostuviera bajo la nariz de Ilona: «Huele, Ilona», le dijo, e Ilona dijo: «Sí, gracias», y las palabras sonaron como procedentes de una lejanía a la que aquel Korn mastiqueante nunca podría llegar, como si vinieran de un estrato superior al que ella podría acceder si uno se mantenía en el sacrificio. Esch se animaba con facilidad. Cada cual debe realizar sus sueños, los perversos y los santos por igual: entonces participará de la libertad. Y por más que fuera una lástima el que aquel dechado de virtudes se llevase a Erna y el que Ilona jamás pudiera presentir que se iba a echar la última raya de una cuenta, fue, no obstante, una conclusión y un cambio, una prueba testimonial y un nuevo conocimiento, que Esch se levantara y bebiera a la salud del grupo y dijera unas breves palabras de felicitación para los novios; todos se sorprendieron, excepto Ilona, a quien, en realidad, iba dirigido. Pero como, de suyo, respondía al deseo de todos, se sintieron agradecidos, y Lohberg le estrechó varias veces las manos con los ojos húmedos. Después, obedeciendo una orden suya, los novios se dieron el beso de prometidos.

Pese a todo, a Esch no le pareció definitivo cuanto acababa de suceder y, cuando todo terminó y Korn se había retirado ya en compañía de Ilona, y la señorita Erna se disponía a ponerse las agujas del sombrero para ir con Esch a acompañar hasta su casa a su prometido, Esch se opuso: no, no le parecía correcto que él, un hombre soltero, pasara la noche en casa de la novia de Lohberg; él estaría dispuesto a hospedarse hoy en casa del señor Lohberg o a cambiar con él de habitación, posibilidad esta última que debían tener en cuenta ya que, como recién prometidos, tendrían muchas cosas que decirse. Y con estas palabras los empujó a los dos dentro de la habitación de Erna, y él se fue a la suya.

De este modo terminó el día de su primera liberación y empezó la primera noche de su extraordinaria y desagradable renuncia.

EL INSOMNE

Aquel que sin poder conciliar el sueño apaga con las blandas y húmedas yemas de los dedos la vela que tiene junto a su cama y espera en su cuarto, en el que se está fresco ahora, el sueño reparador, vive hacia la muerte a cada latido de su corazón, pues cuanto más insólitamente se ha expandido el frescor por la habitación en torno a él tanto más ardiente y premioso es el tiempo en el interior de su cerebro, tan premioso que principio y final, origen y muerte, ayer y mañana se derrumban y funden en un solitario y único ahora y lo llenan hasta el borde y casi lo hacen estallar.

Esch se preguntó por un instante si Lohberg, a fin de cuentas, vendría a buscarle para ir juntos a su casa. Pero con una mueca de ironía decidió que podía irse a dormir y, sonriendo aún socarronamente, empezó a desnudarse. A la luz de la vela releyó la carta de mamá Hentjen; las explicaciones referentes a la taberna eran excesivamente largas y también muy aburridas; había, en cambio, un párrafo que le producía especial alegría: «Y no olvides, mi querido August, que tú eres y serás mi único amor en este mundo, sin el cual yo no podría vivir, y por tanto habré de llevarte conmigo, querido August, hasta la fría tumba». Sí, le alegraba leer esto, y ahora, a causa de mamá Hentjen, se sintió todavía más satisfecho de haber enviado y entregado Lohberg a Erna. Luego se humedeció las yemas de los dedos, apagó la vela y se tendió cuan largo era.

Una noche de insomnio comienza con pensamientos banales; es algo parecido a lo que ocurre con un prestidigitador, que primero ejecuta una serie de ejercicios fáciles, antes de pasar a otros que quitan el aliento. Envuelto en la oscuridad, Esch no pudo evitar una nueva sonrisa socarrona ante la idea de que Lohberg se deslizaría por debajo de las sábanas hasta Erna y de que esta le recibiría con su risita de conejo, y se alegró de no tener que estar celoso de aquel campeón de la virtud. Evidentemente su deseo de acostarse con Erna había desaparecido ahora por sí solo, y estaba muy bien que así fuera. Y en realidad él piensa en lo que ocurre en la otra habitación solo para constatar que le deja totalmente indiferente; no le produce ni frío ni calor que Erna acaricie con sus manos el pobre cuerpo de aquel idiota, ni que ella soporte junto a sí a un tal engendro, y le da absolutamente igual qué tipo de impresiones o imágenes fálicas —Esch empleó en realidad otra expresión— pudiera ella barajar en su mente. Era tan simple imaginarse todo esto, que casi parecía no tener consistencia, y, además, tratándose del casto José, uno no estaba ni siquiera seguro de que las cosas ocurrieran realmente de este modo. ¡Qué fácil sería vivir si estas mismas cosas le dejaran indiferente cuando se trataba de mamá Hentjen...! Pero solo el roce de este pensamiento resultaba tan doloroso que Esch

se estremeció, de modo parecido a como se estremecía mamá
Hentjen en determinadas ocasiones. Y gustosamente habría
vuelto a pensar en Erna, si algo no se hubiera interpuesto en
el camino de sus pensamientos, algo invisible de lo cual él
únicamente sabe que es lo amenazador, lo inevitable de la tarde precedente. Por eso prefiere pensar en Ilona, pues en este
caso el que se establezca el orden depende exclusivamente de
que él extirpe de su memoria el recuerdo de los cuchillos silbantes. Quiere pensar en ello como ejercicio previo a otras
tareas mucho más difíciles, pero no lo consigue. Cuando finalmente se imagina, en contra de su voluntad y con rabia,
que ella se está abandonando, lánguida y suave, a Korn, ese
pedazo de animal muerto, sin consideración hacia sí misma,
de la misma suerte que permanece erguida y sonriente entre
los cuchillos esperando que uno le dé en el corazón, oh, entonces descubre repentinamente la solución de todo el enigma: es un suicidio lo que ella realiza de esta manera tan extrañamente complicada y femenina, suicidio que la arrastra hasta
el contacto con lo terrenal. ¡De eso tiene que ser liberada!
¡Solución del problema, que constituye un nuevo problema!
En verdad, si aquella amenaza no cerrase el camino, uno apartaría sencillamente a Ilona a un lado, se acercaría a Erna, cogería a Lohberg por el cuello de la camisa y lo lanzaría sin
contemplaciones por el aire. Después de esto uno podría dormir tranquilo y sin pesadillas. Pero en este preciso momento
en que está imaginando cuán apacible sería el mundo y en que
ha vuelto a encontrar en sí mismo el más elemental deseo de
poseer una mujer, al insomne se le ocurre repentinamente una
idea que es, a un tiempo, un poco divertida y un poco terrible: él no podía volver a Erna, porque ahora ya no quedaría
claro quién era el padre del niño. ¡Este era el ligamen inexplicable, profundo y terrenal! ¡Este era el muro amenazador que
hoy le había hecho retroceder asustado ante Erna! La cuenta
podía ser exacta; pues un hombre se había marchado para
dejar sitio a otro, tras el cual el tiempo empieza a contar, y

probablemente era también justo que el padre de un redentor fuera un casto José. El insomne intenta de nuevo esbozar su mueca irónica, pero ahora ya no lo consigue; sus párpados están demasiado cerrados y nadie puede reír en la oscuridad. Porque la noche es el tiempo de la libertad y la risa es la venganza del esclavo. ¡Oh, sí! Era justo que él yaciera ahora en su cama, insomne y expectante, con una excitación fría y extraña que ya no era fruto del deseo; yacía como un muerto aparente en su tumba, puesto que el otro yacía insomne y rígido en la suya. No obstante, ¿cómo podía uno admitir que aquel otro hubiera sido sacrificado para que germinara una nueva vida en el receptáculo mezquino y terrenal que se llamaba señorita Erna? El insomne profiere maldiciones como suelen hacer todos los insomnes, pero mientras maldice y blasfema, se le ocurre que, no obstante, aquello no concordaba, si la mágica hora de la muerte ha de coincidir con la hora de la procreación. No es posible estar al mismo tiempo en Badenweiler y en Mannheim; había sacado una conclusión precipitada y prematura, pues todo era sin lugar a dudas más complicado y más digno.

La habitación, sumida en la oscuridad, estaba llena de frescor. Esch, hombre de comportamiento impetuoso, yacía inmóvil en la cama, su corazón martilleaba el tiempo hasta reducirlo a una nada sutil, y no veía ningún motivo por el cual debiera uno aplazar la muerte hacia un futuro que, de todos modos, era ya presente. Al que está desvelado puede parecerle esto ilógico, pero es porque olvida que él mismo, la mayoría de las veces, se encuentra en una especie de letargo y que únicamente en estado de insomnio, expectante, se piensa con lógica. El insomne mantiene los ojos cerrados como si no quisiera ver las frías tinieblas del nicho en que yace, como si temiera que el insomnio pudiera transformarse en un vulgar estar despierto ante las cortinas que cuelgan ante la ventana como faldas de mujer, ante todos los objetos que se liberarían de las tinieblas en cuanto él abriera los ojos. Pero él quiere permanecer insomne y no despierto, de lo contrario no podría yacer aquí en la tumba, separado del mundo y bajo amparo, junto a mamá Hentjen, lleno de deseo, pero de un deseo que ha dejado de ser carnal: sí, le habían robado el deseo y también esto era justo. Unido a la muerte, piensa el insomne, aparentemente asesinado, sí, unido a la muerte, pensamiento que, en realidad, sería tranquilizador si uno no tuviera forzosamente que pensar en Erna y en Lohberg, los cuales ahora también estarían unidos en la muerte de alguna manera. ¡Pero de qué manera! El insomne ya no tiene ganas de hacer chistes cínicos, él quiere, por así decirlo, dejar que actúe sobre él el contenido metafísico de los acontecimientos y quiere valorar en su justa medida la enorme, extraordinaria distancia que separa el lugar donde se encuentra de las restantes habitaciones de la casa, quiere reflexionar con toda seriedad sobre la alcanzable comunidad del mundo, sobre la realización del sueño que debe conducir a la plenitud; y como no comprende nada de todo esto, se entristece y se pone de mal humor, se enfurece y solo piensa en cómo es posible que pueda surgir lo vivo de lo muerto. El insomne acaricia con la mano su pelo corto y tieso; le queda en la mano una sensación de picazón y de frescura; es como un experimento peligroso, que no habrá de repetir.

Y mientras va progresando de este modo en ejercicios cada vez más difíciles y más dignos, va en aumento su cólera, y tal vez sea la cólera de un deseo que ha perdido su fuerza, de un deseo sin apetencias. Ilona comete un suicidio de manera extrañamente complicada y femenina, absorbiendo noche tras noche un fragmento de muerte, de suerte que el rostro de Ilona está hinchado como si la hubiera rozado ya la putrefacción. Y cada noche, al irse grabando en ella las imágenes lascivas, ha de aumentar forzosamente esa hinchazón. ¡Era por eso que hoy había tenido tanto miedo de ver a Ilona! Todo el saber del insomne se convierte en lúcido sueño anticipado de la muerte, y él advierte que mamá Hentjen está ya muerta, que ella, la muerta, no puede tener un hijo de él, que ella, precisamente por eso, en lugar de venir a Mannheim, solo había podido escribir una carta, una carta escrita debajo del retrato de aquel por quien se había dejado matar, porque ella había consentido, exactamente igual que Ilona permitía que la matara el bestia de Korn. También las mejillas de mamá Hentjen están carcomidas, el tiempo y la agonía de la muerte se reflejan en su rostro y el amor de sus noches está muerto, está muerto como la pianola que exhala un runruneo metálico en cuanto uno lo manipula. Y Esch se enfurece cada vez más.

El insomne ignora que su cama se encuentra en un lugar determinado, dentro de una casa real de una calle concreta, y rechaza todo cuanto pueda hacérselo recordar. Es sabido que los insomnes se encolerizan con facilidad por cualquier cosa; el ruido de las ruedas de un tranvía solitario por la calle basta para ponerles furiosos. ¡Cuánto más violento será por consiguiente su enfado ante una contradicción, si esta es tan grande y terrible que apenas puede compararse a un error de contabilidad! El insomne acosa con febril celeridad sus propios pensamientos, para encontrar un sentido al interrogante que se cierne sobre él procedente de alguna parte, de muy lejos, de América tal vez. Siente que en su cabeza existe una región que es América, una región que es simplemente el sitio del futuro en su cerebro y que, no obstante, no puede existir, mientras el pasado continúe precipitándose desenfrenadamente en el futuro, el mundo de la nada en el mundo nuevo. Él mismo es arrastrado por este cataclismo de destrucción, pero no en solitario, sino que cuantos le rodean son barridos juntamente con él por el glacial huracán, y todos siguen a aquel que se ha arrojado el primero a esta tempestad, aniquilados a fin de que el tiempo vuelva a ser tiempo. En este momento no existía el tiempo, solo un espacio extraordinariamente grande: el insomne, el expectante, oye todas las agonías, y aunque mantiene fuertemente cerrados los párpados para no ver, sabe que la muerte es siempre un asesinato.

Ahora volvía de nuevo la palabra, pero no revoloteando con suavidad como una mariposa, sino chirriando como un tranvía que circula de noche por la calle; la palabra «asesino» estaba ahí y gritaba. El muerto transmite la muerte. Nadie tiene derecho a sobrevivir. Como si la muerte fuera un niño, mamá Hentjen lo había recibido del difunto sastre, e Ilona la recibe de Korn. Tal vez Korn sea también un muerto; está cebado como mamá Hentjen y no sabe nada de la redención. Y si no está muerto, morirá —pequeña esperanza que le hace feliz—, morirá como el sastre, después de haber perpetrado el asesinato. Asesinato y contraasesinato, rasgo tras rasgo, el pasado y el futuro se precipitan mezclados hacia el seno del instante mortal que es el presente. Esto exige una reflexión muy profunda y seria, pues de lo contrario se infiltraría inmediatamente un error de contabilidad. ¡Qué difícil es, por encima de toda medida, distinguir un sacrificio de un asesinato! ¿Tendrá que destruirse todo, antes de que el mundo pueda ser redimido y conducido al estado de inocencia? ¿Tendrá que estallar de nuevo el diluvio universal? ¿No sería suficiente que se sacrificara uno solo, que uno solo dejara sitio? El insomne vive todavía, aunque, como todos los que padecen insomnio, está aparentemente muerto; Ilona vive aún, pese a que ha rozado ya la muerte; solo uno lleva sobre sí el peso del sacrificio en aras de una nueva vida y del orden que hay que restablecer en un mundo en el que no se permitirá lanzar cuchillos. El sacrificio no podía continuar constando como no ocurrido. Y como en el estado de insomne expectación se descubren todos los conocimientos abstractos y de validez universal, Esch llegó a la siguiente conclusión: los muertos son los asesinos de las mujeres. Pero él no estaba muerto y a él le correspondía salvar a Ilona.

De nuevo siente en su interior un imperioso deseo de recibir la muerte de manos de mamá Hentjen, y también le asalta la duda de si esto no ha sucedido ya. Si él se somete a la muerte que viene de los muertos, reconciliará a los muertos y estos se aplacarán ante tal sacrificio. ¡Este pensamiento sí puede llegar a ser consolador! Y como el insomne puede sentirse poseído de una cólera más irresistible que aquel que vela en estado de somnolencia, experimenta también la felicidad mucho más embriagadoramente, casi podría decirse que la experimenta con una facilidad salvaje. Sí, esta sensación vaporosa y libre de trabas, esta sensación de felicidad puede llegar a ser tan diáfana que la oscuridad empiece a iluminarse bajo sus párpados cerrados. Pues ahora ya no cabía ninguna duda de que él, hombre viviente con quien las mujeres podían engendrar un hijo, si se entregaba a mamá Hentjen y a su muerte, llevaría a término, mediante esta medida fuera de lo común, no solo la redención de Ilona, al liberarla para siempre de los cuchillos, al hacerle recobrar su belleza apartándola de la muerte y devolviéndole una nueva virginidad, sino que necesariamente salvaría también de igual modo a mamá Hentjen de la muerte, haciendo que su seno recuperara la vida a fin de poder engendrar a aquel que reedificará el tiempo.

Entonces le parece que llega desde la más remota lejanía metido en su cama, y que está de nuevo en un lugar determinado y en una alcoba concreta, y el insomne, renacido dentro de un ansia nueva, sabe que ha llegado a la meta, no a aquella meta definitiva y última en que el símbolo y el arquetipo constituyen una nueva unidad, sino en aquella otra meta transitoria con la que lo terrenal debe conformarse, meta que él llama amor y que se erige frente a lo inalcanzable como el último baluarte accesible de la costa. Igualmente, en contraposición al símbolo y al arquetipo, las mujeres están extrañamente unidas y, no obstante, separadas; desde luego mamá Hentjen está en Colonia esperándole, él lo sabe perfectamente, y por supuesto Ilona se ha alejado hacia lo inaccesible e invisible, y él sabe que nunca la volverá a ver, pero allá lejos, en aquel horizonte donde se funden lo visible con lo invisible, lo alcanzable con lo inalcanzable, allá caminan errantes las dos, y ambas siluetas se confunden entre sí fundiéndose en una sola, y aunque en algún momento lleguen a desligarse, permanecen siempre unidas en una esperanza jamás realizada: si él abraza a mamá Hentjen con un amor perfecto y toma sobre sí su vida como si fuera la propia, liberándola a ella, la muerta, para despertarla, si toma entre sus brazos amorosamente a esta mujer que se está marchitando, extraerá todo el peso del envejecimiento y del recuerdo del cuerpo de Ilona, y alcanzará de este modo el grado más alto de su anhelo a través de la nueva y virginal belleza de Ilona; las dos mujeres, así separadas y no obstante unidas, eran imagen refleja del Uno, de aquel ente invisible hacia el cual no se tiene derecho a volver la mirada y que sin embargo es la patria.

El insomne ha llegado a la meta. Si bien en su estado de sobreexcitación conocía ya de antemano la solución, comprende que él simplemente ha tendido un hilo lógico en torno a ella, y solo debe permanecer insomne en tanto ese hilo sutil pueda alargarse más; pero ahora se permite atar el último cabo, y parece como si hubiera hallado solución a un intrincado trabajo de contabilidad e incluso parece que sea algo más que un trabajo de contabilidad: ha asumido la verdadera misión del amor con la perfecta decisión que este encierra al someter su vida terrenal a mamá Hentjen. Le hubiera gustado hacer partícipe de este resultado a Ilona, pero tenía que renunciar a esta satisfacción debido al defectuoso dominio que ella tenía del idioma alemán.

El insomne abre los ojos, reconoce su habitación y finalmente se duerme satisfecho.

Se había decidido por mamá Hentjen. Definitivamente. Esch no miraba hacia fuera por la ventanilla. Y al concentrar sus pensamientos en el amor perfecto y sin condiciones realizaba una especie de experimento atrevido: amigos y clientes estarían empinando el codo en el local brillantemente iluminado; él entraría y, sin tener en cuenta los numerosos testigos, mamá Hentjen correría a su encuentro y se echaría en sus brazos. Pero cuando llegó a Colonia, estas imágenes se enturbiaron extrañamente; aquella no era la ciudad que él conocía, y el camino a través de las calles, a la caída de la tarde, se extendía extraño e interminable ante él. Resultaba incomprensible que hubiera estado fuera únicamente seis días. El tiempo había dejado de existir y la casa que le abría sus puertas era indefinible, la estancia también era indefinible en su borrosa amplitud. Esch se quedó de pie en la puerta, mirando hacia mamá Hentjen. Esta ocupaba su trono detrás del mostrador. Encima del espejo brillaba una luz bajo una pantalla multicolor, el silencio flotaba en el aire y en aquel recinto sombrío no había un solo cliente. No ocurría nada. ¿Por qué había venido aquí? Mamá Hentjen no se movió de detrás del mostrador y finalmente, con aquel tono de indiferencia tan propio de ella, dijo «Buenos días», mientras recorría el local con tímida mirada. A él le invadió una profunda cólera, y de pronto no comprendió por qué se había decidido por aquella mujer. Por tanto dijo a su vez simplemente «Buenos días», ya que, si bien él de alguna manera aprobaba la orgullosa frialdad de ella y sabía, además, que a él no le correspondía pagarle con la misma moneda, estaba no obstante furioso: aquel que lleva en su corazón la resolución del amor absoluto tiene, al menos, derecho a una paridad; dijo en tono triunfante: «Gracias por tu carta». Ella recorrió de nuevo el local con la mirada y repuso enfadada: «¿Y si alguien lo oye?». Esch, totalmente fuera de sí, dijo: «Bueno, ¿y qué? ¡Deja de una vez esos secretos absurdos!». Lo dijo sin ton ni son y sin pretender nada, pues el local estaba vacío y ni él mismo sabía por qué estaba allí. Mamá Hentjen guardó silencio asustada, e hizo como si se arreglara el peinado. Desde que lo había acompañado a la estación, sentía un gran remordimiento y también temor de haber ido demasiado lejos, de haberse entregado demasiado, y precisamente desde que había enviado a Mannheim aquella irreflexiva carta, a mamá Hentjen le había entrado verdadero pánico; le habría agradecido a Esch que no mencionara la carta. Pero ahora que él, con expresión adusta e implacable, insistía en sus derechos, ella se sintió otra vez apresada entre gruesas cadenas de hierro y totalmente indefensa. Esch dijo: «También me puedo marchar», y ahora ella hubiera salido realmente de detrás del mostrador, de no haber entrado en aquel preciso momento los primeros clientes. Así pues permanecieron quietos los dos en silencio, después mamá Hentjen, recalcando claramente con su tono despectivo que solo lo decía para poner fin a aquella escena, susurró: «Ven esta noche». Esch no contestó; se limitó a tomar asiento en una de las mesas frente a un vaso de vino. Se sentía desamparado, huérfano. Los cálculos que había hecho el día anterior, tan claros, se le aparecían ahora absolutamente confusos: ¿por qué debía decidirse por esta mujer a causa de Ilona? Miró a su alrededor y el local le siguió pareciendo desconocido; ya nada le concernía; estaba demasiado lejos de todo esto. ¿Qué era lo que, en realidad, tenía que hacer en Colonia? Hacía mucho tiempo que debía estar en América. Mas en aquel momento su mirada tropezó con el retrato del señor Hentjen, que colgaba allá arriba sobre las insignias de la libertad, y fue como si de pronto recobrara la memoria; se hizo traer tinta y papel, y con su mejor letra de contable escribió:

DENUNCIA

Pongo en conocimiento de la ilustre jefatura de policía que el señor Eduard von Bertrand, residente en Badenweiler, presidente del consejo de administración de la compañía naviera Mittelrheinische S. A. de Mannheim, sostiene relaciones deshonestas con personas de sexo masculino, y estoy dispuesto a probar mi declaración actuando de testigo.

Cuando se disponía a estampar su firma al pie del escrito quedó perplejo, pues había estado a punto de escribir «Por los afligidos deudos», y aunque esto le daba risa, sintió miedo. Pero finalmente puso en el papel su nombre y su dirección y lo guardó en su cartera cuidadosamente doblado. Hasta mañana, se dijo, es el último plazo. En la cartera estaba también la postal de Badenweiler. Se preguntó si debía entregársela a mamá Hentjen aquella noche. Se sentía desamparado. Pero de pronto volvió a ver ante sí la alcoba y la vio otra vez a ella en su actitud sexual, tan excitante y dolorosa al mismo tiempo, y cuando él pasó por delante del mostrador su voz era ronca: «Hasta luego, pues». Ella, sentada muy tiesa en su silla, no dio muestras de haberle oído, y él experimentó de nuevo una profunda cólera, si bien era una cólera distinta a la de antes; volvió sobre sus pasos y sin la menor consideración preguntó en tono muy alto: «¿Tendrás la amabilidad de quitar el retrato de allá arriba?». Ella continuó inmóvil y él cerró ruidosamente la puerta tras de sí.

Cuando regresó más tarde y quiso abrir, encontró la puerta de entrada con el cerrojo echado por dentro. Sin tener en cuenta si la criada podía oírle, tocó el timbre y, como no se notó ningún movimiento, lo volvió a tocar una v otra vez. Surtió efecto: oyó pasos; casi deseaba que fuera la joven criada: le diría que había olvidado algo en el café; además, la pequeña no le rechazaría y esto sería una buena lección para las mamás. Sin embargo, no fue la criadita quien abrió, sino la señora Hentjen en persona; estaba todavía completamente vestida y lloraba. Ambas cosas aumentaron su cólera. Subieron la escalera en silencio y una vez arriba él se echó sobre ella sin ningún preámbulo. Cuando ella sucumbió y se ablandaron sus besos, él preguntó en tono de amenaza: «¿Quitarás el retrato?». Ella de momento no supo de qué hablaba y cuando se dio cuenta no acababa de comprender: «¿El retrato…? Ya, el retrato. ¿Por qué? ¿Es que no te gusta?». Al ver que ella no comprendía, Esch contestó desesperado: «No, no me gusta… Hay muchas cosas que no me gustan». Ella dijo amable y complaciente: «Si a ti no te gusta, puedo ponerlo en cualquier otro sitio». Era tan indescriptiblemente tonta que únicamente hubiera podido lograrse algo a golpes. Pero Esch se dominó: «Quemaremos el retrato». «¿Quemarlo?» «Sí, quemarlo. Y si sigues haciéndote la tonta de esta manera, acabaré por prender fuego a toda la tienda.» Ella se apartó de él asustada y Esch, satisfecho del efecto que habían causado sus palabras, dijo: «A fin de cuentas, podría parecerte bien. No te gusta la taberna». Ella no contestó y, aunque probablemente no pensaba nada, sino que simplemente veía ya las llamas elevándose por encima del tejado, daba la impresión de querer ocultar algo. Él la increpó: «¿Por qué no dices nada?». El tono hiriente de estas palabras la paralizó. ¿Es que no había forma de conmover a aquella mujer? ¿Cómo obligarla a quitarse la máscara? Esch se había puesto de pie y ahora estaba junto a la entrada de la alcoba con aire amenazador, como si quisiera evitar que ella huyera. Había que llamar a las cosas por su nombre, de lo contrario no se podía seguir adelante con aquel pedazo de carne. No obstante, solo logró formular una pregunta con voz ronca e insegura: «¿Por qué te casaste con él?», y su propia pregunta despertó en él tanta cólera y desesperación, que se refugió en Erna con el pensamiento. A Erna la había abandonado, a pesar de que a su lado nada le atormentaba y junto a ella carecía totalmente de importancia qué tipo de imágenes fálicas tuviera ella en su memoria. Y a él le hubiera sido absolutamente indiferente que Erna hubiera tenido hijos o hubiera evitado tenerlos por medios artificiales. Él temía la respuesta, no quería oírla, y sin embargo gritó: «¿No me contestas?». La señora Hentjen, en cambio, concibiendo el temor de entregarse de nuevo en demasía, quizá temiendo también que pudiera echarse a perder la aureola por la que ella se creía amada, sacó fuerzas de flaqueza para responder: «Hace tanto tiempo de eso… Poco puede importarte, ¿no?». Esch adelantó la mandíbula inferior, dejó al descubierto su dentadura de caballo y gritó: «Poco puede importarme… Poco puede importarme… ¡Efectivamente, me da igual! ¡Me importa un bledo!». O sea que así recompensaba ella su entrega absoluta e ilimitada y toda su tortura. Era tonta y obtusa; a él, que había tomado sobre sí el destino de ella como si fuera el suyo propio, a él, que quería tomar sobre sí toda la vida de ella aunque la misma muerte la había ya avejentado y contaminado, a él, August Esch, que estaba dispuesto a entregarse totalmente a ella con plena decisión, a él, que quería depositar en ella todo cuanto le era extraño a fin de, por vía de intercambio por así decirlo, adquirir todo cuanto le era extraño a ella y a sus pensamientos, por doloroso que resultara: ¡a él no debía importarle aquello! Oh, era tonta y obtusa, y, por serlo, él tuvo que pegarle; se acercó a la cama y levantó la mano y la golpeó en la mejilla gorda e inmóvil, como si así pudiera golpear también la inmovilidad de su alma. Ella no se defendió, sino que permaneció tendida rígida, y aunque él le hubiera lanzado cuchillos, tampoco se habría movido. La mejilla de la mujer enrojeció y, cuando se deslizó una lágrima por ella, la cólera de Esch se apaciguó. Se sentó en la cama y mamá Hentjen se hizo a un lado para dejarle sitio. Entonces él ordenó: «Nos casaremos». Ella contestó simplemente «Sí», y Esch estuvo a punto de montar nuevamente en cólera, porque ella no dijo que se sentía feliz de poder prescindir por fin del apellido odiado que llevaba. Ella no supo darle otra respuesta que rodearle con sus brazos y atraerlo hacia sí. Esch estaba muy cansado y la dejó hacer; tal vez estaba bien así, tal vez carecía de importancia, pues, frente al reino de la redención, todo es igualmente inseguro, todo momento es inseguro, incluso los números y las sumas son inseguros. En realidad estaba de nuevo amargado: ¿qué sabía ella del reino de la redención? ¿Qué quería ella saber? ¡Probablemente tan poco como Korn! Se necesitaría mucho tiempo para hacérselo entender. Pero uno debía conformarse, debía esperar a que ella comprendiera, debía permitir que llevase la contabilidad de la taberna como lo venía haciendo. En el país de la justicia, en América, todo sería distinto; allá el pasado se consumiría como yesca. Y cuando ella, anonadada, preguntó si se había detenido en Ober-Wesel, él no se enfadó, sino que movió la cabeza muy serio y refunfuñó: «Bah, ¿para qué?». Y así festejaron su noche de bodas, discutieron la posibilidad de vender la taberna, y mamá Hentjen le estuvo muy agradecida de que no pensara ya en prenderle fuego. Al cabo de un mes podían estar en alta mar. Al día siguiente él se ocuparía de poner de nuevo en marcha el negocio de América con Teltscher.

Esch se quedó más tiempo que de costumbre. Y no bajaron la escalera de puntillas. Cuando ella le acompañó hasta la puerta, ya había gente en la calle. Esto le llenó de orgullo.

A la mañana siguiente se dirigió al Alhambra. Naturalmente todavía no había nadie. Curioseó la correspondencia que había encima de la mesa de Teltscher. Encontró un sobre sin abrir escrito de su puño y letra, y quedó tan sorprendido que de momento ni lo reconoció: era la carta para Erna que él había escrito en Mannheim. Buen escándalo armaría por haber pasado tanto tiempo sin recibir respuesta. Y no sin razón. Chusma desordenada esta gente de teatro.

Por fin llegó Teltscher con su andar oscilante. Esch casi se alegró de volver a verle. Teltscher estaba condescendiente:

—Bueno, ya era hora de que volviera usted por aquí… Cada uno se ocupa de sus asuntos privados y el pobre Teltscher tiene que hacer el trabajo más enojoso. ¿Que dónde está Gernerth? Pues en Munich con su respetable familia… Enfermedades graves en la familia… Deben de estar resfriados.

Esch murmuró que ya volvería.

—El señor director tiene que volver muy pronto. Ayer no había en la sala ni cincuenta personas. Hay que hablar de esto con Oppenheimer.

—Está bien —dijo Esch—, vamos a ver a Oppenheimer.

Con Oppenheimer acordaron que era necesario anunciar las últimas representaciones. «¿No se lo advertí?», dijo Oppenheimer, «estaba bien lo de los combates femeninos, pero ¡siempre combates! ¿A quién puede interesarle?». A Esch esta situación podía favorecerle; bastaba con reclamar sus beneficios al regreso de Gernerth, y cuanto antes se terminara con todo aquello, antes podrían marcharse a América.

Esta vez llevó consigo voluntariamente a Teltscher a almorzar, pues se trataba de poner en marcha los proyectos con respecto a América. En cuanto llegaron a la calle, sacó Esch del bolsillo la lista de las muchachas y contó las que él había seleccionado para el viaje. «Sí, yo también tengo algunas», dijo Teltscher, «pero antes tiene que devolverme Gernerth mi dinero.» Esch se extrañó, porque Teltscher hubiera debido ser pagado con las aportaciones de Erna y de Lohberg. Teltscher dijo irritado: «¿Y con qué dinero cree usted que hemos financiado los combates? Existía un pasivo. ¿No lo comprende? Él me endosó el material, pero ¿qué hago yo con este material en América?». Verdaderamente esto era un tanto sorprendente, pero, de todos modos, cuando se hubiera liquidado el negocio de los combates, Gernerth dispondría de capital y Teltscher podría emprender el viaje. «Ilona se vendrá con nosotros», decidió Teltscher. En eso te equivocas, querido mío, pensó Esch, Ilona ya no tenía nada que ver con estas cosas; aunque en estos momentos todavía estuviera acostándose con Korn, esto no duraría mucho tiempo, y ella viviría dentro de muy poco en un castillo lejano e inasequible, en cuyo parque pacerían los ciervos. Esch dijo que tenía que ir a la jefatura de policía y dieron un pequeño rodeo. Esch compró en una papelería un sobre y los periódicos; se guardó los periódicos en el bolsillo y cubrió el sobre con una dirección rica en florituras caligráficas. Luego sacó de la cartera la denuncia cuidadosamente doblada, la puso dentro del sobre y se dirigió a la jefatura. Cuando salió del edificio reanudó la conversación: no hacía ninguna falta que Ilona fuera con ellos. «Claro que sí», dijo Teltscher, «en primer lugar por los brillantes ofrecimientos que encontraremos allá, y en segundo lugar, caso de que el viaje fracase, será necesario trabajar. Bastante ha holgazaneado. Además ya le he escrito». «Tonterías», dijo Esch groseramente, «cuando uno comercia con muchachas, no lleva consigo a ninguna mujer.» Teltscher se rió: «¡Vaya, vaya! Si usted opina que debo dejarlo, cómpreme las posibilidades americanas. Ahora es usted un gran capitalista... De un viaje de negocios suele uno traerse dinero a casa... ¿no?». Esch se desconcertó; parecía como si Teltscher guiñara los ojos en dirección a la jefatura de policía. ¿Qué podía significar esto? ¿Qué sabía este prestidigitador judío? ¡Pero si ni él mismo sabía nada, en realidad, del viaje! Increpó a Teltscher: «¡Váyase al diablo! Yo no he traído ningún dinero». «Bueno, no se enfade, señor Esch, no lo tome a mal. He hablado por hablar.»

Entraron en la taberna de mamá Hentjen, y a Esch de nuevo le pareció como si Teltscher poseyera algún secreto según el cual le pudiera llamar «asesino». No se atrevía a recorrer el local con la mirada. Finalmente levantó los ojos del suelo y en el sitio del retrato del señor Hentjen encontró una mancha blanca en cuyos bordes colgaban pequeñas telarañas. Miró a Teltscher, pero este no dijo nada, porque evidentemente no había notado nada, ¡no, no había notado nada! Esch se sintió casi orgulloso y, en parte por presunción, en parte para desviar la atención de Teltscher del retrato, se dirigió a la pianola e hizo que tocara su ruidosa pieza; a causa del ruido apareció mamá Hentjen y a Esch le entraron ganas de saludarla con ostentosas manifestaciones de confianza y cordialidad: le hubiera gustado presentarla a todo el mundo como la señora Esch, y si se abstuvo de gastarle esta broma cariñosa, no fue únicamente porque le estaba agradecido y porque estaba dispuesto a respetar su reserva, sino porque consideraba al señor Teltscher-Teltini totalmente indigno de tal prueba de confianza. No obstante, Esch no se sentía en absoluto obligado a llevar esta discreción demasiado lejos, y cuando Teltscher se dispuso a marcharse después de comer, él no le acompañó como de costumbre, para regresar más tarde dando un rodeo, sino que dijo abiertamente que quería quedarse y leer sus periódicos. Sacó los periódicos del bolsillo, pero los volvió a guardar. Se quedó sentado. Sus manos reposaban tranquilas sobre las rodillas. No le apetecía leer. Se quedó mirando la mancha blanca de la pared. Y cuando todo quedó en silencio, subió arriba. Estaba agradecido a mamá Hentjen y pasaron una tarde agradable. Volvieron a hablar de la posibilidad de vender la taberna y Esch opinó que tal vez Oppenheimer podría encontrar comprador. Y hablaron también delicadamente de su boda. En el techo de la alcoba había una mancha que parecía una mariposa negra, pero era simplemente suciedad.

Por la noche, cumpliendo con su obligación, se disponía a salir en busca de muchachas. Pero se dijo que era mejor ver primero qué había sido de aquel muchacho, Harry. Le buscó en vano y ya estaba a punto de salir de aquel antro cuando llegó Alfons. El gordo apareció en un estado rarísimo; su pelo, todo grasiento y en completo desorden, estaba totalmente pegado al cráneo; llevaba aquella misma camisa de seda, pero abierta, con lo que se le veía el pecho, blanquecino y casi sin vello; en conjunto, su aspecto hacía pensar en un colchón revuelto. Esch no pudo contener la risa. El gordo se dejó caer ante una mesa cerca de la entrada, y sollozó. Esch, de pie ante él, seguía riendo, pero daba la impresión de querer acallar algo con su risa.

—Hola, Alfons. ¿Qué pasa?

El músico, desde su obesidad, le lanzó una mirada opaca y hostil.

—Que te traigan algo de beber y cuenta lo que ha pasado.

Alfons bebió un coñac sin pronunciar palabra. Finalmente dijo:

—¡Santo Dios...! Esto es inaudito... ¡Tiene la culpa de todo y todavía pregunta qué ha pasado!

—No digas tonterías y di de una vez qué ha pasado.

—¡Dios Santo! ¡Ha muerto!

Alfons apoyó el rostro en las manos y se quedó rígido con la mirada en el vacío. Esch tomó asiento en la mesa:
—Pero ¿quién ha muerto?
Alfons tartamudeó:
—Él le amaba tanto, tanto...
La situación volvía a resultar cómica:
—¿Quién amaba? ¿Y a quién?
La voz de Alfons cambió:
—No finja usted; Harry ha muerto.

Vaya, conque Harry había muerto. Esch, en realidad, se negaba a comprender; miraba al gordo con aire de no entender nada. Al músico le corrían las lágrimas por las mejillas:
—Usted le volvió loco con todo lo que le dijo aquel día... Él le amaba tanto... Cuando lo leyó en el periódico, se encerró... Hoy al mediodía... Y ahora le hemos encontrado... Veronal.

Vaya, Harry había muerto; de alguna manera esto era justo; tenía que ocurrir. Solo que Esch ignoraba qué clase de justicia encerraba aquel hecho.
—Pobre diablo —dijo, y de repente lo supo, sintió una felicidad liberadora por haber entregado aquel mismo día la carta a la jefatura de policía; por fin aparecían ahora juntos asesinato y contraasesinato, carta y carta de respuesta, de acuerdo con las reglas de contabilidad: ¡la cuenta había sido saldada clara y correctamente! Solo resultaba extraño que él, a pesar de ello, tuviera que ser culpable de algo, y repitió—: Pobre diablo... ¿Por qué lo ha hecho?

Alfons le miró con los ojos vidriosos, como si le hubieran robado el alma:
—Es que no lo ha leído en el periódico...
—¿Qué?
—Ahí...

Alfons señaló el paquete de periódicos que asomaban del bolsillo de la chaqueta de Esch. Esch se encogió de hombros; había olvidado los periódicos. Los sacó: ahí estaba, muy grande y ribeteado de negro, repetido varias veces en la última página, pues ninguna de sus empresas, ni sus empleados, ni los trabajadores se habían privado de la oportunidad de anunciar la dolorosa noticia de que el señor Eduard von Bertrand, presidente del consejo de administración, caballero de una alta orden, etc., había fallecido tras breve y penosa enfermedad. Pero unas páginas antes, junto a respetables artículos necrológicos, se podía leer que el difunto, atacado al parecer por un repentino acceso de locura, había puesto fin a su vida con un tiro de revólver. Esch lo leyó, pero le interesó poco. Únicamente llegó a la conclusión de que había sido muy justo haber sacado precisamente hoy el retrato. Pero resultaba realmente cómico que alguien ajeno por completo a todo esto, como aquel músico, armara tanto barullo. Con una mueca de ironía y un gesto benevolente y tranquilizador, dio al gordo unos golpecitos en su mullida espalda, le pagó la copa y se fue a casa de mamá Hentjen. Caminaba a pasos largos y cómodos, pensaba en Martin y en que este ya no le perseguiría más con sus duras muletas ni le seguiría amenazando. Y también esto estaba bien.

Una vez solo, el músico Alfons apoyó los puños en las sienes y se quedó con la mirada fija en el vacío. Esch le parecía un hombre malo, como todos los hombres que corren detrás de mujeres para poseerlas. Su experiencia le decía que todos esos hombres traían desgracia. Le parecían locos corredores, atacados de amor, que vuelan por el mundo, y ante cuya cercanía, lo único que uno puede hacer es ocultarse. Él despreciaba a esos hombres, que llegaban veloces y excitados, ávidos no de la vida, que evidentemente ni siquiera veían, sino de alguna otra cosa que estaba más allá de la vida y por cuya causa, en nombre de una especie de amor, destruían la vida. El músico Alfons estaba demasiado triste para poder pensar todo esto con claridad, pero sabía que esos hombres, aunque hablaban del amor con gran pasión, solo pensaban en la posesión, o como se llamara lo que la gente entendía por eso. Lo que él dijera o hiciera carecía totalmente de importancia ya que, en el mejor de los casos, era un hombre sin ideas, un músico de orquesta venido a menos, pero sabía que no se puede alcanzar el absoluto en cuanto se opta por una mujer. Y disculpaba la furia perversa de los hombres, pues sabía también que esta se debe al miedo y a la decepción; sabía que aquellos hombres perversos y apasionados corren tras un fragmento de la eternidad, que les proteja del miedo que se yergue sobre sus espaldas anunciándoles la muerte. Él era un simple violinista, tonto y sin ideas, pero era capaz de tocar sonatas de memoria y, puesto que sabía muchas cosas, podía sonreír pese a su tristeza, al pensar en la gente que, en su angustiosa búsqueda de lo absoluto, pretendía amarse eternamente, imaginando que así su vida no tendría fin y sería eterna. Aunque le despreciaran a él porque a veces se veía obligado a tocar también popurrís y polcas rápidas, había llegado, no obstante, a la conclusión de que esas personas acorraladas, que buscan lo imperecedero y lo absoluto en lo terrenal, encuentran siempre únicamente símbolos o sustitutivos de lo que buscan, sin que les sea posible darles nombre: ven la muerte de otro sin pena ni tristeza, al vivir poseídos por su locura; corren locamente tras la posesión, para ser poseídos por ella, y esperan hallar en dicha posesión lo seguro e inmutable que debe protegerlos y poseerlos, y odian a la mujer por quien se han decidido en su ceguera, la odian porque ella es un mero símbolo que ellos aniquilan llenos de furia cuando se encuentran de nuevo a merced del miedo y de la muerte. Alfons el músico sentía compasión por las mujeres; pues, aunque ellas tampoco son mejores, no han sucumbido a esta estúpida y destructora pasión de poseer, y están menos acosadas por el miedo, se sienten más arrobadas cuando se les brinda música, y están en una relación más íntima y familiar con la muerte: en esto las mujeres se parecen a los músicos, y aunque uno sea solamente un obeso músico homosexual que toca en una orquesta, es posible sentirse emparentado con ellas, puede concederles un fragmento del presentimiento de que la muerte es algo triste y hermoso, sabiendo que ellas no lloran porque se les haya quitado una posesión, sino algo que era bueno y grato utilizar y contemplar. ¡Oh, qué loca confusión es la vida, incomprendida por los hombres ávidos de posesión, comprendida apenas por los demás, y presentida, en cambio, por la música, símbolo sonoro de todo lo pensado que suprime el tiempo para recogerlo en cada compás, que suprime la muerte para hacerla resucitar de nuevo en el sonido! Aquel que, como las mujeres y los músicos, ha intuido esto, puede aceptar ser tonto y carecer de ideas, y el músico Alfons sentía las redondeces de grasa de su cuerpo como si fueran una buena y suave manta, a través de la cual se pudiera palpar algo valioso y merecedor de amor: no importaba que la gente le despreciara e insultara tratándole de afeminado, sí, él era tan solo un pobre perro, pero estaba no obstante entregado a la multiplicidad de la eternidad con más dicha y cansancio y ternura que aquellos que le insultaban, y que únicamente construían un pequeño fragmento terrenal como símbolo y meta de su triste afán. Era él quien podía despreciar a los otros. También Esch le daba pena, y no pudo alejar de su pensamiento las marchas heroicas que acompañan a los luchadores cuando entran en la arena, con objeto de infundirles ánimos y hacerles olvidar la muerte que se yergue a sus espaldas. Se planteó la cuestión de si debía o no ir a velar el cadáver de Harry, pero le aterrorizó aquella faz de cera y prefirió emborracharse y observar a los camareros y demás clientes, que se movían de un lado a otro, y llevaban, sin embargo, el sello de la muerte en sus semblantes.

Aquella noche, a la misma hora, Ilona se incorporó en la cama y, a la luz de la lamparilla de aceite situada bajo la imagen de la Virgen, contempló a Balthasar Korn mientras dormía. Roncaba, y cada vez que se interrumpía el ronquido, producía la misma impresión que cuando, en el teatro, callaba la música antes de realizar ella su número; en el silbido del aliento de Korn resonaba el suave zumbido de los cuchillos atravesando el aire. Pero Ilona no estaba pensando precisamente en esto, aunque la carta de Teltscher la reclamaba para el trabajo. Observaba a Korn e intentaba imaginárselo sin bigote, y también cómo podía ser su aspecto de muchacho. No sabía con exactitud por qué hacía esto, pero le parecía que así la Virgen de la pared podría perdonar más fácilmente su pecado. Porque era un pecado haber utilizado ante los sagrados ojos de una Virgen a aquel hombre para un placer impío, y si ella no se hubiera contagiado tan pronto de la enfermedad, también ella habría tenido hijos. El hecho de abandonar a Korn le era indiferente; sabía que otro le seguiría, y le era también indiferente volver al lado de Teltscher; no se hacía muchas ilusiones porque él la estuviera esperando en Colonia o porque hubiera quedado a merced de ella, sabía simplemente que él la necesitaba para poderle lanzar los cuchillos. También le era indiferente tener que ir a América. Había viajado lo suficiente, demasiado, y América le parecía una ciudad como cualquier otra. Ilona vivía sin esperanza y sin angustia. Había aprendido a abandonar a los hombres, pero, hoy por hoy, se sentía todavía propiedad de Korn. Ella tenía una cicatriz en el cuello, y en aquel entonces había dado la razón al hombre que quiso matarla porque le había sido infiel. Si Korn le hubiera sido infiel, no lo habría matado, lo habría rociado con vitriolo. Sí, este reparto de papeles le parecía adecuado en los celos, pues aquel que posee quiere aniquilar, pero quien únicamente utiliza, puede contentarse con hacer inutilizable el objeto. Esto es válido para todos los seres humanos, y hasta para la reina de Inglaterra. Porque los seres humanos son todos iguales y nadie puede hacer el bien a los demás. Cuando ella estaba sobre el escenario, había luz, y cuando ella estaba acostada con un hombre, había oscuridad. Vivir significaba comer y comer significaba vivir. En cierta ocasión alguien se había suicidado por ella: este hecho no la había conmovido demasiado, pero le gustaba recordarlo. Todo lo demás se hundía en la sombra, y en la sombra se movían las personas como sombras más oscuras que se funden unas en otras para separarse de nuevo. Todas traían únicamente desgracias, como si tuvieran que castigarse cuando buscaban el placer unos en otros. Ella se sentía un poco orgullosa porque también había causado desgracias, y cuando aquel hombre se había matado por su causa, había sido como una expiación y una compensación que Dios le había otorgado por su esterilidad. Muchas cosas resultaban incomprensibles, en realidad todo resultaba incomprensible. No se podía penetrar en el sentido de los acontecimientos; únicamente cuando venían niños al mundo, parecía que el imperio de las sombras se condensaba y adquiría cuerpo, y entonces era como si una dulce música llenara para siempre el mundo de las sombras. Por eso probablemente lleva María en brazos al niño Jesús allá arriba, sobre la lucecita roja. Erna se casará y tendrá hijos: ¿por qué Lohberg no la tomaba a ella en lugar de a aquella mujercilla amarillenta y angulosa? Observó a Korn y no halló en su rostro nada de lo que buscaba; los puños peludos yacían sobre la sábana y nunca habían sido jóvenes ni delicados. Sintió horror ante aquella faz carnosa iluminada por la luz roja, aquella faz en la que se destacaba el bigote, y con los pies descalzos se fue sin hacer ruido al cuarto de Erna, se deslizó suave y cansadamente a su lado, se apretó con dulzura contra aquel cuerpo anguloso, y en esta postura pudo conciliar el sueño.

Ahora Esch se comportaba como un novio o, dicho más exactamente, como un protector, pues no habían dejado traslucir todavía nada de sus relaciones, pero Esch sabía cómo debía actuarse ante una débil mujer, y ella permitía que él velara por sus intereses. Esch no solo mantenía los tratos con el hombre que traía el agua mineral y el hielo, sino también con Oppenheimer, a quien, por sugerencia suya, se había confiado la venta de la taberna. El enérgico Oppenheimer efectivamente, cuando se terciaba, compaginaba sus negocios teatrales con las ventas de fincas o con cualquier otro tipo de negocios, y desde luego estuvo dispuesto, con sumo gusto, a dedicar la conveniente atención al presente caso. No obstante, por el momento tenía otras preocupaciones en la cabeza. Había acudido para examinar la casar pero se detuvo a la mitad de la escalera y dijo: «Este asunto de Gernerth no se explica. Dios quiera que no le haya ocurrido nada… Claro que no sé por qué me preocupo, no es de mi incumbencia». Y aunque con ello intentaba tranquilizarse, hacía continuamente alusión al hecho de que Gernerth llevaba ya ocho días ausente, precisamente ahora que querían terminar con lo de los combates y necesitarían dinero para los pagos y el alquiler atrasado. Que Gernerth, un hombre tan formal, hubiera podido retrasarse en el pago de los alquileres, era algo que nunca se hubiera imaginado. Y sin embargo el negocio, hasta el último momento, había ido viento en popa; mejor no podía haber marchado. Ahora, naturalmente, no daba ni siquiera para cubrir gastos. Así pues, había llegado el momento de terminar. «Y el burro de Teltscher le deja marchar sin tener ninguna llave de la caja y sin poder disponer de nada. ¡Pero él había puesto dinero en el Banco de Darmstadt…! Era demasiado fino el señor Teltscher, el gran artista, para ocuparse de estas cosas.»

Esch había escuchado sin poner demasiada atención, sobre todo porque le parecía ver con diáfana claridad que Teltscher se interesaba más por América que por los combates ya agonizantes. Pero ahora aguzó los oídos: ¿dinero en Darmstadt? Increpó a Oppenheimer: «Entre el dinero del Banco de Darmstadt están las aportaciones de mis amigos, ¡es absolutamente necesario que ese dinero vuelva aquí!». Oppenheimer movió la cabeza: «En realidad yo no tengo nada que ver», dijo, «pero de todos modos telegrafiaré a Gernerth a Munich. Él debe venir y poner las cosas en claro. Usted tiene razón, hay que poner orden en todo este asunto.» Esch aprobó esta medida y el telegrama se envió; no recibieron respuesta. Muy inquietos, dos días más tarde enviaron otro con respuesta pagada dirigido a la señora Gernerth, y así se enteraron de que Gernerth no había estado ni por un momento en su casa. Esto era sospechoso. ¡Y en aquel fin de semana había que hacer efectivos los pagos! Era necesario ponerlo en conocimiento de la policía; la policía hizo averiguaciones en Darmstadt y resultó que unas tres semanas antes había sido retirado de la cuenta de Gernerth todo el saldo que quedaba; así pues, no cabía duda: ¡Gernerth había huido con el dinero! Teltscher, que hasta el último momento había defendido a Gernerth y que ahora se llamaba a sí mismo el judío más idiota de la tierra por haberse dejado nuevamente desollar por un hombre perverso, se hizo sospechoso de haber sido cómplice de Gernerth. Teniendo en cuenta que el material había sido hipotecado, tuvo que hacer enormes esfuerzos para demostrar su inocencia; mas de poco le sirvió lograrlo: apenas si tenía en sus bolsillos dinero suficiente para vivir unos pocos días. Desamparado como un niño, se culpaba a sí mismo y al mundo, repetía una y otra vez que Ilona debía llegar, y día tras día martilleaba los oídos de Oppenheimer con su deseo de conseguir otro contrato inmediatamente. A Oppenheimer le resultaba fácil mantener alta la cabeza, pues no se trataba de su dinero; consoló a Teltscher: no había para tanto; todo un Teltscher-Teltini, propietario del material, podía convertirse en un magnífico director de teatro; solo aportando un poco de capital, todo se arreglaría, y podría aún hacer muchos y buenos negocios con el viejo Oppenheimer. Esto fue para Teltscher como una iluminación, recuperó su vivacidad tan fácil y rápidamente que enseguida elucubró un nuevo plan, y acto seguido fue a toda prisa a exponérselo a Esch.

Pero el cariz que habían tomado las cosas había puesto a Esch sumamente furioso. Aunque él siempre había presentido, mejor dicho, sabido que nunca llegaría a emprender el viaje y tal vez precisamente por eso había llevado a cabo la selección de las muchachas de manera ocasional y con desgana, y aunque experimentaba una cierta satisfacción porque su sabiduría íntima había tenido razón, su vida, sin embargo, se había ido orientando de acuerdo con el proyecto de América, y ahora se conmovían sus fibras más íntimas: le parecía como si se hubiera abierto una brecha en la base de sus relaciones con mamá Hentjen. ¿Adónde podría ir con ella? ¿Y cómo se presentaría ante ella? Mamá Hentjen había querido verlo como amo y señor de aquella banda de artistas, ¡y él había caído de forma tan denigrante en la trampa! Realmente, sentía vergüenza frente a mamá Hentjen.

Mientras estaba en este estado de ánimo, apareció de pronto Teltscher con sus planes: «Vea, Esch, ahora es usted un gran capitalista y podría convertirse en mi socio».

Esch le miró fijamente, como a un desequilibrado:

—¿Socio? ¿Se ha vuelto usted loco? Usted sabe tan bien como yo que el proyecto de América se ha quedado en agua de borrajas.

—También se puede ganar dinero en Europa —dijo Teltscher—, y si usted empleara su dinero en algo rentable...

—¿Qué dinero? —gritó Esch.

Bueno, bueno, no era necesario gritar tanto; se comentaba que había heredado algo, dijo Teltscher. Esto aumentó la furia de Esch:

—¡Está usted completamente loco! —rugió—. ¿Qué significa este desatino? No es bastante, por lo visto, haberme dejado atrapar una vez en sus redes...

—Si Gernerth, ese canalla, se ha escapado con el dinero, no puede usted hacerme responsable de ello... —dijo Teltscher ofendido—. Yo he sufrido más perjuicio que usted y no necesita usted insultarme porque mi situación sea penosa, cuando le estoy proponiendo un negocio leal.

—No se trata de mi perjuicio, sino del de mis amigos...

—Yo le brindo la posibilidad de recuperar ese dinero.

Naturalmente era una esperanza, y Esch preguntó de qué modo había planeado Teltscher el asunto. Bueno, con el material ya se podía empezar a hacer algo, eso también lo decía Oppenheimer, y el propio Esch había tenido ocasión de comprobar que se podía ganar algún dinero si se actuaba con cierta habilidad.

—¿Y si no?

Entonces no cabía otra salida que subastar el material y buscar algún contrato junto con Ilona. Esch quedó pensativo: O sea que, en ese caso, Teltscher volvería a tener algún contrato con Ilona... Para lanzar cuchillos... Vaya, vaya... Pensaría en ello...

Al día siguiente fue a consultárselo a Oppenheimer, pues, tratándose de Teltscher, toda precaución era poca. Oppenheimer confirmó las aseveraciones de Teltscher.

—¿Sí...? De modo que era necesario volver a aceptar un contrato con Ilona...

—Yo, desde luego, estoy dispuesto a buscarle algún contrato —dijo Oppenheimer—. ¿Qué puede hacer sino ese Teltscher?

Esch asintió con la cabeza:

—Y si él se hace cargo de algún arrendamiento, necesitará dinero...

—¿No dispone usted de un par de miles? —preguntó Oppenheimer.

No, no los tenía. Oppenheimer movió la cabeza: sin dinero no se podía hacer nada; tal vez se podría interesar a alguien más en el negocio... Por ejemplo, ¿qué tal la señora Hentjen? Se decía que quería vender la taberna y, por tanto, dispondría de una buena suma de dinero. En esto él no tenía nada que ver, repuso Esch, pero lo transmitiría a la señora Hentjen.

No le gustaba hacerlo, pero era una nueva misión que no podía eludir. Esch se sentía atacado con alevosía. Era muy posible que, a pesar de todo, el tal Oppenheimer estuviera confabulado con Teltscher. ¡Ese par de judíos! ¿Por qué un tipo así no sabía hacer otra cosa que lanzar cuchillos? ¡Como si no hubiera trabajos honestos y respetables! ¿Y qué disparates tenía que decir sobre la muerte y la herencia? Le habían acorralado en un callejón sin salida, como si supieran que ya no se podía cambiar el curso de los acontecimientos. ¡Pero había que preservar a Ilona de los cuchillos, y al mundo de la injusticia! ¡No era posible que se hubiera sacrificado a Bertrand en vano y que fuera del todo inútil haber retirado el retrato del señor Hentjen de donde estaba! No, de ningún modo se podía dar marcha atrás, pues se trataba de la justicia y de la libertad, de una libertad que no se podía continuar dejando en manos de los demagogos, de los socialistas y de los emborronadores de periódicos. Esta era la misión a cumplir. Y el hecho de que él tuviera que rescatar el dinero para Lohberg y para Erna era como una parte y un símbolo de aquella misión superior. ¡Y caso de que Teltscher no obtuviera el arrendamiento, el dinero se habría perdido definitivamente! No había escapatoria. Esch sopesó todas las cuentas, las confrontó, hizo cálculos y de ellos surgió la solución inequívoca: tenía que convencer a mamá Hentjen para que ella se pusiera también al servicio de la misión.

En cuanto vio las cosas claras, desaparecieron las sensaciones de inseguridad y de rabia. Cogió su bicicleta, se fue a casa y escribió a Lohberg un informe detallado sobre la increíble e intolerable fechoría del señor director Gernerth, añadiendo que él había tomado de inmediato las medidas necesarias para poner a salvo sus aportaciones, y rogaba a la distinguida señorita Erna que se tranquilizara al respecto.

Así pues, el proyecto de América había quedado en nada. Definitivamente. Ahora era necesario quedarse en Colonia. La puerta de la jaula se había cerrado. Uno había quedado prisionero. La antorcha de la libertad se había extinguido. Y lo más extraño era que no podía enfadarse con Gernerth. Ante todo habría que culpar a quien, pese al encanto de la idea y a la esperanza que despertaba, había desdeñado la posibilidad de huir a América. Sí, así era la ley, aunque no la justicia: aquel que se sacrifica, tiene que entregar antes que nada su libertad. No obstante, la situación seguía siendo inverosímil. Esch repitió, como queriendo convencerse a sí mismo: «prisionero». Y casi de buena fe, solo con muy leves remordimientos de conciencia, explicó a mamá Hentjen que debían aplazar para más adelante el viaje a América, porque Gernerth se había anticipado a fin de poner en marcha el negocio.

Desde luego a mamá Hentjen se le podía contar lo que uno quisiera; ella no se había interesado jamás ni por los combates ni por el director Gernerth, y de los acontecimientos externos únicamente se quería enterar de aquellos que podían beneficiarla. Por tanto, ahora no oyó otra cosa sino que aquel temido viaje al país de la aventura no se realizaría, y la noticia fue para ella como un tibio baño sedante en el que su alma se sumergió inesperadamente, y la disfrutó en silencio antes de decir: «Mañana enviaré a buscar al pintor. De lo contrario llegará el invierno y las paredes no se secarán como es debido». Esch quedó atónito: «¿El pintor? ¿No quieres vender la taberna?». Mamá Hentjen se puso en jarras: «Bueno, bueno, de aquí a que nos marchemos hay tiempo de sobra. Yo la haré pintar, la casa ha de estar bonita». Esch se encogió de hombros, transigiendo: «Es posible que lo recuperemos en el precio de venta». «Sí», dijo mamá Hentjen. Sin embargo, ella no podía deshacerse de un resto de inseguridad —¿quién podía saber si el fantasma del viaje a América había sido realmente conjurado?— y le pareció sumamente conveniente no ahorrar ningún gasto con tal de asegurar su permanencia en el lugar donde residía. Por eso sorprendió agradablemente a Esch y a Oppenheimer cuando, a una simple sugerencia, demostró comprender que mientras durase la ausencia de Gernerth había que financiar el negocio teatral; e igual de rápido fue su consentimiento para que se solicitara una hipoteca sobre la casa, solicitud que, previsoramente, había traído ya consigo Oppenheimer. El asunto se llevó a cabo de forma perfecta, y Oppenheimer obtuvo el uno por ciento de comisión.

De este modo se convirtió mamá Hentjen en socio capitalista de la nueva empresa teatral de Teltscher; gracias a la intervención de Oppenheimer, se alquiló un local en la industriosa Duisburg y cabía esperar que mamá Hentjen participaría de pingües ganancias. Esch puso tres condiciones: en primer lugar, él se haría cargo del control de la contabilidad, en segundo lugar, había que reembolsar los respectivos capitales a Erna y a Lohberg antes de liquidar el material (esto era lo correcto y lo justo, aunque mamá Hentjen no tenía por qué saberlo), y en tercer lugar obligó a los estupefactos señores Teltscher y Oppenheimer a hacer constar en el contrato que se suprimiría el número sensacionalista de lanzamiento de cuchillos en todas las representaciones. Los dos señores protestaron airadamente, pero Esch no les hizo el menor caso.

Hasta el momento las cosas, en realidad, se habían ido poniendo en orden. El sacrificio aportado por mamá Hentjen le hizo contraer con ella un eterno compromiso convirtiendo su anterior decisión en irrevocable. Si bien aún no se había vendido la odiada taberna, la hipoteca era, al propio tiempo, un primer paso hacia la abolición del pasado. Y en el comportamiento de mamá Hentjen había también muchos detalles que podían significar el comienzo de una vida nueva. Ella no le llevaba jamás la contraria en los planes que él hacía sobre su boda, como tampoco le había replicado en lo de la hipoteca, y el espíritu de mamá Hentjen se había colmado de una dulzura que hasta el momento nadie había conocido en ella. El otoño llegó antes de tiempo, y con él también el frío; mamá Hentjen se volvió a poner aquella prenda de fustán gris y con frecuencia iba sin corsé. Incluso su tieso peinado parecía haberse aflojado; no cabía duda de que no dedicaba a su apariencia externa el cuidado de antes, y también esto marcaba una separación entre el pasado y el presente.

Esch recorría la casa a grandes zancadas. Si uno estaba prisionero y sin ocupación, convenía sacar de ello algún provecho. Desde luego no es que se pudiera considerar la situación como una vida nueva. A la hora del desayuno estaba sentado en la taberna, y a la hora de cenar seguía aún allí. Mamá Hentjen aludía a menudo a un tipo pícaro y vago que se acomodaba aquí a sus anchas, pero lo alimentaba encantada. Esch la dejaba hacer. Leía atentamente el periódico y a veces se dedicaba a contemplar las postales colocadas en el marco del espejo; le gustaba que no hubiera ninguna escrita por él. Y para guardar las apariencias supervisaba el trabajo de los pintores y revocadores. A mamá Hentjen no le costaba nada hablar. ¡Qué podía preocuparla a ella la vida nueva! Las mujeres lo tienen todo más fácil —Esch no pudo contener la risa—, ellas pueden llevar una vida nueva en cualquier parte, especialmente en su corazón. Por eso no quieren salir hacia un mundo nuevo, lo tienen todo entre sus cuatro paredes, ¡opinan que les basta sentarse en su jaula para volver a ser inocentes! Entonces quitan el polvo y friegan el suelo, ¡y creen que con un poco de orden rutinario ya está todo hecho! ¿La vida nueva en la jaula? ¡Como si eso fuera tan sencillo!

No, con pequeños medios, con variantes insignificantes, era imposible construir una vida nueva, no se podía reedificar el estado de inocencia. Lo inmutable, lo terrenal, aquello que alguna vez ha sido realidad, no eran fáciles de alcanzar. La casa permanecía inmutable y no se notaba en ella ninguna señal de la mezquina hipoteca. Las calles estaban inmutables, inmutables se erguían las torres en torno a las que soplaba el viento de otoño, y ya no se percibía en absoluto el aliento del futuro. Y es que en realidad hubiera sido necesario incendiar Colonia por los cuatro costados, dejarla arrasada y llana como un plato, que no quedara piedra sobre piedra, a fin de despertar el pasado y los recuerdos de mamá Hentjen. Pues ¿de qué servía que mamá Hentjen llevase ahora el pelo peinado de forma menos atildada? Paseaba con orgullo por las calles y la gente se quitaba el sombrero a su paso, y todos sabían el nombre que llevaba. Solo Dios sabía que uno no había pensado todo esto cuando, en aras del sacrificio, había cargado sobre sus hombros el avejentamiento de ella y sus marchitos encantos. Sí, si sus cabellos se tornaran blancos en una noche, si ella se convirtiera de golpe en una anciana que no se acuerda de nada, irreconocible para todos, una extraña desprovista de todo vínculo con el ambiente habitual, ¡sí, entonces existiría la vida nueva! Y Esch pensó forzosamente que cada hijo envejece a la madre, y que las mujeres que no tienen hijos jamás se hacen viejas: nunca cambian y están muertas, no son dueñas de ningún tiempo. Pero cuando esperan una vida nueva, están llenas de confianza, y anhelan que su tiempo sea de nuevo computado, y esto es igualmente virginidad renovada y envejecimiento, es confianza en el estado de inocencia de todo lo viviente, sueño predecesor de la muerte y, no obstante, vida nueva, reino de la redención dentro del mundo viejo. Dulzura de una esperanza jamás cumplida.

Desde luego, esto no hubiera sido totalmente del agrado de mamá Hentjen. Lo habría tomado por ideas anarquistas. Puede, incluso, que con razón. Uno tiene, lógicamente, pensamientos revolucionarios y habla en términos revolucionarios cuando va a parar a la cárcel. Y ni uno mismo se da cuenta de ello. Esch subía las escaleras, las bajaba, despotricaba contra la casa, maldecía los escalones, maldecía a los trabajadores. ¡Vaya un bonito aspecto que ofrecía aquí la vida nueva! La mancha clara de la pared donde había estado el retrato del señor Hentjen, el tabernero, había sido pintada, de modo que uno podía pensar que el retrato había desaparecido únicamente porque tenían que pintar. Por ninguna otra razón. Esch se quedó mirando fijamente la pared. No, lo que se había empezado aquí no era en absoluto una vida nueva, al contrario, había que desandar el tiempo pasado. Esta mujer se había propuesto firmemente volverlo todo hacia atrás, como si nada hubiera sucedido. Y un día, al acabar la limpieza, bajó al local sin aliento, sudorosa y, sin embargo, satisfecha: «¡Uf!, es increíble la falta que le hacían a la casa estos trabajos». Esch preguntó distraído: «¿Cuándo se arregló por última vez?», pero de repente comprendió que esto había tenido que ser con motivo de la boda con Hentjen; dio un porrazo a la mesa haciendo tintinear los vasos, y gritó: «¡Se pinta la jaula cada vez que se encierra en ella un nuevo pájaro!». Y poco faltó para que le diera a ella una bofetada allí mismo, en medio del local. Estaba harto de dejarse coger por la nuca y de que le obligaran a torcer la cabeza, de tener que mirar una y otra vez hacia el pasado. Y además ella le exigía que la cortejase; pues, en lo referente a la boda, no parecía tener prisa. Por dondequiera se imponía, implacablemente, lo habitual. Y se veía con bastante claridad que a través de aquella comodidad nueva y a través de aquella blandura, se filtraba una ancha pincelada de sedentarismo, y todo daba a entender que ella tenía la intención de reemprender su vida igual que antes y de continuar así para siempre; además parecía como si pretendiera reducir al amor y al amante conjuntamente a un adorno secundario, a una especie de pintura en la casa de su vida. E incluso ella intentaba suprimir de nuevo aquella familiaridad semioficial que le había otorgado como una cierta garantía de su unión. Cuando él iba a Duisburg para controlar las cuentas de Teltscher, ella no le dedicaba ni una palabra de agradecimiento, y si él alguna vez la invitaba a acompañarlo, replicaba que esto era una exigencia y que dejaba a su elección el quedarse o no: pues él propiamente pertenecía allá.

¡Mamá Hentjen tenía razón! ¡También esta vez! Quedaba demostrado que él, en su casa, era simplemente un huérfano tolerado, un extraño, alguien con quien no era posible ningún tipo de comunicación. ¡Y en consecuencia ella no podía tener razón! Y esto era tal vez lo más irritante. Pues tras las aparentemente justas negociaciones, tras los aparentemente justos castigos, asomaba de nuevo el viejo y absurdo temor de que también él —¡él, August Esch!— pudiera buscar en la boda únicamente el dinero. Esto se vio claramente cuando llegaron los documentos de la hipoteca; mamá Hentjen los hojeó bastante rato con aire ofendido, y al fin dijo en tono de reproche: «Es una lástima que figuren esos intereses tan altos... Yo lo habría podido pagar perfectamente del dinero de mi libreta de ahorros». Sus palabras demostraban con diáfana claridad que ella poseía reservas secretas y que prefería mantenerlas ocultas, aceptando incluso una hipoteca, antes de permitirle a él que les echara una ojeada. Sí, esta mujer era así. Ella no había aprendido nada, no sabía nada del reino de la redención ni quería saberlo tampoco. Y la vida nueva era para ella una expresión vacía. ¡Oh, sí!, ella pretendía volver a aquella forma comercial y magistral del amor a la que él se había rendido y que, no obstante, se sentía incapaz de continuar soportando; era un círculo vicioso del que no podía escapar. Ineludible e inmutable se erguía lo que anteriormente había tenido realidad. Intangible. Incluso aunque se destruyera toda la ciudad —los muertos siempre son los más poderosos.

Y entonces apareció Lohberg. Se mostró desconfiado, porque se le había pagado únicamente el capital y no los beneficios previstos. A Esch solo le faltaban exigencias de este tipo. Sin embargo cuando aquel idiota, un poco cohibido aunque con aire de orgullosa satisfacción, insinuó que para ellos era importante hasta el último céntimo, porque Erna estaría pronto muy adelantada y había que pensar seriamente en la boda, a Esch le pareció oír como una voz del más allá, y supo que el sacrificio no había terminado todavía. La pequeña y mezquina esperanza de que este niño, del que él se sentía ya absuelto, pudiera ser, a pesar de todo, el hijo de Lohberg, se ahogó en la certeza inmaterial de una expiación, impuesta al amor perfecto por el que él había optado, impuesta a fin de que se expiara un ultraje en el que rebullía amenazador a la muerte, fulminándolos con la maldición de la esterilidad, mientras que aquel hijo concebido en el pecado y sin amor nacería inevitablemente. Y aunque él estaba muy furioso con mamá Hentjen, que lo ignoraba todo y que únicamente pensaba en pintar su casa en lugar de compartir con él su pavor, anheló ardientemente este tipo de expiación, y sintió de nuevo el fuerte deseo de que mamá Hentjen levantara el brazo para matarle. A pesar de todo, tuvo que felicitar a Lohberg, y mientras le estrechaba la mano le dijo: «Los beneficios se pagarán en la medida de lo posible... como regalo de bautismo». ¿Qué otra cosa podía hacer? Se pasó la mano por el pelo corto y tieso y le quedó en la palma una sensación de frescor y picazón. Por Lohberg se enteró también de que Ilona se trasladaría muy pronto a Duisburg. Y decidió que a partir del mes próximo los libros de Teltscher tenían que ser enviados por correo para su revisión todos los primeros de mes.

¿Qué más se podía hacer? Efectivamente todo estaba en orden. Erna tendría un hijo legítimo y él se casaría con mamá Hentjen y el local sería pintado y revestido de linóleo marrón. Y nadie se figuraba todo lo que se ocultaba tras estas apariencias hermosas y dulces, nadie sabía quién había hecho aquel niño que llevaría el nombre de Lohberg, y que el amor perfecto dentro del cual él había querido encontrar una salvación no era más que un fraude, una estafa descarada para encubrir que él aquí se movía como un sucesor X, un sucesor cualquiera del sastre, yendo de un lado para otro dentro de la jaula, como aquel que piensa en una libertad total y en la huida y solo consigue agarrarse a los barrotes. La oscuridad era cada vez mayor y la niebla nunca se disiparía al otro lado del océano.

Ahora huía con frecuencia de aquella casa que se había vuelto para él estrecha y extraña. Vagaba por los malecones, contemplaba las hileras de tinglados y observaba los barcos que se deslizaban lentamente río abajo. Iba al puente sobre el Rin, caminaba dando traspiés hasta la prefectura de policía, hasta el edificio de la ópera, y desembocaba casi siempre en un jardín público. Quedarse de pie sobre un banco —teniendo en frente a las muchachas de los tamboriles— y cantar, sí, eso era tal vez lo mejor, entonar el canto del alma prisionera que alcanza su libertad por la fuerza del amor redentor. Puede que tuvieran razón aquellos idiotas del Ejército de Salvación, que lo más importante fuera encontrar el camino del amor auténtico y perfecto. Incluso la antorcha de la libertad puede que no alumbrara lo suficiente para conducir a la redención ya que, pese a todos los posibles viajes a Italia o a América, no había sido liberado. Precisamente con trucos fraudulentos no se arregla nada, uno sigue siendo huérfano, permanece de pie sobre la nieve temblando de frío, esperando que la gracia del amor se digne descender dulcemente sobre él. Entonces, sí, entonces es posible que también descienda el milagro, el milagro de la consumación perfecta. Regreso al hogar del hijo huérfano. Milagro de una duplicación del mundo y del destino —y el hijo por quien aquel se había marchado no sería el hijo de Erna, sino el de aquella que, a pesar de todo, llevaría en su seno la auténtica vida nueva—. Pronto tendremos nieve, nieve blanda y esponjosa. Y el alma prisionera será liberada, ¡aleluya!, se erguirá sobre un banco, muy por encima de aquel que antes estaba más elevado. Y mentalmente pronunció por primera vez el nombre de pila de aquella que llegaría a ser madre gracias a él: Gertrud.

Cuando llegó a casa, escrutó el rostro de la mujer. La cara tenía una expresión amable y sus labios enumeraban fielmente lo que había cocinado por la mañana. Y como August Esch no sentía apetito, se escabulló. Le daba horror; sabía con certeza ineludible que el seno de aquella mujer había sido inmolado a la muerte, o, peor todavía, que estaba engendrando un monstruo. Estaba demasiado seguro de la maldición, plenamente convencido del asesinato que el muerto había perpetrado y seguiría perpetrando contra aquella mujer. De nuevo la pregunta le producía tanto dolor que no se atrevía a formularla… ¿Se les había negado el derecho a tener hijos o era que simplemente ellos se habían entregado tan solo al placer? La acuciante cólera que sentía contra mamá Hentjen aumentó y de nuevo fue totalmente incapaz de llamarla con el mismo nombre con que la había llamado el difunto; sí, se juró a sí mismo no pronunciar aquel nombre hasta que ella no hubiera comprendido de qué se trataba. Pero ella no comprendía. Ella lo acogía con suavidad y realismo, y le dejaba abandonado a su soledad. Él se esforzaba en transigir con el destino: tal vez no dependía del hijo, sino que lo esencial era la buena disposición de ella, y él esperaba esta buena disposición. Pero también en esto le dejaba ella solo, y cuando él, para animarla, insinuaba que después de la boda querrían tener hijos, ella contestaba simplemente, secamente, objetivamente: «sí», pero lo que él esperaba ella no se lo daba y durante sus noches de amor nunca le gritó que le hiciera un hijo. Esch la golpeaba, pero ella no comprendía por qué y callaba. Hasta que él llegó a la conclusión de que esto tampoco servía de nada; pues había surgido, inevitablemente, la duda de si ella habría implorado también un hijo al señor Hentjen, y ese hijo, cuyo padre él ansiaba ser, habría estado entonces en el seno de ella de manera tan fortuita como si hubiera procedido del semen de Hentjen. La mujer no puede proporcionar ninguna ayuda al hombre cuando a este le agobia la tortura de la duda ante lo indemostrable. Y cuanto más se torturaba él, más tenía ella que dejar a las cosas que se sucedieran sin comprender por qué: no obstante, era solo débilmente, era, por así decirlo, simbólica y alusivamente que él la golpeaba. La sublevación de Esch estaba perdiendo fuerzas.

Él reconocía que en el seno de lo real jamás podía producirse el logro absoluto, cada vez veía más claramente que la lejanía más apartada radicaba también en lo real, que toda huida carecía de sentido, así como la búsqueda de la salvación ante la muerte, el logro absoluto y la libertad; e incluso el hijo, aun saliendo vivo del cuerpo de la madre, no significa nada más que el grito casual del placer en el que fue engendrado, grito que se extingue y desvanece en el tiempo, y que nada prueba de la existencia del amante al que iba dirigido. Hijo ajeno a uno mismo, tan ajeno como el sonido extinguido, ajeno como el pasado, ajeno como el muerto y como la muerte, muñeco de madera vacío. Pues lo terrenal es inmutable, aunque a veces cambie en apariencia, y si todo el mundo naciera de nuevo no lograría el estado de inocencia a pesar de la muerte del redentor, al menos no se lograría antes de que se alcanzara el final del tiempo.

Si bien tales consideraciones no estaban muy claras, bastaron para que Esch se decidiera a instalarse, en su vida terrenal, en Colonia, se decidiera a buscar una colocación digna y a atender sus negocios. Gracias a los buenos certificados que poseía, encontró un puesto de mayor categoría y responsabilidad que el que había tenido anteriormente y reconquistó de nuevo toda la admiración y el entusiasmo que mamá Hentjen tenía reservados para él. Ella hizo revestir la taberna de linóleo marrón y, ahora que el peligro de la emigración había sido descartado definitivamente, empezó a hablar de las quimeras de América. Él condescendía en ello, en parte porque tenía la impresión de que a ella le gustaban tales conversaciones y en parte por sentido del deber: pues aunque él no llegara nunca a ver América, jamás abandonaría el camino que conduce allá, no volvería nunca atrás aunque lo invisible le persiguiera con la lanza a punto de herirle, y un saber que oscilaba entre el presentimiento y el deseo le decía que este camino solo era símbolo y presagio de otro más alto que era necesario seguir en la realidad y del que el primer camino solo era un reflejo terrenal, oscilante e inseguro como la imagen que se refleja en un estanque turbio. Todo esto no estaba muy claro para Esch, e incluso la palabra espiritual en la que habría que buscar la consecución de todo, y lo absoluto, no estaba a su alcance. Pero él reconocía que era pura casualidad el que las sumas de las columnas concordaran, y por eso se consideraba con derecho a observar lo terrenal desde un peldaño superior, como desde un castillo iluminado que se elevase por encima del llano, encerrado en sí mismo frente al mundo y, no obstante, abierto a él, reflejando su imagen, y a veces parecía como si todo lo dicho, lo hecho, lo hablado y lo sucedido no fueran más que una escena representada en un escenario mal iluminado, una representación que se olvida y que nunca ha tenido lugar, algo que ha existido, algo a lo que nadie puede agarrarse sin aumentar el sufrimiento terrenal. La plenitud, por tanto, jamás tiene lugar en lo real, pero el camino del anhelo y de la libertad es infinito y nunca podrá ser hollado, es estrecho y tortuoso como el del sonámbulo, aunque se trate del camino que conduce a los brazos abiertos de la patria y a su pecho viviente. Así pues Esch se sentía un extraño en su amor, y, en cambio, estaba más unido a lo terrenal que antes; nada tenía importancia y en realidad todo permanecía al margen de lo terrenal aunque, para ser fiel a la justicia, todavía quedaba mucho que hacer en favor de Ilona. Hablaba con mamá Hentjen de la América libre, de la venta de la taberna y de la boda, como se habla a un niño al que se deja gustosamente que haga su voluntad; a veces la podía llamar de nuevo Gertrud, pese a que ella, en aquellas noches en que él se sumergía dentro de ella, se le aparecía sin nombre. Caminaban de la mano, cada cual por su camino, distinto y sin fin. Cuando se hubieron casado y hubieron malvendido la taberna a un precio excesivamente bajo, estos hechos fueron como etapas en el camino del símbolo, etapas, no obstante, en el camino del acercamiento a lo elevado y eterno, algo que, de no ser Esch un librepensador, incluso habría podido llamarse divino. Pero él sabía que, a pesar de todo, todos nosotros, en la tierra, debemos seguir nuestra senda apoyados en muletas.

IV

Cuando quebró el teatro de Duisburg, y Teltscher e Ilona estuvieron a punto de quedarse sin tener qué comer, Esch y su mujer invirtieron todo cuanto les quedaba en el negocio del teatro y muy pronto perdieron definitivamente el dinero. No obstante, Esch encontró una colocación como jefe contable en una gran empresa industrial de su país natal, Luxemburgo, y su mujer le admiró todavía más. Siguieron marchando de la mano y se amaron recíprocamente. En alguna ocasión él la golpeaba aún, pero cada vez con menos frecuencia, y finalmente dejó de golpearla por completo.